오래된 일기

오래된 일기

초판 1쇄 발행 / 2008년 11월 28일
초판 9쇄 발행 / 2026년 2월 9일

지은이 / 이승우
펴낸이 / 염종선
책임편집 / 이상술
펴낸곳 / (주)창비
등록 / 1986년 8월 5일 제85호
주소 / 10881 경기도 파주시 회동길 184
전화 / 031-955-3333
팩시밀리 / 영업 031-955-3399 편집 031-955-3400
홈페이지 / www.changbi.com
전자우편 / lit@changbi.com

ⓒ 이승우 2008
ISBN 978-89-364-3708-4 03810

오래된 일기

이승우 소설집

창비

차 례

오래된 일기

1

　규의 몸이 병원에서 손쓰기 어려운 지경이 되어 있다는 소식을 전한 사람은 그의 아내였다. 얼마나 오랫동안 연락을 하지 않고 지냈는지 준영이 엄마예요, 하는 그녀의 목소리를 나는 얼른 알아듣지 못했다. 목소리도 목소리지만, 준영이라는 이름을 듣고서도 곧바로 규를 떠올리지 못한 것은, 그 책임이 전적으로 내게 있는 것이 아니라고 해도, 얼마간 무안한 일이었다. 나는 어쩔 수 없이 부끄러움을 느꼈다. 그녀는 풀죽은 목소리로, 병원에 한번 와달라고 말했다. 얼마나 더 버틸지 모르는 상황이니 일 생기기 전에 얼굴이라도 보러 오라는 것이었다. "무슨 말이에요?" 영문을 몰라 반문하는 나에게 그녀는 의외로 차분하게 규의 상태를 설명했다. 소화가 잘 안되고 배가 더부룩한 증상이 한동안 계속되어서 병원을 찾아갔는데, 의사가 자기는 할일이 없다고 했다는 것이다. 간에 생긴 암이 혈액까지 퍼진 상태라고 했다. 너무 늦게 왔다는 것. 이 지경이 되도록 어떻게 병원에 찾아올 생각을 하지 않았는지, 아무리 말기가 될 때까지 증세가 잘 나타나지 않는 병이라고 해도 그렇지, 그 무신경을 도무지 이해할 수 없다고 했다. 이 정도면 몸이 그동안 여러차례 신호를 보냈을 거라는 게 의사의 생각이었다. 진통제 처방 말고는 병원에서 해줄 게 없다고 하니 공기 좋은 산골마을에 들어가서 요양이나 하려고 했는데, 그것도 마음대로 되지 않았다고 그녀는 말했다. 퇴원을 하루 앞둔 날, 갑자기 장기가 파열되어서 피가 쏟아져나오는 바람에 급히 수술을 하고 중환자실로 옮겼다고 했다. 며칠 만에 의식이 돌아오긴 했지만, 언제 어떻게 될지 알 수 없는 상황이라는 것이었다. "한 달이나 더 살지, 그것도 보장할 수 없다고 하네요." 실감이 나지 않아서인지 아니면 벌써 체념을 해서인지 그녀의 목소리는 담담하다 못해 침착하기까지 했다.

그녀는 아무렇지 않은 것처럼 말했지만, 그 순간 내 가슴속에서는 소용돌이가 일어났다. 기억은 평평하지가 않다. 기억 속에는 우뚝 솟은 산맥도 있고, 깊게 파인 협곡도 있다. 소용돌이는 움푹 파인 지점을 중심으로 휘돈다. 나에게 그 지점은 죄의식이 도사리고 있는 자리이다. 실수를 하거나 잘못을 저지른 뒤 벌을 받을 것이 두려워서 마음을 졸인 경험이야 누구에게나 있을 것이다. 그 두려움의 도가 좀 지나친 경우가 있을 수 있는데, 이를테면 종교적 영향이든 뭐든 규범이나 도덕에 대한 훈육이 남달리 엄한 집안 분위기에서 자라는 어린아이를 상정해볼 수 있다. 사실이 어땠는지 모르지만, 유년기의 나는 잘못이나 실수 그리고 그에 따라 가해질 징벌에 대해 극도로 예민했다는 기억이 있다. 벌에 대한 공포가 유난했던 것인데, 그때는 그 두려움으로 미리 벌을 받고 있다는 걸 이해하지 못했다. 징벌에 대한 그와 같은 과도한 공포와 염려는 벌을 내릴 대상이 없어져버렸으면 좋겠다는 염원으로 쉽게 모습을 바꾸곤 했다. 나에게 벌을 줄 권리가 있는 것으로 간주되는 사람이 사라져준다면 나는 벌을 받지 않아도 될 것이다. 그가 없어진다면, 내가 그와 같은 실수나 잘못을 저질렀다는 사실을 아무도 알지 못할 것이다. 나는 자백이나 변명을 하지 않아도 되고, 그로 인한 어떤 비난도 받지 않을 것이다. 그런 상상을 하면 가슴이 뜨거워지고 맥박이 빠르게 뛰었다.

숙제를 하지 않은 날 아침, 나는 담임선생님이 아파서 학교에 나오지 못하거나 갑작스럽게 전근을 가는 상상을 했다. 학교 앞 가게에서 구슬 몇개를 훔친 적이 있는데, 같은 반 친구와 우연히 눈이 마주쳤을 때도 마찬가지 상상을 했다. 그가 '우리 반 반장은 도둑놈이래요' 하고 떠들고 다니는 장면이 머릿속에서 반복적으로 영사되는 바람에 미칠 것 같았다. 어쩐 일인지 그는 그런 소문을 퍼뜨리지는 않았다. 그런데도 불안은 사라지지 않았다. 오히려 언제 도둑놈 소리를 듣게 될지 모른다고 생각하니까 마음이 더 불안하고 무서웠다. 나는 그 친구가 없어져버렸으면 좋겠다고 간절하게 바라기 시작했다. 아프든 죽든 (세상에! 어떻게 그럴 수 있단 말인가, 하고 탄식하는 목소리가 들리는 듯하다. 그러나 특별히 내 머릿속에만 악마가 살고 있었다고 생각하고 싶지는 않다. 사실 꼭 악마에게 떠넘길 일도 아니다. 나는 어린 아이들이 순진하다는 믿음은 어른들이 내놓고 속아주는 미신이라고 생각한다. 아니, 순진하다고 해도 달라지는 것은 없다. 순진함은 때로, 그것이 악인 줄 모르고, 왜냐하면 순진하니까, 악마를 연기하곤 한다. 악마가 순진함의 외양을 가지고 있든, 순진함이 악마의 내용을 가지고 있든 무슨 차이란 말인가!) 어떻게든 사라져버리라고 주문을 외기도 했다. 물론 내 바람과 주문은 이루어지지 않았다. 그러나 한번도 이루어지지 않은 건 아니었다.

어느 여름날 나는 얼음과자를 사먹기 위해 아버지의 지갑에서 천원짜리 한 장을 훔쳤다. 처음에는 아버지가 눈치채지 못할 거라는 생각이 압도적이었다. 천원짜리가 한 장만 있었다면 몰라도 다섯 장이나 있었다. 다섯 장 가운데 한 장 없어진 걸 어떻게 안단 말인가. 아버지가 그렇게 꼼꼼한 사람은 아니지 않은가. 돈을 빼내고, 얼음과자를 사기 위해 달려가고, 마침내 그 달콤하고 차가운 얼음과자를 입에 넣고 빨 때까지 나의 범죄가 들통나지 않을 거라는 확신으로 충만해 있었다. 그 단단한 확신의 원천은 욕망이었다. 달콤하고 시원한 얼음과자를 입에 넣고 빨아먹고 싶은 너무 큰 욕망이 염려와 불안을 잠재웠다. 그러나 얼음과자의 부피가 줄어들고 숨어 있던 막대가 드러나면서 염려와 불안은 서서히 깨어났다. 그렇게 단단하던 확신은 어느 순간 얼음과자 녹듯 녹아흘렀다. 아버지가 천원짜리 한 장 없어진 걸 눈치채지 못할 리가 없다는 쪽으로 생각이 급격히 기울었다. 안도의 구실이 되어주었던 다섯 장이라는 지폐의 숫자도 다르게 해석되었다. 천원짜리가 고작 다섯 장밖에 없었지 않은가. 다섯 장 가운데 한 장 없어진 걸 어떻게 모른단 말인가. 아버지가 그렇게 주의력이 없는 사람은 아니지 않은가. 얼음이 녹아 손등으로 흐르고 얼음 속에 숨어 있던 동그란 막대가 거의 다 드러날 즈음 얼음과자는 내 입 안에서 다만 얼얼할 뿐 더이상 아무 맛도 내지 않았다. 잊고 있었던 두려움이 서서히 몰려왔다. 막대를 빨고 있는 내 모습을 본 친척 누나가 돈이 어디서 나서 그걸 사먹느냐고 물었을 때 내 얼굴은 하얗게 질렸다. 누나는 고자질을 할 것이다. 아버지가 지갑의 돈이 없어진 사실을 알게 되는 건 시간문제일 뿐이다. 손에 들고 있는 얼음과자의 막대가 몽둥이처럼 여겨져서 나는 얼른 길바닥에 버렸다.

그러자 이내 학교 선생님과 같은 반 친구에게 품었던 것과 같은 바람이 자연스럽게 되살아났다. 아버지가 집에 돌아오지 않았으면 좋겠다. 아버지가 사라져버렸으면 좋겠다. 그 바람은 거의 무의식적인 것이었다. 나는 내가 무얼 원하는지도 분명하게 알지 못했다. 그저 종아리와 엉덩이에 떨어질 몽둥이의 공포로부터 벗어나고 싶을 뿐이었다.

그런데 믿을 수 없는 일이 일어났다. 한번도 이루어지지 않았던 마음속의 바람이 하필이면 그때 이루어졌다. 아버지는 돌아오지 않았다. 아니, 돌아오긴 했다. 그러나 아버지는 나를 야단칠 수 없는 몸으로 돌아왔다. 아버지가 타고 있던 이웃 어른의 트럭이 언덕 아래로 굴렀다고 했다. 아버지는 술에 취한 상태였고, 운전을 한 이웃 역시 취한 상태였다. 아버지가 취한 것은 괜찮지만, 운전자가 취한 것은 괜찮지 않았다. 병원에 옮겨진 아버지는, 의식을 잃은 채 일주일을 살았다. 그리고 천원의 행방을 따지지 않고, 따질 수도 없는 곳으로 사라지고 말았다.

아버지의 갑작스러운 죽음은 친척들을 비롯하여 그를 알고 있는 모든 사람들을 놀라게 하고 당황하게 했지만, 내가 받은 충격에 비교할 정도는 아니었다. 마치 하나밖에 없는 아들의 소원을 들어주지 않을 수 없다는 듯 지상에서의 삶을 급히 마감해버린 것이 아닌가. 아버지가 죽은 것은 내가 사라져주기를 바랐기 때문이라는 사실이 무슨 신념처럼 견고해졌다. 내가 그런 마음을 먹지 않았다면 아버지는 죽지 않았을 거라고 그 신념은 대들었다. 한번도 탄 적 없는 그 트럭을 하필이면 그날 아버지가 왜 타고 왔겠는가. 너의 아버지를 죽인 사람이 네가 아니라고 말할 수 있는가. 내 안에서 태어나고 자라난 신념이 나를 취조하고 심문했다. 나를 변호하는 목소리는 어디서도 들리지 않았다. 불합리한 재판이었다. 시간이 흐르면 죄책감이 엷어지지 않을까, 하고 은근히 기대해보았지만 기대대로 되지 않았다. 마음의 법정에서는 시간도 내 편이 아니었다. 시간은 오히려 나에게 불리한 증언을 했다. 시간이 흐르면서 죄의식은 오히려 더 생생해지고 빤질빤질해졌다. 언젠가 주일학교 선생님은 하나님이 우리의 기도를 다 들어준다고 하면서, 꼭 소리를 내서 기도해야 하는 건 아니라는 취지의 말을 했다. 예컨대 우리가 속으로 무엇인가를 바라기만 해도 전능하시고 사랑이 많으신 하나님이 그 마음의 소원을 다 기억하고 있다가 적당한 때가 되면 이루어주신다는 내용이었다. 그는 신실하고 열정적이었지만, 기도에 대한 그의 신실하고 열정적인 가르침이 두려움에 사로잡혀 있는 한 불쌍한 영혼을 죄의식의 구렁텅이에 빠뜨렸다는 걸 아마 깨닫지 못했을 것이다. 물론 그의 탓은 아니다.

2

　규와 나는 태어난 날이 같다. 그는 9월 7일 새벽에 태어났고, 나는 9월 7일 저녁에 태어났다. 태어난 날짜는 같아도 몇시간이라도 일찍 세상 빛을 본 사람이 형이라며 친척 어른들은 규를 형이라고 부르게 했다. 거기에 규가 큰댁 장손이라는 이유가 덧붙었다. 물론 나는 인정하기 어려운 이유였고, 따라서 그를 형이라고 부르지 않았다. 규도 자기를 형이라고 부르지 않는 나를 탓하지 않았다. 우리는 친구처럼 지냈다. 우리가 쌍둥이처럼 닮았다고 말하는 사람도 있었다. 생김새가 그 정도로 닮았다고는 생각하지 않았지만, 그런 말을 들을 때 특별히 좋거나 나쁜 감정이 생기지는 않았다.

아버지가 세상을 떠난 뒤 사실상 나의 보호자는 큰아버지가 되었다. 어머니는 몸이 약했고, 생활력도 없는 편이었다. 큰아버지는 자기 집 사랑채를 우리 모자를 위해 내주었다. 한집에서 살기 시작하면서 규와 나는 더욱 쌍둥이처럼 되었다. 사람들은 체격과 얼굴은 물론 목소리까지 똑같다며 신기해했다. 비슷한 옷차림을 하고 다니긴 했지만, 우리가 그렇게 닮았다고는 생각하지 않았다. 신기해하지도 않았지만 언짢아할 일도 아니었다. 다만 큰아버지가 가끔 공부도 좀 닮으면 얼마나 좋아, 하고 말할 때가 있었는데, 그때 나는 불편했고 그는 언짢아했다. 우리는 같은 초등학교와 중학교를 다녔다. 나는 9년 내내 우등생이었다. 그는 9년 중에 한두 해를 빼놓고는 우등생이어본 적이 없었다. 그는 나를 부러워하지 않았고, 나는 내가 자랑스럽지 않았다. 그는 성적 때문에 부모님에게 혼나면서도 너털웃음을 웃었고, 오히려 옆에서 조마조마해하는 나를 좀팽이라고 놀리곤 했다.

그는 나를 부러워하지 않았지만 나는 그를 부러워한 적이 있었다. 고등학생이 되자 문예반에 들어간 그는 교과서 대신 시집을 싸들고 다녔다. 머리를 기르고 사복을 입고 구두를 신고 기타를 치고 알아먹을 수 없는 문장을 외우고 다녔다. 노트에다가 역시 알아먹을 수 없는 문장을 끼적거리기도 했다. 자주 두발단속에 걸려 머리를 밀었다. 그럴 때면 빵모자를 내려써서 눈썹까지 가리고 다녔다. 주변에 여학생들이 늘 있었다는 기억도 있다. 심지어 그는 며칠씩 집에 들어오지 않은 적도 있었다. 나로서는 상상도 할 수 없는 일이었다. 큰아버지와 큰어머니는 겉멋만 들어서 건들거리고 다닌다며 자주 야단치고 걱정하고 한숨을 쉬었지만 나에게는 그런 그가 멋있어 보였다. 그가 없는 사이에 그의 시작노트를 꺼내 읽고 흉내를 내본 적도 있었다. 그러나 어쭙잖은 그 짓을 되풀이할 수는 없었다. 어쩐지 나와는 어울리지 않는 것 같았다. 그런 욕구가 전혀 없었던 것은 아닌데도 머리를 기르거나 구두를 신고 밤거리를 쏘다니는 짓은 아예 실행도 하지 못했다. 그의 무엇을 부러워했는지 분명하지 않다. 영어단어와 수학공식 대신 시를 외우고 쓰는 모습이었는지, 고등학생 신분에 어울리지 않는 차림새와 행동이었는지, 아니면 그런 파격을 연출해내는 분방한 정신이었는지.

나는 대학을 가고 규는 가지 못했다. 큰아버지는 아들 대신 조카의 입학금을 내주었다. 굳이 따지자면, 규가 나 때문에 대학을 못 간 것은 아니었다. 그는 예비고사에 떨어져서 본고사를 치를 자격조차 얻지 못했다. 큰아버지가 아들이 아니라 조카의 등록금을 내준 것은 사실이지만, 그러나 그것은 아들의 등록금을 내고 싶어도 낼 수 없었기 때문이지 아들을 포기하고 조카를 선택한 결과는 아니었다. 그런데도 나는 규의 등록금을 가로챈 것 같은 자격지심에 오래 시달렸다. 내가 대학에 갔기 때문에 그가 대학에 가지 못했다는 굴절된 관념이 머릿속을 들쑤시며 괴롭혔다. 규는 예비고사에 떨어졌다, 그는 아무 대학에도 원서를 쓸 수 없었다, 나 때문이 아니라 자기 때문에 대학에 가지 못한 거다, 하고 정당한 이유를 끌어다 설득해도 소용없었다. 나는 사실을 잘 알고 있었다. 사실을 몰랐다면 설득되었을 것이다. 그러나 이미 알고 있었으므로 설득되지 않았다. 이미 알고 있는 사실에 의해 새삼스럽게 설득될 수는 없는 노릇이었다.

대학생이 된 나는 고향을 떠났다. 아버지에 대한 죄의식으로부터 놓여날지 모른다는 은근한 기대가 서울로 향하는 내 짐보따리에는 들어 있었다. 그러나 그런 기대는 착각이었다. 물리적 거리가 의식의 거리와 비례한다는 생각은 얼마나 유치한가. 그러나 그런 줄 알면서도 짐짓 유치함에 의지하게 하는 간절함이란 게 있는 법이다. 나의 짐보따리에는 아버지는 물론 규도 들어 있었다. 그런데도, 아니, 그렇기 때문에 더욱, 나는 거리와 의식의 상관관계에 대한 유치한 믿음을 견지하는 쪽을 택했다. 마음이 기울면 믿음이 된다. 마음이 크게 기울면 큰 믿음이 되고 마음이 조금 기울면 작은 믿음이 된다. 유치한 것이 크게 기울 수도 있고, 고상한 것이 조금 기울 수도 있다. 물론 그 반대도 가능하다.

나는 의식적으로 고향에 가지 않았다. 꼭 가야 할 경우가 아니면 가지 않았고, 꼭 가야 할 경우에도 더러 핑계를 대고 가지 않았다. 방학 때는 마지못해 하루이틀 머물고는 공부를 핑계대고 서울로 내뺐다. 어떤 명절에는 담당 교수의 답사여행에 동행해야 한다고 거짓말을 하고 기숙사에서 혼자 라면을 끓여먹었다. 생각해보니 어머니가 세상을 떠난 다음 해였던 것 같다. 어머니는 내가 대학교 2학년 때 밭에서 일을 하다가 갑자기 쓰러졌다. 협심증이라고도 하고 심근경색이라고도 했다. 관상동맥이 좁아지면 심장근육으로 흘러드는 혈액이 줄어들어 돌연사가 일어날 수 있다고 설명해준 사람은 입원실을 갖춘 5층 건물의 읍내병원 원장이었다. 자주 식은땀이 나고 가슴에 통증이 있었을 거라고 의사는 덧붙였다. 나는 그런 적이 있었는지 기억나지 않아 가

만히 있었다. 큰아버지가 심각하게 고개를 끄덕이며 의사의 말에 동
의했다. 나는 고아가 되었지만 새삼스럽게 고아가 되었다는 생각 같
은 건 들지 않았다. 어머니는 섭섭해할지 모르지만, 아버지가 이 세상
을 떠난 초등학교 5학년 때부터 나는 고아였다. 아버지는 죽음으로
가장 튼튼하게 나와 연결되었다. 모든 것은 부재를 통해 그 존재를 가
장 잘 드러낸다. 고아의 상태는 부모를 가장 잘 상기시킨다. 큰아버지
는 아버지가 사라진 날부터 했던 아버지 역할을 그만두려고 하지 않
았다. 나의 게으른 고향길에 대해 그다지 크게 나무라지는 않았지만,
그것은 아버지 노릇을 그만둔 때문이라기보다 내가 성인-고아임을
인정한 때문이라고 나는 생각했다.

　규를 가끔 잠깐씩 보았다. 고향에 내려가도 보지 못할 때가 있었다.
그는 집을 나가 여기저기 떠돌아다니며 이 일 저 일 손을 대는 모양이
었다. 그러나 성과가 변변치 않은지 고향에 갈 때마다 큰어머니는 한
숨을 쉬었고, 큰아버지는 으레 핀잔을 놓았다. 어떤 명절날 나는 그의
짐 속에 들어 있는 책과 노트를 보고 아직 시를 쓰느냐고 물었다. 내
목소리는 저절로 조심스러워졌는데, 혹시라도 비웃는 것처럼 들릴까
저어하는 마음이 들어서였다. "시는 어렵더라. 어렵기도 하지만, 무엇
보다 내 생계를 해결해줄 것 같지 않더라. 우리 아버지가 내 뒷바라지
를 계속 해줄 위인도 아니고, 또 우리집이 그럴 형편도 아니고, 뭐, 나
도 언제까지 빌붙어살 수는 없는 거고, 그렇다고 너처럼 대학을 다닌
것도 아니잖느냐." 나는 나의 자책감과 그의 피해의식이 표면으로 떠
오르는 것을 막아야 한다는 내부의 요청에 응하느라 다급해졌다. 그
럼 이제 시를 쓰지 않느냐고 재차 물은 것은 달리 할말이 떠오르지 않
았기 때문이다. "그래서 소설을 쓰고 있어." 그는 노트를 휘리릭 넘겨

보이며 유쾌하게 말했다. 소설 쓰는 건 어렵지 않은지 궁금했지만, 그
보다 더 궁금하고 의심스러운 것은 소설은 그의 생계를 해결해줄 수
있는가,였다. 그러나 나는 내 궁금증과 의심을 드러내지는 않았다. 왜
그런지 궁금해하는 건 몰라도 의심한다는 눈치를 보이는 건 좋지 않
은 일 같았다. 그를 의기소침하게 할 이유도 없지만 무엇보다 나에게
유익하지 않다는 판단이 앞섰으므로 나는 입을 다물었다.

                    3

    뜻밖의 일이 불쑥 끼어들어 삶의 중요한 부분을 결정해버리곤 한
다. 끼어든 것들이 삶을 이룬다. 아니, 애초에 삶이란 게 따로 있는 것
이 아니다. 다만 일찍 끼어드느냐 늦게 끼어드느냐 하는 문제만 있을
뿐이다. 끼어드는 것이 없으면 삶도 없다.
    대학 4년을 마친 내가 방위병으로 근무하기 위해 주소지인 고향집
에 내려갔을 때, 규는 막 전역을 한 상태였다. 나의 근무지는 읍사무
소의 예비군 중대였다. 주로 예비군 훈련 날짜를 정하고 통지서를 배
부하는 일을 했다. 나는 3킬로미터 정도 떨어진 읍사무소까지 자전거
를 타고 다녔다. 오전 여덟시까지 출근했다가 오후 여섯시에 퇴근했
다. 간혹 야근을 하기도 했지만 대체로 제시간에 귀가했다. 귀가한 뒤
에는 농사일을 돕거나 책을 읽었다. 규는 자기 방에 틀어박혀 무언가
를 썼다. 소설을 쓰고 있을 거라고 짐작했으므로 나는 묻지 않았다.
그 대신 나는 그의 책장에 꽂혀 있는 소설들을 읽었다. 그는 간혹 자
기가 쓴 원고를 보여주었다. 큰 소리로 읽어주기도 했다. 그의 소설은

고등학교 때 내가 접한 시와는 달리 난해하지는 않았다. 소감을 물으면 나는 제법 성실하게 독후감을 이야기해줬다. 이야기는 재밌는데 좀 피상적인 것 같다든가 주제가 너무 노골적이라든가 문장이 어색하다는 따위의 말을 했다. 규는 내 의견을 귀기울여 들었다. 너무 진지한 그의 반응이 부담스러워서 나는 내가 뭐 아는 게 있어야지, 그냥 흘려들어, 하고 말꼬리를 흐리곤 했다. 그는 흘려듣지 않는 눈치였다. 그는 소설을 보는 눈이 꽤 정확하다며 행정학과에서 소설창작도 가르치느냐고 물었다. 한번은 정색을 하고 소설을 써보라고 권하기도 했다. 나는 피식 웃었다. 그냥 해본 소리라고 생각했으므로 마음에 두지도 않았다.

그런데 이상한 일이 일어났다. 뜻밖의 일이 종종 우리의 삶 속으로 끼어든다는 건 그 이상한 일을 이야기하기 위해 꺼낸 말이다. 어느날, 나에게 정말로 소설을 써보고 싶은 충동이 일어났던 것이다. 규의 권유 때문은 아니었다. 모르겠다. 마음에 두지 않았다고 했지만, 그리고 실제로 마음에 두지 않았다고 믿었지만, 그의 권유가 어떤 식으로든 내 마음 한쪽에 들러붙어 있었는지. 그러나 직접적인 계기는 규의 권유가 아니라 그 무렵 내가 읽은 어떤 소설이었다. 어떤 소설의 내용이 아니라 그 소설을 읽을 때 내 마음속에서 일어난 어떤 감정의 진동이었다. 소설을 왜 쓰는가, 하는 질문에 대답하는 형식의 그 소설에서 소설 속의 인물인 소설가는 자신의 글쓰기의 기원인 복수심과 지배욕에 대해 집요하게 이야기했다. 현실에서 당한 억울한 일에 대한 소설가의 복수는 현실 밖에서 이루어졌다. 지배의 방식도 현실의 기제인 권력과는 도무지 상관이 없었다. 그는 심지어 자유의 질서로 지배한다고 말했다. 그 소설가가 강변하는, 자유의 질서로 지배함으로써 독자를 해방한다는 소설의 공적 역할에 사실 나는 별로 공감하지 못했다. 내 신경의 어떤 부분을 건드린 것은 소설 속의 소설가, 나아가 그 소설을 쓴 소설가가 그 지루하고 장황한 자기변명을 끈질기게 되풀이함으로써 얻어내려 하고 있는, 마침내 얻어냈을 효과였다. 확실하고 또렷하게 그 효과의 이름을 부를 수는 없지만, 그 순간 나는 소설을 왜 쓰는지 온전히 이해했다고 느꼈다. 어떤 의식의 반영이었는지 분명치 않은 채로 나는 문득 그 소설을 한권의 일기장처럼 인식했다. 아마도 소설가는 따로 일기를 쓰지 않겠구나, 적어도 이 소설가는 따로 일기를 쓸 필요가 없겠구나, 하는 생각이, 여름 한낮 폭우가 쏟아지듯 느닷없이, 그야말로 불쑥 덮쳤다. 폭우는 조금 더 쏟아졌다. 나는 낡은 일기장을 버리고 새 일기장을 가지고 싶어졌다. 그것은 매우 당황스러운 충동이었다. 생각해보지 못한 의외의 열망에 사로잡혀서 나는 무언가를 끼적이기 시작했다. 그것이 소설이 된다는 생각은 하지 않았다. 소설이 아니라 일기, 새로운 방식의 일기를 쓴다는 의식에 붙들려 있었을 뿐이었다.

나는 우선 숙제를 하지 않은 날 아침, 담임선생님이 아파서 학교에 나오지 못하거나 갑작스럽게 전근을 가는 상상을 하는 장면부터 써나갔다. 학교 앞 가게에서 구슬 몇개를 훔치는 이야기도 썼다. 우연히 눈이 마주친 같은 반 친구의 눈빛에서 시작된 걷잡을 길 없는 불안과 두려움에 대해서도 썼다.

……그가 '우리 반 반장은 도둑놈이래요' 하고 떠들고 다니는 장면이 머릿속에서 반복적으로 영사되는 바람에 미칠 것 같았다. 어쩐 일인지 그는 그런 소문을 퍼뜨리지는 않았다. 그런데도 불안은 사라지

지 않았다. 오히려 언제 도둑놈 소리를 듣게 될지 모른다고 생각하니까 마음이 더 불안하고 무서웠다. 나는 그 친구가 없어져버렸으면 좋겠다고 간절하게 바라기 시작했다. 아프든 죽든(세상에! 어떻게 그럴 수 있단 말인가, 하고 탄식하는 목소리가 들리는 듯하다. 그러나 특별히 내 머릿속에만 악마가 살고 있었다고 생각하고 싶지는 않다. 사실 꼭 악마에게 떠넘길 일도 아니다. 나는 어린아이들이 순진하다는 믿음은 어른들이 내놓고 속아주는 미신이라고 생각한다. 아니, 순진하다고 해도 달라지는 것은 없다. 순진함은 때로, 그것이 악인 줄 모르고, 왜냐하면 순진하니까, 악마를 연기하곤 한다. 악마가 순진함의 외양을 가지고 있든, 순진함이 악마의 내용을 가지고 있든 무슨 차이란 말인가!) 어떻게든 사라져버리라고 주문을 외기도 했다. 물론 내 바람과 주문은 이루어지지 않았다……

　나는 밤에 쓰고 아침에 출근했다. 지난밤에 쓴 글을 다음날 밤에 지우고 다시 쓰는 일을 반복했다. 어떤 부분은 열 번도 더 고쳐썼다. 중간에서 지우고 처음부터 다시 시작하기도 했다. 문장은 낮은 포복으로 아주 조금씩 나아갔다. 문장을 쓰는 동안 내 안에서 드러내려는 욕구와 은폐하려는 욕구가 치열하게 싸운다는 걸 나는 알았다. 문장들은 서로 부딪치고 충돌하고 갈등했다. 그 때문에 모순에 가득 찬 피투성이의 문장들이 만들어졌다. 앞에 쓴 문장을 덮기 위해 새로운 문장을 고르는 식의 글쓰기는 진을 빼내는 작업이었다. 나는 피곤과 수면 부족과 허기 때문에 고통스러웠지만, 이해할 수 없는 가학적 열망에 붙들려 끈기있게 문장들과 싸웠다. 무엇에 씐 것 같은 시절이었다.
　내가 밤에 써놓고 간 글을 낮에 규가 읽는다는 것을 나는 알지 못했다. 매일 아침, 내가 출근하고 나면 밤새 내가 토해놓은 피투성이의 문장들을 읽는 모양이었다. 술에 취한 그가 내 방에 들어온 어느날 밤, 마무리라고 할 것은 없지만, 어쨌든 이틀 전에 한 편의 긴 일기 쓰기를 끝낸 나는 홀가분한 기분으로 누워 내가 쓴 문장들을 훑어보고 있었다. 술에 취한 그가 노크도 하지 않고 내 방으로 들어왔다. 나는 일어나 앉으며 노트를 덮었다. 그는 그런 나를 힐끗 내려다보고는 방바닥에 털썩 주저앉았다. 그가 숨을 내뱉자 술냄새가 확 끼쳐왔다. "너는 대학 갔지. 나는 못 갔다. 그게 대수냐? 대수지. 안 그래? 어이, 내 사랑하는 사촌. 자네는 인생에서 뭐가 제일 중요하다고 생각하나. 너는 대학…… 나는 안된다…… 나에게 안 미안한가?" 횡설수설 늘어놓는 그의 말은 알아듣기가 힘들었다. 무엇보다도 그가 그런 말을 내 앞에서 한 적이 없었기 때문에 당혹스럽고 불안했다. 그러나 그뿐, 심각하게 받아들이지는 않았다. 받아들이지 않으려고 했다. 심각해지는 상황은 나에게 불리하다는 걸 긴 눈칫밥의 세월이 깨우쳐주었을 것이다. 나는 술을 많이 마신 걸 보니 소설이 잘 안 써지는 모양이라는 말을, 그를 위로한다는 뜻으로 받아들여지기를 바라며 했다.

내가 실수했다는 걸 깨닫는 데에는 많은 시간이 필요하지 않았다. 주절주절 늘어놓던 그의 신세한탄이 뚝 그쳤다. 그는 눈을 감고 입술을 악물고 있었다. 돌연 찾아온 침묵이 방 안의 공기를 얼어붙게 했다. 목이 졸리는 것 같아 답답했다. 나는 어색하게 웃었다. "소설, 읽었다. 네가 군복을 입고 집을 나가면 나는 네가 밤새 써놓은 글을 읽기 위해 이 방에 들어왔다. 마치 연재소설을 찾아 읽는 독자가 된 기분이었다. 설렜고 가슴이 뛰었고 호흡이 가빠지기도 했다…… 그리고 나는 소설을 쓰지 않기로 했다. 아니, 쓸 수 없다는 걸 깨달았다.

무얼 어떻게 쓰느냐가 아니라, 물론 그것도 필요하겠지, 그렇지만 그게 근본이 아니고, 심지어 그까짓 것 아무것도 아니고, 그 글을 쓰려고 하는 순간의 의식의 꿈틀거림? 그런 걸 정신의 핍절함이라고 하나? 암튼 그런 거 말이야, 그런 게 중요하다는 게 느껴지더라. 그런데 나에게는 그런 게 없더라고. 손끝의 재주로 쓰는 게 아니라는 걸 알게 되었다는 말씀이지. 더불어 내 손끝의 재주가 대단치 않다는 것도……" 규는 특유의 너털웃음을 웃었다. 웃음의 파장을 따라 쓸쓸한 기운이 퍼져나갔다. 다른 때보다 유난히 큰 그의 웃음소리에는 과장기가 묻어 있었고, 그의 의도와는 상관없이 과장되고 있는 것은 쓸쓸함인 것도 같았다. 부러 흘려넘기려 했던 그의 말, '나에게 안 미안한가?'가 망치처럼 뒤통수를 때렸다. 의당 무슨 말인가를 해야 하는 상황이었음에도 나는 아무 말도 하지 못했다.

다음날, 예비군 중대에서 근무를 마치고 돌아와보니 그가 보이지 않았다. 큰어머니는 한숨을 쉬면서, 집을 나갔다고 했다. 도청이 소재하는 도시에 육촌쯤 되는 친척이 집을 지어 파는 소규모 사업을 하고 있었다. 그는 '생계를 위해' 그곳으로 갔다고 했다. 그의 방은 치워져 있었다. 나의 노트가 없어진 사실을 그날 밤에 알았다.

4

병원 침대에 누운 규의 마르고 까만 얼굴과 복수가 차 팽팽하게 부풀어오른 배를 보는 일은 고통스러웠다. 링거 주사줄과 소변을 받아내기 위해 매단 고무호스가 마치 그를 결박하고 있는 것처럼 보였다.

침대 가까이 다가갔는데도 표정이 무덤덤해서 나는 그가 나를 알아보기나 하는 건지 의심스러웠다. 여보, 창기씨 왔어요, 하는 아내의 말에 안다는 듯 고개를 끄덕인 것이 반응의 전부였다. 그러고는 이내 눈빛으로 무슨 지시인가를 하자 그녀가 발끝에 떨어져 있던 이불을 끌어올려 복수가 차 딴딴해진 배를 덮었다. 나는 광대뼈의 윤곽이 선명한 그의 윤기없는 얼굴을 피하기 위해 그의 손을 가만히 잡았다. 마른 나뭇가지를 만진 것처럼 딱딱한 그의 손에서는 어떤 감정도 느껴지지 않았다. 이 친구, 이거 몸관리를 어떻게 한 거야…… 나는 하나마나한 말을 했다. 어떤 말을 해도 하나마나한 말이 되고 마는 상황이 있다. 그렇다고 해서 하나마나한 말을 하지 않을 수도 없다. 아니, 어떤 말을 해도 하나마나한 말이 되고 마는 상황이야말로 정말로 하나마나한 말이 필요한 상황이기도 하다. 다행히 규의 아내가 내 말에 반응을 보였다. "하루도 안 거르고 술 마시죠, 담배를 달고 살았잖아요. 그렇게 노래를 불러도 건강검진 한번 안 받고. 자기 몸이 무슨 쇠로 만들어진 줄 아는지…… 말해 뭐 해요. 곁에서 내조 잘못한 내가 죄인이지요. 시댁 식구들은 나만 원망한다니까요. 그렇지만……" 그녀는 말을 중단했다. 나는 그녀가 하다 만 말을 이어서 할 수 있을 것 같았다. 그렇지만 나도 힘들었다고요. 저 사람, 생활비 한번 가져온 적이 없어요. 나도 안해본 일이 없다고요. 돈도 못 벌면서 걸핏하면 집 나가 떠돌아다니죠. 저 사람만 아니라 나도 건강검진 받을 틈이 없었다고요…… 그녀가 건강식품 판매사원부터 어린이집 교사, 간병인, 심지어 마을버스 운전기사까지 했다는 걸 나는 알고 있었다. 규가 거의 생활비를 내놓지 않았기 때문이다. 부동산을 용도에 맞게 가공하거나 적당한 실수요자와 시공사를 연결해주는 기획부동산은, 그 일의 성격상 굴곡이 심했다. 더러 제법 큰돈이 들어오기도 하지만, 1년 동안 만 원짜리 구경을 못할 때도 있었다. 씀씀이는 크고 허세는 늘고 실익은 없는 것이 그 분야의 일이었다. 거기다가 어디서 무얼 하는지 규는 몇 달씩 연락을 끊고 지내기도 했다. 여기저기 공사가 끝나면 몇십억이 들어온다는 말만 자주 되풀이했다. 그렇지만 대개의 경우 시간이 가도 공사는 쉬 끝나지 않고, 기왕 시작한 공사를 중간에서 멈출 수 없으니까 돈을 계속 집어넣게 되고, 그러다 보면 빚을 내게 되고, 가장 나쁜 경우 어렵게 끌어온 공사를 어쩔 수 없이 도중에 접어야 할 때도 있었다. 몇십억은 몇년이 지나도 들어오지 않았다. 문제는 가장 나쁜 그 경우가 빈번하게 일어난다는 데 있었다. 그런데도 그 일을 그만두지 못하는 것은, 한 건의 공사가 성사되었을 때 돌아오는 몫의 크기 때문이었다. 커다란 한방에 대한 기대가 여러 방의 헛방을 감내하게 하는 것이다. 규는 한 달 뒤면 2억이 들어온다든지, 두 달만 기다리면 5억이 입금된다든지 하는 말을 입버릇처럼 했다. 그 한 달, 두 달이 1년이 되고 3년이 되고 5년이 되었다. 처음에는 멋모르고 기다렸지만 이제는 무슨 소리를 하든 그냥 뒤로 흘려버린다고, 그런 지 오래되었다고 규의 아내가 말한 것이 3년 전쯤이었다. 내가 아는 한 그후로도 상황은 전혀 달라지지 않았다. 그녀는 먹고 입고 아이를 학원에 보내기 위해 가리지 않고 일을 해야 했다.

  말을 중단한 그녀의 눈시울이 젖어드는 걸 보았다. 규는 민망한지 눈을 감았다. 그녀가 물을 떠오겠다며 밖으로 나가자 병실 안은 갑자기 고요해졌다. 2인 병실의 한쪽 침대는 비어 있었다. 나는 문득 어색해서 그의 손을 놓았다. "텔레비전을 좀 켤까?" 그는 고개를 끄덕였다. 나는 리모컨을 찾아 전원버튼을 눌렀다. 텔레비전은 코미디프로를 내보내고 있었다. 나는 소리를 조금 줄였다. 그러고도 또 어색하고 민망한 시간이 꽤 흘렀다. 병실 안의 공기는 탁하고 무거웠다. 약품 냄새와 배설물 냄새가 섞인 역한 비린내가 공기중에 둥둥 떠다녔다. 하나마나한 말도 더는 떠오르지 않았다. 나는 속으로 규의 아내가 빨리 들어오기를 바라며 텔레비전을 멀뚱히 바라보았다. 코미디언들은 요란한 몸짓을 하며 큰 소리로 떠들어댔지만 내 눈과 귀에는 아무것도 들어오지 않았다. 규는 나를 불편하게 하고 있었다. 그리고 나는 내가 느끼는 불편이 불편했다. 사실은 병실에 들어오기 전부터 규의 목소리를 듣고 있었다. '나에게 안 미안한가?' 나는 그 목소리를 향해 소리쳤다. 네가 사라지기를 바란 적 없다. 그러니까 일어나라. 그러나 그의 목소리가 더 컸다. 나에게 안 미안하냐. 내 말은 그의 목소리에 눌려 들리지 않았다.

그가 무슨 말인가 한 것 같아 고개를 돌렸다. 그러나 그는 눈을 감고 있었다. 입은 굳게 다물어져 있었다. 앙상하고 새까만 그의 얼굴은 생기없는 사물처럼 보였다. 대화를 하다가도 잠깐씩 까무룩 잠에 빠져들었다 깨곤 한다는 그녀의 말이 생각났다. 기력이 없어서 그런다는 것이었다. 잠꼬대를 했을 수도 있는 일이었다. 아니면 정말로 그가 미안하지 않으냐고 물었던 것일까. 그는 나의 방문이 반갑지 않은 것일까. 그럴지 모른다는 생각이 들었다. 내가 그를 불편해하는 것처럼 그도 내가 불편한지 모른다. 그래서 눈을 감고 입을 다물어버린 건지 누가 알겠는가. 나는 리모컨으로 텔레비전의 소리를 조금 더 줄였다. 호흡이 가쁜지 규가 갑자기 입을 벌리고 숨을 거칠게 몰아쉬었다. 턱이 흔들리고 몸이 들썩였다. 당황한 나는 그의 팔을 잡고 이름을 불렀다. "괜찮니? 어떻게 해줄까?" 규는 손을 들어 물 마시는 시늉을 해 보였다. 나는 침대맡에 있는 물컵을 집어들었다. 물컵에는 빨대가 꽂혀 있었다. 나는 그의 머리를 들어올리고 입에 빨대를 물렸다. 그는 물을 아주 조금밖에 마시지 않았다. 그래도 효과가 있는지 호흡이 진정되는 듯했다. 다시 눕히려고 하는데 그가 침대를 조금 올려달라고 했다. 나는 침대다리에 붙어 있는 금속막대를 회전시켜 그의 상체를 비스듬하게 세웠다. 그는 몸을 꼿꼿이 세우려고 비비적거렸다. 나는 양손으로 허리를 붙잡고 그를 도와주었다. 그의 숨결이 귓가에 느껴졌다. 순간 그가 내 귀를 물어뜯을지 모른다는 생각이, 아무런 전조도 없이, 그야말로 불쑥 들면서 뜨거운 기운이 등줄기를 타고 올라왔다. 부지불식간에 내 부주의한 손이 어느 부분인가를 건드린 모양이었다. 고통스러운지 그가 짧게 비명을 지르며 얼굴을 찡그렸다. 나는 어떻게 해야 할지 몰라 손을 떼어내고 말았다. 그는 머리를 기대고 눈을 감았다. 한동안 찡그린 얼굴이 펴지지 않았다. 호흡도 거칠었다. 그 짧은 순간에 내 머릿속에는 팽팽하게 부풀어오른 그의 둥근 배가 터져서 그 안에 가득 차 있는, 끈적거리는 더러운 물이 쏟아지는 그림이 그려졌다. 점액질의 검붉은 액체는 내 얼굴을 더럽히고 병실 벽에 마치 흉측한 모습을 한 다족류의 벌레들처럼 달라붙는다. 달라붙은 자리는 곧 잿빛 곰팡이가 피어나고, 이내 썩기 시작한다. 내 얼굴에도 곰팡이가 생기고 부패가 이루어진다. 나는 그림을 지우기 위해 머리를 흔들었다. "좋더라, 이번 거. 「카싼드라」 말이야. 사람들이 믿지 않는 불길한 예언만 하도록 예언된 불운한 예언자 이야기 말이야." 나는 뙤약볕에 오래 서 있었던 것 같은 아찔한 현기증을 느꼈다. 눈앞이 흐릿해지고 어질어질했다. "그걸 봤다는 거야?" 나는 말려들어가는 목소리로 겨우 그렇게 물었다. '카싼드라'는 내가 이번호 계간지에 발표한 단편

소설의 제목이었다. 잡지가 나온 지 한 달도 채 되지 않은데다가, 대부분의 문예지들이 같은 형편이지만, 그 소설이 실린 잡지는 문인들이나 찾아볼까, 읽는 사람이 거의 없었다. 그걸 봤다고 말하는 건가, 삶과 죽음에 반쪽씩 점령당해 있는, 하루에도 몇번씩 혼수 속으로 들어가 저세상을 답사하곤 한다는 이 형편없는 육체가. 그런 뜻인가. "그 소설뿐인 줄 아세요? 창기씨 작품은 하나도 안 빼놓고 다 읽어요. 이번에도 병원에 입원해 있으면서도 그 잡지를 사오라고 해서 읽었잖아요. 저 몸을 해가지고, 무슨 정성인지." 언제 들어왔는지 규의 아내가 내 뒤에서 대신 대답했다. "언제 한번 우리집에 와서 보세요. 단행본으로 나온 것은 물론이고 단편소설 실린 잡지까지 그대로 모조리 모셔져 있으니까요. 첫 소설 실린 게 20년 전이잖아요. 그걸 다 가지고 있으니까 할말 다 했지 뭐." 그녀는 규의 벌어진 환자복을 여며주며 덧붙였다. 규는 희미하게 웃었다.

문학잡지로부터 당선 통지를 받은 것은 방위병 복무기간이 열흘쯤 남은 스물다섯살 봄이었다. 응모하지도 않은 소설이 그 잡지의 신인상에 당선되었다는 내용이었다. 처음엔 의아했지만 나는 곧 사태를 파악했다. 규가 집을 나간 날 내 노트도 사라졌다. 그가 내 문장들을 원고지에 옮겨적어서 잡지사에 보냈을 것이다. 그렇게 엉겁결에 나는 소설가가 되었다. 소설을 쓰면서 살 결심을 한 적은 없었다. 그것은 당선 통지를 받은 뒤에도 달라지지 않았다. 나는 그저 한 권의 일기장이 필요했을 뿐이었다. 그리고 그것으로 충분하다고 생각했다. '이제 됐다.' 그러나 여전히 되지 않았다는 것을 나는 곧 알아차렸다. 일기장에 씌어지기를 원하는 것들이 더 있었다. 어떤 것들은 되풀이해서 씌어지기를 원했다. 되풀이해서, 그러나 다르게. 역설이지만, 일기장

을 가졌으므로 더욱 일기를 쓰지 않으면 안된다는 사실을 나는 오래
지 않아 깨달았다. 일기장이 제공하는 자유는 일기를 계속 쓰는 것을
담보로 주어진 것이었다. 묶임을 조건으로 한 해방, 해방의 지속을 위
한 묶임이었다. 해방되었으므로 묶여야 했고, 해방을 반복적으로 얻
어내야 했으므로 반복적으로 묶여야 했다. 어느 순간 그것은 운명처
럼 받아들여졌다.

　내 영혼의 자유를 위해 의도적으로 그를 선 밖으로 몰아내려고 했
다는 것을 인정해야겠다. 이를테면 나는 그를 소설 같은 것은 읽을 줄
도 모르는 사람으로 간주하고 싶어했다. 그랬다는 것은, 내 속에서 그
런 식의 내쫓기가 필요했다는 것은, 그만큼 내 소설이 그를 늘, 필요
이상으로 의식했다는 뜻도 될 것이다. 가령 나는 글을 쓰면서, 규가
이 문장을 읽는다면 어떤 반응을 보일까를 늘 생각했다. 그가 지음직
한 표정이 저절로 떠올랐다. 그는 언제나 내 문장의 첫번째 독자였다.
그 독자는 대개 표정으로 말했다. 표정의 변화가 또렷하지 않았기 때
문에 나는 그의 의중을 헤아리기 위해 온 신경을 다 기울여야 했다.
나는 미세한 표정의 변화도 놓치지 않으려고 애를 썼고, 마침내 원하
는 대로 할 수 있었다. 어떤 문장은 지우고 어떤 문장은 비틀었다. 그
러니까 원하는 대로 한 것은, 사실은 그였다. 내 문장은 자주 그가 원
하는 대로 씌어졌다. 독자는 사실상의 작가였다.

5

　세번째 찾아갔을 때, 규는 이틀간 빠져 있던 간성혼수 상태에서 벗

어난 지 다섯 시간이 지난 상태였다. 전보다 더 마르고 얼굴색이 더 나빠지고 주의를 기울이지 않으면 무슨 말인지 알아듣기 어려울 정도로 발음이 어눌했다. 나는 자꾸만 뭐라고? 하고 반문해야 했다. 자꾸 못 알아듣고 되묻는 것이 결례인 것 같아 나중에는 알아들은 척 고개를 끄덕이기도 했다. 규의 아내는 지난번 내장출혈 때 피가 뇌까지 들어갔을지 모른다는 우려를 했다. 의사도 그런 소견을 비쳤노라고 했다. 그러면서도 손을 쓸 생각은 하지 않았다. 의사에게 규는 이미 포기한 환자였다. 의사에게만 그런 건 아니었다.

내가 병실에 들어갔을 때 규의 침대 옆에는 규의 아내와 사십대 중반쯤으로 보이는 남자가 앉아 무슨 이야기인가를 하고 있었다. 그녀는 남자를 친정동생이라고 소개했다. 점퍼 차림의 남자는 운동선수처럼 근육질의 단단한 몸을 가지고 있었다. 남자가 전에 한번 뵈었죠, 하고 내미는 손을 잡는데, 손아귀에서 힘이 느껴졌다. 나는 언제 보았는지 기억나지 않았지만, 네 네, 하고 고개를 주억거렸다. 규는 침대에 누워 천장을 응시하고 있었다. 그의 파리한 얼굴은 어쩐지 나른해 보였다. 열정도 미련도 사라진 자의 얼굴이었다. 침대 위의 그를 향해 무슨 이야기인가를 열성적으로 토해내는 침대 곁의 두 사람의 조급한 모습에 비해 그는 너무 태평하고 아늑했다. 벌써 다른 세계로 옮겨가버린 것인가 싶은 생각이 들 정도였다. "그러니까, 여보…… 내 말을 잘 들어봐. 당신이 일어나야지. 일어나야 하고말고. 일어날 거야. 나를 위해서도 그렇고, 우리 준영이를 위해서도 그렇고, 일어나야 하지……" 그녀는 그때까지 하던 이야기를 이어서 했다. "그런데, 만일에 말이야, 만일에 당신이 움직이기 어려워 좀더 오래 누워 있어야 하는 경우를 생각해봐. 어저께처럼 의식을 잃어버리면 어떻게 해. 그때는 누군가가 당신을 대신해야 하잖아. 그러니까 잘 생각해서 이야기를 해줘. 몇년간 매달린 일이야. 마무리가 되었다며? 누구를 만나야 하는지, 당신 몫이 얼마나 되는지, 어떻게 받아야 하는지……" 그녀의 동생도 그녀와 대동소이한 말을 되풀이했다. 그가 저를 믿으라니까요, 매형, 할 때는, 약간의 위압감이 느껴졌다. 규의 입술이 조금 열리는가 싶더니 무슨 소리인가가 새어나왔다. 그러나 소리가 워낙 약한데다가 발음도 부정확해서 무슨 말인지 알아들을 수 없었다. 규의 아내가 뭐라고요? 하며 얼굴을 그의 입 가까이 가져갔다. 규가 우물거렸다. 그녀가 얼굴을 떼어내며 또 그 소리, 하고 토라진 표정을 지었다. "십분 후에 어떻게 될지 모르는 사람이, 무조건 자기가 알아서 한다지." 그녀가 물러나자 갑갑하다는 듯 그녀의 동생이 매형, 하고 부른 다음, 같은 말을 늘어놓았다. 그가 규에게 설득조의 말을 길게 늘어놓는 동안 그녀는 나에게 한탄조로 사정 이야기를 했다.

규는 몇년간 두 개의 공사를 동시에 벌여왔는데, 그중에 하나는 거의 마무리가 되었고, 다른 하나도 서너 달 안에 끝날 거라고 했다. 금방 큰돈이 들어올 거라는 말을 워낙 자주 하며 산 사람이긴 하지만, 이번 경우는 틀림없는 것 같다고 그녀는 말했다. 그 확신의 근거로 그녀는 얼마 전에 계약하기로 한 송파구의 37평짜리 아파트를 들었다. 그들 가족은 한 달 뒤면 10년 동안 살아온, 3천만원 보증금에 30만원 월세인 의정부의 연립주택에서 지은 지 3년 된 서울 한복판의 넓은 아파트로 이사를 가게 되어 있었다. 부부가 함께 집을 보고 왔노라고 했다. 그것은 그가 몸을 버려가며 몇년간 매달려 일한 댓가를 한 달 안에 받게 된다는 뜻이었다. 그리고 그것이 사실이라면 지금쯤은 통장에 돈이 들어와 있어야 했다. 하필 이런 때 병에 걸릴 게 뭐람, 이라는 말을 했다가 내 눈치를 보고는, 평생 저 몸이 되도록 그 일만 했는데 그냥 가면 억울하잖아요,라고 변명처럼 덧붙이고, 여전히 열심히 설득중인 동생과 여전히 무표정한 남편을 바라보며, 나랑 준영이는 어떻게 살아요…… 하고 뚱한 목소리를 냈다. "글쎄, 저를 믿으라니까요, 매형." 남자의 목소리가 아주 먼 곳에서처럼 아득하게 들려왔다. 산 사람은 살아야지, 하고 중얼거린 사람이 규의 아내였는지, 그녀의 동생이었는지 모르겠다.

규는 이미 산 사람이 아니었다. 얼마 전부터 규가 이쪽의 말을 전혀 듣고 있지 않다는 생각이 들었다. 그리고 그것이 다행이라는 생각도 들었다. 큰돈이 들어온다는 것은 어쩌면 사실일 테지만, 어쩌면 사실이 아닐 수도 있었다. 그런 것이 중요하지 않은 건 아니지만, 적어도 그 자리에서 중요한 건 아닌 것처럼 나에게는 여겨졌다. 그 순간, 아무도 자기를 이해해주지 않는 세계에서 평생을 살아온 규의 외로움이 손에 잡힐 듯 선명하게 전해져왔다. 감전된 듯 온몸이 찌릿찌릿했다. 규는 자기가 이해할 수 없고, 자기를 이해해주지 않는 세계에서 살았다. 자기를 이해해줄 수 없는 세계에서 그가 취할 수 있는 아마도 유일한 존재방식이 부유(浮遊)였다는 것이 어렴풋하게 깨달아졌다. 존재의 최소한의 방식, 유령이 되지 않기 위해 그는 부유하는 방식을 택했을 것이다. 그런 생각을 하자 나른하게만 보이던 그의 표정이 애써 모욕을 견디고 있는 것처럼 여겨졌다. 나는 밑바닥에서 치받아올라오는 뜨거움을 이기지 못하고 소리쳤다. 그만 해요. 그만들 해요. 억눌린 내 목소리는 찌그러져서 나왔다. 나는 한번도 울지 않은 메마른 그의 눈을 대신해서 울어주고 싶었다. 어쩌면 내 안에서 부글거리며 다시금 형체를 만들어가는 불편한 기운을 흩뜨리기 위해서 그랬는지 모른다. 나 역시 살아야 한다는 요청을 받고 있었는지 모른다. 그런 점에서 내 눈물은 순수하지 않다. 조금 전에 산 사람은 살아야 한다고 중얼거린 사람이 혹시 나였을까. 변명하듯 고개를 저으면서 나는 가슴에 아릿한 통증을 느꼈다. 병실 안은 침묵 속으로 곤두박질쳤다. 두 사람은 눈물을 글썽이는 나를 의아하게 바라보고는 입을 다물었다. 잠시 후 그녀의 동생이 먼저 병실을 나가고 뒤이어 그녀가 나갔다.

규가 숨을 거칠게 몰아쉬었기 때문에 나는 컵에 물을 받아 빨대를 물렸다. 눈이 마주친 순간 그가 무슨 말인가를 했다. 그러나 알아들을 수 없었다. "뭐라고?" 그가 다시 입을 달싹였다. 신경을 곤두세우고 들었지만 역시 잘 들리지 않았다. 그가 잠깐 숨을 고르고 나서 침대 밑을 가리켰다. 나는 그곳에 손을 넣어보았다. 종이컵과 화장지와 일회용 젓가락과 과도와 양말과 티백과 수건이 들어 있는 종이상자가 보였다. 그가 손짓을 했다. 상자 안에서 무엇인가를 찾으라는 신호처럼 보였다. 나는 거기 들어 있는 것들을 하나하나 꺼내어 확인시켰다. 몇가지의 물건이 더 나왔다. 볼펜이 한 자루 나오고 며칠 전 신문도 나왔다. 규는 그것들에 대해 반응을 보이지 않았다. 맨 아래에서 빛이 바랜 서류봉투가 하나 나왔다. 내가 그것을 들어 보이자 규는 고개를 끄덕였다. 나는 봉투 속의 내용물을 꺼냈다. 오래된 노트 한 권이 나왔다. 너무 오랜만이라 나는 처음에 그 노트를 알아보지 못했다. 규가 펼쳐보라는 손짓을 했다. 나는 첫장을 넘겼다. 잊고 있었던, 익숙한 내 필체가 마치 화석에 찍힌 아득한 시절의 발자국처럼 모습을 드러냈다. 나의 첫 문장들에는 손때가 묻어 있었다. 오래전에 땅속에 깊이 파묻어두었던 죄를 다시 꺼낸 것처럼 마음이 뒤숭숭했다. 이것을 여태 가지고 있었단 말인가. 이것을, 어쩌자고 여태 가지고 있단 말인

가. 내가 잊으려고 파묻은 곳이 규의 가슴이었다고 생각하니 마음이 무거웠다. "내가 너에게 무슨 짓을 한 거지?" 나는 신음처럼 내뱉었다. 나는 아무 짓도 하지 않았다. 그렇지만 누군가 나로 인해 아파하는 사람이 있다면 내가 아무 짓도 하지 않았다고 말하는 것이 떳떳한 일일까. 그는 또 무슨 말인가를 했다. 이번에도 발음이 정확하지 않았지만, 그러나 나는 그가 무엇을 요구하는지 알아차렸다. 읽으라고? 나는 확인하듯 물었다. 나는 그의 얼굴을 내려다보았다. 그는 재촉이라도 하듯 나를 빤히 쳐다보았다. 생각해보면 그는 늘 나의 유일한 독자였다. 나의 모든 문장들이 그에게 읽히기 위해 씌어졌다는 생각이 들었다. 나는 노트를 펴들고 나의 첫 문장들을 읽기 시작했다. 손이 덜덜 떨렸다. 목소리도 덜덜 떨려서 나왔다.

어느 여름날 나는 얼음과자를 사먹기 위해 아버지의 지갑에서 천원 짜리 한 장을 훔쳤다. 처음에는 아버지가 눈치채지 못할 거라는 생각이 압도적이었다. 천원짜리가 한 장만 있었다면 몰라도 다섯 장이나 있었다. 다섯 장 가운데 한 장 없어진 걸 어떻게 안단 말인가. 아버지가 그렇게 꼼꼼한 사람은 아니지 않은가. 돈을 빼내고, 얼음과자를 사기 위해 달려가고, 마침내 그 달콤하고 차가운 얼음과자를 입에 넣고 빨 때까지 나의 범죄가 들통나지 않을 거라는 확신으로 충만해 있었다. 그 단단한 확신의 원천은 욕망이었다. 달콤하고 시원한 얼음과자를 입에 넣고 빨아먹고 싶은 너무 큰 욕망이 염려와 불안을 잠재웠다. 그러나 얼음과자의 부피가 줄어들고 숨어 있던 막대가 드러나면서 염려와 불안은 서서히 깨어났다. 그렇게 단단하던 확신은 어느 순간 얼음과자 녹듯 녹아흘렀다……

나의 어눌한 낭독에 맞춰 그의 입이 살짝살짝 들렸다가 닫혔다. 그것은 그가 그 문장들을 거의 외우고 있다는 증거였다. 나는 무서웠다. 나는 죄를 짓는 것 같았다. 문득 내가 읽는 문장들이 내 것이 아닌 것처럼 여겨졌다. 어느 순간, 그의 목소리가 잦아드는가 싶더니 달싹거리던 입술이 움직이지 않았다. 눈도 감겨 있었다. 그는 잠들어 있었다. 그런데도 나는 잠들어 있는 그를 위해 내 문장들을 읽었다. 눈물이 나왔다. 눈물이 떨어져 노트에 얼룩을 만들었다. 나는 계속해서 끝까지 읽었다. 나의 읽기는 필사적이었다…… 나는 끝내 미안하다는 말을 하지 못했다.

무슨 일이든
아무 일도

1

상규는 집이 흔들린다고 말했다. 그 말을 들은 사람은 그의 누나였다. 그녀가 밥상을 치우러 들어갔을 때 그는 방바닥에 납작 엎드려 있었다. 가슴과 배를 장판에 붙이고 양팔을 활짝 펴고 한쪽 다리를 상 밑에 집어넣은 기이한 모습이었다. 검은콩으로 만든 두부와 고등어조림과 시금치를 넣고 끓인 된장국에는 수저를 댄 흔적이 없었다. 방 안 공기에는 음식냄새가 배어 있었다. 너, 또 밥을…… 그녀는 밥상에 손도 대지 않은 동생을 나무라려다가 방바닥에 희한한 자세로 엎드려 있는 모습을 보고는 문득 정수리에 찬물 한줄기가 부어진 것 같은 서늘한 느낌을 받고 입을 다물었다. 그녀는 손바닥으로 자기 얼굴을 만져보았다. 그러나 물론 물기 같은 건 만져지지 않았다. 그리고 보면 꼭 찬물 한줄기가 정수리에 부어진 게 아닐 수도 있었다. 그보다는 오히려 어디선가 날아온 돌멩이가 정강이를 때린 것에 가깝다는 생각이 들기도 했다. 찬물이든 돌멩이든, 그리고 정수리든 정강이든 무엇인가가 그녀를 움찔하게 만든 건 사실이었다. 그녀는 그런 느낌이 어디서 비롯하는지 가늠해보려고 했지만 잘되지 않았다. 그녀는 조금 전에 자기가 본 것을 다시 보기 위해, 아니면 자기가 보지 못한 것을 새로 보기 위해 방 안을 휘둘러보았다. 그녀의 눈에는 조금 전에 보았던 밥상과 그 밑으로 한쪽 다리를 집어넣은 채 엎드려 있는 동생의 모습만 보였다. 두꺼운 커튼이 쳐진 창문 쪽으로 고개를 돌려 얼굴 한쪽을 바닥에 붙이고 있었기 때문에 그녀는 그의 표정을 읽을 수가 없었다. 그녀는 돌연 그 낯선 느낌의 발원지를 밝혀내고 싶은 의욕에 사로잡혔는데, 그러기 위해서는 우선 상규의 얼굴 표정을 살펴야 한다고 판단했다. 그런 판단이 그녀로 하여금 방 안으로 몇걸음 딛게 만들었다.

　눈은 감고 미간은 찌푸리고 있었다. 감긴 그의 눈은 움직임이 없는 육체와 상응하여 언뜻 죽은 몸을 떠올리게 했다. 그러나 상규에게서 죽은 몸의 이미지를 떠올린 것은 처음이 아니었고, 따라서 그것이 그녀에게 찬물이나 돌멩이로 충격을 가하지는 않았을 거라고 그녀는 추측했다. 언뜻 그의 눈썹 부위가 꿈틀거리는 듯했다. 잔뜩 찌푸린 미간의 주름은 밖으로 빠져나오려는 내부의 고뇌를 억지로 틀어막고 있는 것처럼 보였다. 그러자 이번에는 그 일그러진 눈썹 부위와 찌푸린 미간이 팔을 벌린 채 엎드린 자세와 맞물려 생각 밖의 영상을 불러냈다. 그것은 십자가형을 받고 있는 사람의 모습이었다. 어쩌면…… 그녀는 입을 벌리고 짧게 탄성을 질렀다. 아버지는 간혹 저놈은 내 십자가

다, 하며 혀를 차거나 고개를 흔들었다. 때로는 우리 가족의 십자가라고 표현하기도 했다. 그 말을 할 때면 아버지는 정말로 무거운 십자가 형틀을 지고 가파른 언덕길이라도 올라가는 것처럼 얼굴을 잔뜩 찌푸렸다. 그녀는 물론 어머니도 이의를 제기하지 않음으로써 아버지의 의견에 암묵적으로 동의했다. 아버지에게든 가족에게든 십자가는 상규에 대한 익숙한 상징물이었다. 그렇지만 그 상징 속에서 그는 누군가 짊어지지 않으면 안되는 십자가였지 그 자신이 십자가를 지고 있는 사람은 아니었다. 고통을 제공하는 자였지 고통당하는 자가 아니었다. 그를 짊어지고 가야 하는 누군가가 고통당한다는 가정은 자연스러웠지만 그가 누군가를 짊어지고 가야 하기 때문에 고통당한다는 가정은 부자연스러웠다. 그것이었던가. 그 부자연스러움이 찬물 한줄기가 되어 정수리에 떨어지고 돌멩이가 되어 정강이를 때렸던가. 그녀는 수치심과도 같은 당혹감을 느꼈다. 당혹감이 수치심을 동반한 것은 인정하기가 쉽지 않다는 증거였다. 그녀는 갑자기 마음이 급해져서 동생이 손도 대지 않은 밥상을 들고 밖으로 나갔다. 그녀의 한쪽 발이 문밖으로 나가고 다른 쪽 발이 밖으로 나가기 위해 허공에 들린 순간, 마치 그녀의 발을 붙잡기라도 하려는 것처럼 그가 말했다. "집이 흔들려. 알아? 집이 흔들리고 있어." 얼굴을 방바닥에 붙이고 발음을 해서 그런지 목소리가 웅웅거렸다. 고개를 돌려 소리나는 곳을 바라보긴 했지만 그러나 그녀는 붙들리지 않았다. 무슨 소리를 하는 거야, 하고 묻지도 않았다. 왜 그런지 그녀는 그 방을 서둘러 빠져나가야 한다는 생각에 사로잡혀 있었다.

2

상규는 밥을 굶었다. 밥상 근처에 다가오지도 않았다. 음식들은 상 위에서 차려진 채로 식고 그대로 버려졌다. 혹시 음식이 마음에 들지 않아서 그런가 하고 메뉴를 바꿔보았지만 마찬가지였다. 음식이 맛이 없거나 입맛이 없어서 그런 것은 아닌 듯했다. 그녀는 며칠 동안 아무에게도 그 사실을 말하지 않았다. 하기야 말할 기회를 얻기가 어렵기도 했다. 술에 절어 새벽에 귀가한 아버지는 일어나자마자 야채즙을 한잔 마시고 싸우나를 하러 갔다. 하루를 싸우나탕에서 시작하고 술집에서 마감하는 것이 그의 일상이었다. 싸우나 회원권은 그가 가지고 있는 여러 개의 회원권 가운데 하나였다. 어머니는 아버지가 회원권을 가지고 있는 설악산의 한 콘도에 가서 사흘 동안 돌아오지 않았다. 미용사협회의 정기 쎄미나가 그곳에서 열렸다. 미용사협회 회장인 어머니는 쎄미나의 장소와 경비를 기꺼이 제공했다. 무슨 쎄미나인지 모르지만 어머니가 회장이 된 후 그 미용사협회는 그런 행사를 자주 가졌다. 그녀가 회장이 되기 전에 그런 종류의 행사가 얼마나 자주 열렸는지 모르니까 그것이 그녀의 영향이라고 단정지어 말할 순 없는 노릇이다. 둘쨋날 밤에 전화를 걸어온 어머니는 별일 없느냐고 물었다. 별일 없다고 대답하자 아버지는? 하고 물었다. 정말로 궁금해서 물은 게 아니라는 건 대답을 기다리지도 않고 말을 바꾼 데서 알 수 있었다. 어머니는 집 잘 봐라, 하고 전화를 끊었다. 만일 그녀가 동생에 대해 물었다면, 그것이 설령 형식적인 질문에 불과하더라도, 어쩌면 그녀는 동생이 한 말과 그 방에서 받은 이상한 기분에 대해 한마디쯤 했을지 모른다. 그렇지만 어머니는 바쁜 일이라도 있는 것처럼 서둘러 전화를 끊었다.

 상규가 밥을 굶지 않았다면, 아니, 집이 흔들린다는 말을 입밖에 내지 않았다면, 그녀 역시 동생에게 관심을 기울이지 않았을 것이다. 그녀는 그저 아무 일 없이 하루하루가 지나가기를 바랐다. 삶은 나른하고 진부했다. 언제부터인가 그녀는 집안일을 끝내놓고 나면 컴퓨터를 켜고 앉아 같은 모양의 과일을 세 개씩 맞춰 떨어뜨리는 아주 단순하고 전혀 창의적이지 않은 게임을 두세 시간씩, 어떨 때는 저녁 준비할 때까지 하곤 했는데, 종종 '프루트 다이어트'라는 이름의 그 게임이 자신의 삶과 닮았다는 생각을 했다. 상규의 밥을 챙겨주는 것이 그의 일과 가운데 가장 중요한 일이었다. 아버지는 집에서 밥을 먹지 않았고 어머니도 거의 그랬다. 집에서 밥을 먹는 사람은 상규와 그녀뿐이었다. 상규와 그녀만 집에 있기 때문이었다. 가끔 외출을 했다. 하지만 그것을 창의적인 일이라고 할 수는 없었다. 그렇다고 동생 밥 챙겨주는 일을 창의적이라고 할 수도 없는 노릇이었다. 그 일을 포함해서, 또는 그 일 때문에 더욱 그녀의 삶은 프루트 다이어트와 다름없는 것이었다. 프루트 다이어트는 진부하고 지루하지만, 그러나 그녀는 그 진부함과 지루함에 익숙해졌다. 진부함과 지루함이야말로 삶의 속성. 진부함은 편안하고 지루함은 안정감을 준다. 프루트 다이어트는 그녀에게 삶을 가르쳤다. 그런 점에서 상규가 밥을 굶고 하루종일 이상한 자세로 엎드려 있고 알아먹기 힘든 말을 하는 것은 그녀를 불안하게 하는 요인이었다. 그것으로 동생은 그녀의 진부함의 평화, 지루함의 안정을 공격했다.

 그녀는 왜 밥을 먹지 않느냐고 물었다. 상규는 대답하지 않았다. 그녀는 밥을 먹지 않으면 안된다고 말했다. 밥을 먹지 않으면 기운이 떨어진다. 몸을 움직일 수가 없어진다. 밥을 먹지 않으면 죽는다. 그렇게 말하면서 그녀는 하기야 상규는 몸을 움직이지 않고 하루종일 방바닥에 달라붙어 있으니까 기운을 내지 않아도 되고, 그러니까 밥을 챙겨먹지 않아도 죽지 않을 거라는 생각을 했다. 상규는 대꾸하지 않았다. 그 대신 그 말을 되풀이했다. 집이 흔들려. 집이 흔들린다니까…… 그게 무슨 소리냐. 그녀는 묻고 대답했다. 집이 흔들린다니, 그럴 리 없다. 벽에 걸린 시계, 선반 위의 도자기들, 찬장 속의 유리잔들, 천장에 달린 전등들, 액자들, 화분들, 책들, 모두 미동도 없이 자기 자리를 지키고 있지 않느냐…… 그러나 상규는 집이 흔들린다는 말만 되풀이했다. 그렇게 말할 때 그의 얼굴은 알 수 없는 고통으로 일그러졌다. 고통의 내용은 알 길이 없었지만, 그가 몹시 아파한다는 건 확실히 알 수 있었다. 그녀는 그를 마주 대하고 있기가 거북했다. 그녀의 의식 안쪽에 몸을 숨기고 있던 정수리의 찬물과 정강이의 돌멩이가 쭈뼛거렸다. 그래서 그녀의 추궁과 충고는 어느 순간 일관성을 잃고 흔들렸다. 머릿속이 누렇게 바래는 것 같은 느낌은 아주 고약했다. 그런 느낌이 찾아오면 대개의 경우 그녀는 자기도 모르게 일단 상황을 얼버무리는 쪽으로 후퇴해버렸다.

그녀가 어머니에게 상규에 대해 이야기한 것은 상규가 나흘째 밥을 굶은 날 밤이었다. 그녀는 상규가 이상해요, 하고 말을 꺼냈다. 클렌징크림으로 화장을 지우면서 어머니는 그놈이 이상하지 않은 적 있었냐, 하고 받았다. 그게 아니라, 좀 달라요…… 그녀는 그가 나흘째 밥을 먹지 않는다는 사실을 알렸다. 어머니는 번들거리는 얼굴을 닦은 화장지를 휴지통에 던져넣고 욕실로 들어갔다. "하루종일 방바닥에 바짝 엎드려서 지내요. 그리고 한다는 소리가……" 그러나 그녀의 목소리는 샤워기에서 쏟아지는 물소리에 묻혀버렸다. 욕실에서 나와 화장대에 앉은 어머니에게 그녀는 다시 상규가 요즘 통 밥을 먹지 않는다고 일렀다. "입맛이 없는가보지. 요새가 그럴 때다. 신선한 봄나물을 좀 해주려무나." 어머니는 얼굴에 마싸지크림을 바르면서 대수롭지 않게 대꾸했다. "소용없어요. 아예 숟가락도 들지 않는다니까요. 벌써 나흘째 그래요." "왜 그런다니? 애가 원래 먹는 것에 욕심이 없긴 하지. 금식기도를 하는 모양인가. 너무 오래 하지 말라고 해라. 아이고, 피곤해. 나 잔다. 아버지 들어오면 문 열어주고, 나는 지금부터 푹 자야 하니까 깨우지 말라고 해라." 어머니는 침대에 누워 눈을 감아버렸다. "불 좀 꺼주라." 그녀는 불을 끄고 어머니의 침실을 나왔다.

3

　　금식기도를 하는 모양이라는 어머니의 추측은 터무니없는 것이라고 그녀는 생각했다. 왜냐하면 기도 같은 건 하고 있지 않았으니까. 상규가 금식기도를 한 적이 있긴 했다. 그러나 그것은 아주 오래전의 일이었고, 자발적인 의사에 따른 것도 아니었다. 운동장에서 단체로 기합을 받다가 거품을 물고 쓰러진 뒤 헛소리를 하기 시작한 상규를 '나사로 갱생원'으로 데리고 간 사람은 어머니였다. 병원에서의 치료가 더딘 까닭이기도 했고, 주변 사람들의 권고가 집요했기 때문이기도 했다. 무엇보다 그 주변 사람 가운데 어머니의 사촌언니가 나사로 갱생원의 원장이라는 것이 가장 큰 이유였을 것이다. 사정을 들은 갱생원 원장은 두말하지 말고 자기에게 데리고 오라고 했다. 육체에 생

긴 질환도 그렇지만, 특히 정신에 문제가 생긴 경우라면 기도하는 것
말고 다른 방법이 없다는 것이 그분의 신념이었다. 아버지는 내키지
않아했다기보다 관심없어한 쪽에 가까웠다. 어머니 뜻대로 하라는 식
의 의중을 보였는데, 어쩌면 그것은 결혼한 지 3년 반밖에 되지 않은
새로운 아내에 대한 애정과 믿음(그런 게 있다면)을 표현하는 아버지
나름의 방식이었는지 모를 일이었다.

아버지는 첫번째 아내가 위암으로 숨진 지 1년 만에 열 살 연하의
미용사와 결혼식을 올렸다. 변두리 동네 골목에서 보조미용사 두 명
을 데리고 미장원을 운영하던 사십대 초반의 미용사는 결혼하자마자
시내 한복판에 100평짜리 건물을 빌리고 자기 이름을 앞에 내세워
'윤혜토탈헤어샵'을 냈다. 직원만 스무 명이 넘었다. 손톱 관리는 물
론 전신 마싸지까지 받을 수 있는 시설이 만들어졌다. 그것만이 아니
었다. 오래지 않아 아버지 소유의 빌딩들마다에 윤혜토탈헤어샵이 들
어섰다. 아버지는 워낙에 그런 사람이었지만 새로 아내를 들인 뒤로
는 더욱 집안의 크고작은 일에 신경을 쓰지 않으려고 했다. 꼭 바빠서
그런 건 아닌 듯했다. 어떤 점에서 그는 전처와는 달리 매사에 적극적
이고 활동적인 젊은 아내를 마음에 들어했다.

상규를 갱생원에 집어넣을 때도 그는 아버지로서의 의무나 권리를
행사하지 않았다. 어쩌면 대수롭지 않게 생각했는지 모른다. 상규의
상태를 얕봤거나 나사로 갱생원이라는 곳을 얕봤을 수 있었다. 졸업
을 9개월 남기고 학교를 떠난 상규는 다시 학교로 돌아가지 못했다.
그 자신 돌아가려고 하지 않기도 했거니와 돌아가라고 독려한 사람
또한 없었다. 학급 평균성적이 떨어졌다는 이유로 기온이 삼십도를
오르내리는 한낮에 운동장을 여러 바퀴 돌린 담임교사가 징계를 받았

다거나 학교를 떠났다는 소식은 들려오지 않았다. 그는 유능한 교사로 소문이 나 있었고, 그런 평가는 그 일이 있은 뒤로도 달라지지 않았다. 한번 집으로 찾아오긴 했었다. 그때 상규는 갱생원에 들어가 있었다. 아버지 역시 여러 주째 지방에 머물고 있어서 담임교사를 만나지 못했다. 그를 만난 사람은 어머니였는데, 그녀는 엉뚱하게도 윤혜토탈헤어샵의 명함과 삼십 퍼쎈트 할인권을 내밀었다. 어머니는 마치 사업상 만나는 사람처럼 교사를 대했다. 교사는 다소 어리둥절해하면서, 그러나 학부형의 뜻밖의 너그러움에 안도하며 돌아갔다.

상규는 나사로 갱생원에 오래 있었다. 오래 있었지만 상태는 좋아지지 않았다. 그는 자주 금식을 했고, 해야 했고, 안수를 받았고, 받아야 했고, 새벽기도를 했고, 해야 했다. 처음에 그는 금식을 거부했고, 안수를 거부했고, 기도를 거부했고, 나사로 갱생원을 거부했다. 그의 거부의 표현은 괴성과 몸부림이었다. 그가 괴성을 지르고 몸부림치면 나사로 갱생원은 그를 격리하고 약물을 주입했다. 갱생원은 사람들이 드나들지 않는 깊은 산속에 있었다. 오래지 않아 상규는 어떻게 해도 자기의 뜻이 수용되지 않는다는 사실을 깨달았고, 자기에게 거부할 권한이 없다는 사실을 깨달았다. 그런 다음에는 입을 다물어버렸다. 그는 식물처럼 모든 것을 받아들이고 순응하는 편을 택했다. 그는 시키는 대로 안수를 받고 금식을 하고 새벽에 일어나 기도했다. 때로 그는 진실한 신자처럼 보이기도 했다. 정말로 자기가 소원하는 바를 얻을 거라는 확신을 가지고 무언가를 간절히 구하는 것처럼 보이기도 했다. 어머니의 사촌언니인 갱생원 원장은 상태가 많이 호전되었다고 전했다. 그러나 상규의 누나인 그녀의 눈에 호전의 기미는 보이지 않았다. 겉으로 보기에 얌전해진 것은 사실이었지만 그것은 약물과 통제가 거둔 일시적인 효과에 지나지 않았다. 아버지와 어머니는 상규가 갱생원에 들어간 이후 한번도 찾아가지 않았다. 물론 두 사람 다 그럴 시간이 없었기 때문이었다. 가끔씩 상규를 만나러 간 사람은 그녀였다. 그녀는 속옷과 간식거리를 사고 반찬을 만들어서 동생을 찾아갔다. 그때마다 원장은 자기들이 잘 돌보고 있으니까 찾아올 필요 없다고 말했다. 그러나 그녀가 보기에 그들은 잘 돌보는 것 같지 않았다. 그녀는 동생에게서 호전의 기미 대신 무기력과 불안, 그리고 공포를 읽었다. 말도 하지 못하고 그녀를 똑바로 쳐다보지도 못하는 동생의 흐리멍덩한 눈빛은 그녀에게 두려움과 슬픔을 느끼게 했다. 무언가를 하소연하는 것과 같은 표정을 짓고 있으면서도 의사표현에 대한 의지를 보이지 않는, 보이기를 두려워하는 동생의 모습은 갱생원에 의해 길들여진 한마리 짐승 같았다.

"한번 가보세요, 아버지." 어느날 그녀는 울면서 말했다. 가서 그곳이 어떤 곳인지, 당신의 아들이 어떤 모습을 하고 있는지 보았으면 좋겠다고, 그러면 아버지도 상규를 그곳에 그냥 두지는 않을 거라고 했다. 아버지는 그놈은 정신을 좀 차려야 한다고 단호하게 말했다. 아버지는 담배 피우다가 체육선생에게 걸린 고등학교 1학년 아들 때문에 학교에 불려간 일을 수치스럽게 기억했다. 아들은 한 달 동안 화장실 청소를 했고, 아버지는 다시는 이런 일이 일어나지 않도록 철저히 지도하겠으며, 만일 아들이 다시 담배를 피우면 학교 측이 내리는 어떤 처분도 받아들이겠다는 서약서를 써야 했다. 어머니가 돌아가시고 미용사 어머니가 새로 집에 들어오지는 않은 시기에 일어난 일이었다. 아버지는 방치한 아들에 대한 반성 대신 자기를 욕보인 아들에 대한 울화만을 내세웠다. 그때 그 말을 했다. 저놈은 나와 우리집의 수치다. 저런 놈이 어떻게 내 아들인지 모르겠다. "지금 그때 일을 생각해서 뭐 하려고요? 그때 일은 잊으세요. 지금 상규는 정상이 아니에요. 상규는 갱생원에 있어요. 그곳은 그가 있을 곳이 아닌 것 같아요. 상규는 환자예요. 걔는 치료를 받아야 해요. 아버지가 한번 가보셔야 해요." 신문을 소리나게 넘기던 아버지는 딸의 예상치 못한 집요함에 약간 짜증스러워하며 알았다고 대답했다. 알았다고 해놓고 가지 않았다. 아버지는 어머니에게 그 일을 맡겼다. 시간을 내기가 아버지만큼 어려웠던 어머니는 나사로 갱생원에 전화를 걸어 이쪽의 기류를 전하고 적극적인 치료를 당부했다. 어머니의 전화는 엉뚱한 효과를 발휘했다. 그녀는 그때까지 자유롭게 허용되던 면회가 한 달에 한번으로 제한되었다는 통보를 받았다. 그녀는 자주 헛걸음을 쳤다. 가지고 간 속옷과 간식거리와 반찬 들이 제대로 전달되는지도 확인할 길이 없었다.

상규는 점점 사람의 모습을 잃어갔다. 한달에 한번씩 그를 면회하고 돌아오면서 그녀는 그의 몸에서 영혼이 다 빠져나가고 있는 것 같다는 생각을 했다. 조금만 더 빠져나가면 부러진 나뭇가지처럼 만지기만 해도 바스락거릴 것 같았다. 그대로 두어선 안될 것 같았다. 그녀는 아버지 어머니에게 사정하고 애원한 끝에 상규를 나사로 갱생원에서 빼내는 데 성공했다. 그 과정에서 상규가 집으로 돌아오면 그녀가 온전히 책임지고 돌보겠다고 한 약속을 어머니는 몇번이나 확인하고 다짐받았다. 입사시험 준비를 하고 있던 그녀에게 어머니는 취직을 포기하겠느냐고 물었다. 그녀는 그렇게 하겠다고 약속했다. 결혼을 하게 되면 어떻게 할 건데? 하는 물음은 결혼도 포기할 수 있느냐는 질문을 감추고 있었다. 심지어 결혼하게 되면 동생까지 데리고 나가야 한다는 단서를 달고 있는지도 몰랐다. "어쨌든 내가 알아서 돌보겠다고 하잖아요." 그녀의 신경질적인 응수를 받고 자기가 좀 철면피하다고 생각했는지 어머니는, 그건 알지만, 그게 뭐, 쉬운 일은 아니니까, 어쩌고 하며 말꼬리를 감췄다. 그렇게 하여 겨우 상규를 나사로 갱생원에서 빼내올 수 있었다. 그녀가 상규를 맡은 사연의 대략이 그러했다.

4

"하여튼, 그놈은…… 배가 부른가보지. 배가 부르니까 안 처먹으려고 그러지. 배고파봐라, 지가 안 처먹나. 내버려둬라." 아버지는 언성부터 높였다. 그녀는 벌써 말 꺼낸 걸 후회하고 있었다. 아버지는 여러 날 집에 들어오지 않았다. 원주에 두 달 정도 머물 거라고 말한 것이 지난주였다. 앞으로 한동안 아버지 얼굴 보기가 어려울 것이었다. 자주 있는 일이었다. 아버지는 여기저기 다니며 건물을 지어 팔았다. 주로 다세대주택이었지만 상가도 있었다. 전국 어디든 가리지 않고 뛰어다녔다. 어떨 때는 서너 군데 공사를 동시에 진행하기도 했다. 전라도와 경기도와 충청도를 하루 간격으로 오가며 인부들을 독려하고 작업과정을 지휘하는 일이 아버지에게는 특별한 일이 아니었다. 알린다고 해서 뾰족한 수가 생길 거라는 기대는 없었지만, 그래도 아버지는 아들에게 일어나는 일을 알고 있어야 한다고 그녀는 생각했다. 아버지의 반응은 어머니와는 다를 거라는 예감도 막연히 들었다. 그렇긴 하지만 상규 입에서 나사로 갱생원에 도로 데려다달라는 말이

나오지 않았다면 아버지에게 쉽게 전화를 걸지는 않았을 것이다. 처음에 그녀는 자기가 잘못 들었는가 싶었다. 그도 그럴 것이 상규의 입에서 갱생원에 들어가겠다는 말이 나오리라고 상상할 수는 없었다. 무슨 소리니, 그게, 하고 따져물었지만 상규는 다른 말을 할 때처럼 같은 말만 되풀이했다. "나사로 갱생원에 데려다줘. 나사로 갱생원에 데려다줘……" 이번에는 왜냐고 물었다. "갑자기 왜 갱생원이야? 왜 그곳엘 가려고 하는데?" 상규에게는 이유가 없었다. 이유가 있었는지는 모르지만 밝히지는 않았다. 그저 데려다달라는 말뿐이었다. 그리고 잠깐 사이를 두었다가 집이 흔들린다는 말을 또 여러차례 반복했다. 말을 하면서 떼를 쓰듯 바닥을 기고 발뒤꿈치로 쿵쿵 소리를 냈다. 그 두 문장 사이에 인과관계를 부여해서 들으면, 집이 흔들리니까 나사로 갱생원에 가야겠다는 말로 들리기도 했다. 그렇지만 그 문장은 도무지 이해할 수 없는 문장이었다. 집이 흔들리는 것과 갱생원이 무슨 상관이란 말인가.

아버지는 몹시 바쁜 모양이었다. 별것 아닌 일로 길게 시간 끌지 말라는 의중이 말투에서 전해져왔다. 그렇지만 기왕 시작한 이야기를 중간에서 거둬들일 수는 없었다. "제가 어떻게든 먹게 해보겠어요. 잘될지는 모르겠지만. 그것보다 더 심각한 건…… 상규가 이상한 소리를 해요." 그녀는 되도록 빠르게 말을 옮겼다. "무슨 말이냐. 나 바쁘다." 아버지는 금방이라도 전화를 끊어버릴 것 같았다. 그녀는 전화기를 잡은 손에 힘을 주고, 어머니가 이야기하지 않던가요? 하고 물었다. 아버지는 들은 거 없다고 대답했다. 그녀 역시 어머니가 아버지에게 이야기했을 거라는 생각은 하지 않았다. 밥을 먹지 않는다고 하자 금식기도를 하는 모양이라고 반응한 사람이 아니던가.

"미친놈. 개떡같은 소리 하지 말라고 해라. 이 세상의 집이 다 흔들 린다고 해도 우리집은 끄떡없다. 우리집은 내가 직접 지었다. 내가 누 구냐. 내가 집 짓는 사람 아니냐. 내가 살 집을 오죽 튼튼하게 지었겠 냐. 그런 정신나간 놈이 하는 말을 뭐 들을 게 있다고……" 집이 흔들 린다는 상규의 말을 전했을 때 아버지는 어처구니없다는 듯 헛웃음을 웃고 나서 버럭 소리를 질렀다. 20년 동안 집을 지어온 사람의 자부 심을 은연중에 내비치는 것도 같았다. 다른 건 몰라도 집에 대해서는 내 앞에서 이러쿵저러쿵 아는 체하지 말라는 호언이기도 했다. 하지 만 그 튼튼하다는 다리도 무너지고 백화점도 무너지잖아요, 하고 반 문하려다 그만두었다. 공연한 대들기에 불과하다는 걸 그녀는 알고 있었다. 백화점이 무너지는 장면을 텔레비전으로 보면서 혀를 끌끌 차던 아버지의 모습을 떠올렸다. 그날 아버지는 부실공사의 폐해에 대해 일장연설을 했다. 건물의 생명은 견고함이다, 하고 아버지는 말 했다. 디자인은 그다음이다, 하고 아버지는 말했다. 돈을 좀 아끼려고 불량 자재를 쓰고 공기를 무리하게 앞당기려고 엉성하게 작업을 하는 것은 살인행위에 다름아니다, 하고 아버지는 말했다. 왜냐하면 사람 이 그 안에서 먹고 일하고 자고 사랑하기 때문이다, 하고 아버지는 말 했다. 오래전의 일이었다. 그처럼 자기가 지은 건물에 대한 아버지의 자부심은 남다른 데가 있었다. 그런 사람이 자기가 살 집은 오죽 공들 여서 잘 지었겠는가. 아버지에게 이의를 제기하기가 힘들었다. 그렇 지만 그녀는 동생으로부터 무시하기 힘든 어떤 낌새를 받은 터였다. 아버지의 말이 틀리다는 것이 아니라 무언가 다른 것 같다는 느낌이 었다. 정수리에 부어진 찬물이나 정강이를 때린 돌멩이에 대해 설명 할 수 없는 것이 안타까웠다. "대한민국의 모든 건물이 무너져도 우리

집은 끄떡없을 거라고 해라. 뭐 좀 좋아지는 구석이 있어야 할 텐데 이거야 원…… 저렇게 집에 계속 둬도 괜찮은 거냐? 네가 고생한다만, 정말로 어떻게 해야 할지 모르겠다. 아이고, 골치아프다." 그렇게 말하는 아버지에게 상규가 나사로 갱생원에 데려다달라고 했다는 말을 할 수가 없었다. 왜 그런지 그 말을 하면 안될 것 같았다. "나는 모르겠다. 어머니와 상의해봐라." 아버지는 전화를 끊었다. 예상대로 아버지는 어머니와 상의하라고 떠넘겼다. 그러나 어머니는 상의의 대상이 되기를 원하지 않는다는 의사를 이미 표명한 상태였다. 아버지는 정말로 그런 사실을 모르는 것일까. 그럴 수도 있었다. 그렇지만 알면서도 모른 체하고 있을 가능성도 있었다. 그리고 만일 그렇다면, 그것은 그저 귀찮기 때문이라는 가정이 가능했다. 아버지는 상규에 대해 골치아프다고 말했다. 정말로 그런지는 의심스러웠다. 말만 그렇게 하고 있을 가능성이 더 컸다. 골치가 아프다면 다른 일을 하는 데 지장을 받아야 하는데, 전혀 그런 것 같지 않았다. 귀찮다면 모를까 골치가 아프다는 건 정황에 맞지 않았다. 어쩌면 상규뿐 아니라 그녀까지도 귀찮아할지 모른다는 생각이 문득 들었다.

5

　그녀는 자기가 왜 아버지에게 나사로 갱생원에 데려다달라는 상규의 말을 전하지 않았는지 곰곰이 생각해보았다. 그 말을 하기 위해 전화를 걸었다는 걸 감안하면 그건 확실히 자연스러운 일이라고 할 수 없었다. 일단 그 말을 했다가는 당장이라도 상규를 갱생원에 집어넣을까봐 겁나서 그랬을 수 있었다. 그녀에게 나사로 갱생원은 끔찍한 곳이었다. 상규에게라고 그곳이 다른 곳일 리가 없었다. 그곳에서 상규는 영혼이 빠져나간 빈껍데기, 바스락거리는 마른 나뭇가지가 되어 갔다. 그러니까 나사로 갱생원에 대한 두려움과 불신, 상규에 대한 연민과 애정이 그 이야기를 꺼내지 않은 동기일 수 있었다. 그렇지만 그것이 전부일까. 왜 그렇게 살아? 대체 언제까지 그렇게 살 건데? 하는 목소리가 불쑥 어디선가 떠올랐다. 그 목소리를 상규가 듣지 못했다고 할 수 없었다. 그리고 만일 상규가 그걸 들었다면?

그 남자는 갑자기 나타났다. 열아홉살 무렵에 한 1년쯤 사귀다가 헤어진 남자가 친구찾기 싸이트에서 사는 데를 알아냈다며 연락을 해온 것이 1년 전이었다. 전화 속에서 남자는 그동안 이 여자 저 여자 만나보지 않은 것도 아닌데 어쩐 일인지 최근 들어 부쩍 그녀 생각이 나더라고, 그때까지 자기가 만난 어떤 여자도 그녀만큼 마음속에 담기지는 않았던 것 같다고, 그래서 수소문해서 찾았다고, 괜찮다면 다시 시작하고 싶은데 받아줄 수 있겠느냐고 제법 진지하게 제안을 해왔다. 그녀는 좀 황당했다. 헤어진 후 그 남자를 그리워해본 적이 없었거니와 다시 시작해보지 않겠느냐는 투의 낯간지러운 제안이 너무 생소해서 하마터면 큰 소리로 웃을 뻔했다. 사실 남자의 의도가 의심스럽기도 했다. 그러나 남자는 끈질긴 구애와 한결같은 태도로 그녀의 의심을 지워내고 자신의 진실을 이해시키는 데 성공했다. 자동차 회사의 영업사원인 그는 틈나는 대로 그녀를 찾아왔다. 대개는 집 근처의 찻집에서 그를 만났다. 가끔은 찻집 근처의 모텔에 들어가 서로의 몸을 교환하기도 했다. 그리고 어느날 그는 결혼을 요구했다. 그녀는 대답하지 못했다. 그럴 때 남자는 그녀의 가슴을 만지작거리거나 허벅지를 쓰다듬으면서 말했다. "왜 그렇게 살아? 대체 언제까지 그렇게 살 건데? 결단을 해버려. 지금 살고 있는 건 너의 삶이 아니야. 자신의 삶을 살라고. 어려울 것 하나 없어. 그냥 나에게 오기만 하면 돼."

때때로 그녀 역시 집을 떠나 그에게 가버리고 싶다는 생각을 하곤 했다. 집이 숨을 막히게 한다는 생각이 들 때, 예컨대 프루트 다이어트 게임조차 흥이 안 나고 시들해지는 순간에 그런 유혹에 직면해 있는 자신을 발견하곤 했다. 남자의 제안대로 결혼을 하는 것이 그녀를 숨막히게 하고 한없이 깊은 나락으로 빠뜨리는 집을 떠날 수 있는 유일한 방법인 것처럼 생각되기도 했다. 그렇게 하지 않으면 결코 집을 벗어날 수 없을 거라는 예감은 그녀의 심리상태를 매우 불안정하게 만들었다. 그런 순간에 그녀는 힘들게 고개를 저으며, 어쩔 수 없이 아버지의 '십자가'를 긍정하곤 했다. 상규는 아버지에게 십자가였지만, 그와 동시에, 어쩌면 자기 자신에게 더욱 십자가였다. 왜 그렇게 사느냐는 질문에 대한 답으로 내가 짊어지고 가야 할 내 몫의 십자가이기 때문이라는 대답만큼 확실한 것은 없었다. 그 대답은 질문하는 사람의 입을 막아낼 만큼 충분히 무겁고 결정적이고 또 운명적이었다. 그것이 왜 너의 십자가냐고 묻는 사람은 그 대답의 결정적이고 운명적인 성격을 이해하지 못하거나 부러 이해하려고 하지 않는 사람일 가능성이 높다. 어리석거나 용감하다. 어리석은 사람에게는 몰라도 용감한 사람에게는 그럴 사정이 있어야 한다. 예컨대 그녀의 남자가 그랬다. 그녀는, 십자가는 자원해서 맡는다기보다 떠맡겨지는 편에 가깝다고, 그러니까 그것은 일종의 숙명인 것이라고, 그렇기 때문에 거부할 수 없는 것이라고 말함으로써 남자를 이해시킨다기보다 자기를 설득하려고 했다. 물론 그는 이해하지 않았다. 이해하지 않았기 때문에 윤혜토탈헤어샵으로 찾아가 그녀와 결혼하겠다고 선언하기도 했다. 두 달 전의 일이었다. 윤혜토탈헤어샵의 원장은 무슨 일인지 알아듣지 못하겠다는 표정을 지었다. 남자는 나중에 그때의 상황을 전하면서, 마치 그런 말을 왜 자기에게 하느냐고 되묻는 것 같은 인상을 받았다고 말했다. 그후 언제까지 그렇게 살 거냐는 그의 추궁이 잦아졌고, 자기 삶을 살아야 한다는 요구는 한층 집요해졌다.

남자를 집으로 들인 것은 실수였다. 집은 거의 항상 비어 있었다. 아니, 비어 있다고 할 수는 없었다. 상규는 언제나 집에 있었으니까. 그렇지만 그는 하루종일 자기 방에서 나오지 않았기 때문에 없는 것이나 마찬가지라는 생각을 갖게 할 만했다. 무의식 속에서 상규를 존재하지 않는 것처럼 간주하고 있었다는 사실을 인정하는 일은 쉽지 않았다. 그녀는 그 부분에서 이타심으로 위장한 자신의 허위의식의 누출을 보았고 그 때문에 부끄러움을 느꼈다. 대낮에 공연히 죄지은 표정을 하고 모텔을 찾아들어가는 일의 난처함이 새삼스럽게 부담스러워져서 그랬을까. 남자의 요구를 여러번 귓등으로 잘 흘려넘겼었는데 그날은 그러지를 못했다. 상규의 존재가 전혀 의식되지 않았던 것은 물론 아니었다. 남자를 자기 방으로 데리고 들어가면서 힐끔 상규의 방문을 쳐다본 것이 그 증거였다. 그러나 적어도 남자를 자기 방으로 데리고 들어가는 그 순간까지는 마음의 요동도 없었고 죄책감도 그리 심하지 않았다. 문제는 그다음이었다. 흥분한 남자가 갑자기 거칠어져서 그녀의 옷을 벗겨내고 가슴을 움켜쥐었을 때 돌연 맥박이 불규칙적으로 뛰기 시작했다. 방바닥에 귀를 붙이고 누워 이쪽에 신경을 곤두세우고 있을지도 모르는 상규의 모습이 눈앞에 떠올랐다.

방 안의 공기 속에 살포된 불안한 기운이 그녀의 몸을 딱딱하게 만들고 입을 틀어막았다. 상규의 예민한 촉수들이 그녀의 방 안까지 뻗어들어와 듣고 보고 냄새맡고 감지하는 것 같았다. 그러자 몸을 움직일 수도 소리를 낼 수도 없었다. 상규의 눈과 귀와 촉수 앞에서 남자와 벗은 몸을 교환하는 짓은 할 수 없었다. 그녀는 오물이라도 뒤집어쓴 것 같은 기분에 사로잡혀서 입술을 덮쳐오는 남자의 입술을 피하고 가슴을 움켜쥔 남자의 손을 뜯어냈다. "왜 그래?" 남자가 이해할 수 없다는 표정을 지었다. 대꾸하지 않고 그녀는 바닥에 뒹굴고 있는 옷을 주워들었다. "뭐야? 왜 그래? 대체 왜 그러는 건데?" 남자가 다시 달려들어 그녀의 손에서 옷을 빼앗았다. "안되겠어요. 아무래도……" 그렇게 말하면서 마주 보이는 쪽 벽으로 눈을 돌렸다는 걸 그녀는 의식하지 못했다. 그리고 그녀의 자책하는 듯한 눈길이 회색 줄무늬 벽지가 발린 벽을 관통해 그 너머의 보이지 않는 공간을 향해 뻗어나가고 있다는 사실을 남자가 눈치챈 것 역시 그녀는 의식하지 못했다. 왜 그렇게 사느냐는 그 익숙한 충고가 남자의 입에서 터져나온 것은 그 순간이었다. 남자는 작정한 듯 소리를 질렀다. 이 집은 너를 가두고 있다. 너는 이 집에서 살고 있는 것이 아니라 갇혀 있는 것이다. 너를 가두고 있는 벽을 부수고 밖으로 나와라…… 그녀는 사정하는 표정을 지어 보이며 제발 목소리를 낮추라고 부탁했다. 그럴수록 남자는 더 목소리를 높였다. 그녀에게 팔을 잡혀 밖으로 끌려나가면서도 남자는 일부러 들으라는 듯 상규의 방을 쳐다보고 소리지르기를 계속했다.

상규가 나사로 갱생원으로 보내달라는 요청을 한 것이 그 일이 있은 뒤였다. 저녁상을 가지고 들어가서 제발 밥을 먹으라고, 먹지 않으

면 죽는다고 위협인지 사정인지 모를 말을 하고 있는데, 귀퉁이에 웅
크리고 있던 상규가 불쑥 갱생원 이야기를 꺼냈다. "나를 나사로 갱생
원에 보내줘……" 나사로 갱생원에 가겠다는 상규의 갑작스러운 제
안이 낮의 일과 직접적인 연관이 있는지는 분명하지 않았다. 상규는
그 문제에 대해 언급하지 않았지만 그녀는 의심의 여지가 없는 일
로 받아들였다. 그녀는 심한 죄책감을 느꼈다. 그녀의 죄책감이 아
버지에게 그 이야기를 하지 못하게 한 진짜 이유라는 걸 그녀는 인정
했다.

6

　어린이대공원의 코끼리들이 무리한 공연에 반발하여 우리를 탈출
하던 날 오후에 그녀는 집 근처의 모텔에 남자와 함께 있었다. 공원을
빠져나온 코끼리들은 차들이 달리는 대로를 무심하게 걸었다. 어떤
코끼리는 누군가의 정원을 짓밟고 오토바이와 의자를 부쉈다. 어떤
코끼리는 도로 한복판에 서서 오랫동안 하늘을 올려다보았다. 그녀는
동생이 나사로 갱생원으로 가기를 원한다는 말을 자신의 죄책감을 고
백하는 형식을 통해 옮겼다. 깊은 죄책감을 드러내기 위해 그 말을 꺼
냈다는 게 차라리 진실에 가까웠다. 그러나 남자는 기다렸다는 듯 반
색을 하고 나섰다. 그는 진실에는 관심이 없었다. "내가 데려다줄 수
있어. 네가 내키지 않으면 말이야." 그녀는 말을 통해 자신의 진실을
이해시키기가 너무 힘들게 여겨졌으므로 입을 닫고 눈도 감아버렸다.
남자의 투덜거림은 오랫동안 계속되었다. 무반응에 지친 남자가 그녀

의 가슴을 움켜쥐고 허벅지를 더듬고 몸 위로 올라왔다. 그녀는 남자의 몸이 갑자기 이물스럽게 느껴졌으므로 모텔에 따라들어온 것을 후회했다. 남자는 그녀의 몸속으로 거칠게 파고들었다. 이윽고 그녀의 몸 위에서 미끄러져내려온 남자가 욕실로 들어간 시간에 그녀는 혼곤한 피로를 느끼며 엷은 잠 속으로 미끄러져들어갔다. 어이없게도 그 짧고 엷은 잠 속에서 그녀는 자기 방의 어항이 흔들리고 화분이 깨지고 유리창이 덜컹거리는 꿈을 꾸었다. 집 안의 모든 것들이 중심을 잡지 못하고 흔들렸다. 그녀는 컴퓨터 앞에 앉아 같은 모양의 과일들을 맞춰 떨어뜨리는 게임에 열중해 있었는데 그녀의 몸을 받치고 있던 의자가 그녀의 몸을 뒤뚱거리게 했다. 그녀는 비틀거렸다. 아버지도 비틀거리고 어머니도 뒤뚱거렸다. 머리를 벽에 부딪고 무릎을 책상 모서리에 찧었다. 이를 어째. 누구 입에선가 외마디소리가 새어나왔다. 상규는 어디 있지? 그녀는 중심을 잡지 못하고 흔들리면서도 주변을 두리번거려 상규를 찾았다. 상규는 바닥에 바짝 엎드려 있었다. 그의 사지는 바닥을 움켜쥐고 있는 것처럼 보였다. 아니, 바닥이 그의 몸을 견고하게 붙들고 있는 것처럼 보였다. 그는 조금도 흔들리지 않았다. 그리고 어떻게 된 것일까. 장면이 바뀌는가 싶더니 어느 순간 그녀는 상규의 등에 업혀 있었다. 그녀만이 아니었다. 아버지와 어머니가 상규의 견고한 몸 위에 들러붙어 있었다. 집 안의 모든 사물들이 그의 등에 얹혔다. 흔들리던 어항과 화분과 액자와 의자와 책상과 식탁과 옷장이 그의 몸을 눌렀다. 나중에는 그들의 집이 그 위에 얹혀졌다. 집이 들러붙어 있는 땅과 땅에 담긴 물과 물에 붙은 하늘이 상규의 몸에 붙었다. 온 세상이 그의 등에 업혔다. 온 세상이 그를 짓눌렀다. 상규는 그 모든 것을 등에 짊어진 채 끙끙거렸다. 끙끙거리면서 가파른 언덕길을 올라갔다.

　그녀가 눈을 뜬 것은 욕실에서 나온 남자가 다시 그녀의 몸을 더듬었기 때문이었다. 남자는 침대에 걸터앉아 담배를 피우고 텔레비전을 켰다. 리모컨의 버튼을 눌러 여기저기 채널을 바꿔가던 남자가 24시간 뉴스방송을 하는 채널에서 멈췄다. 후꾸오까 북서쪽 약 25킬로미터 해역에서 발생한 진도 5.1의 지진이 조금 전 한반도 일부에 영향을 미쳤다는 뉴스가 자막으로 나왔다. 심하게 흔들리는 아파트 내부의 영상이 자료화면으로 소개되었다. 천장에 달린 전등이 춤을 추듯 떨었다. 찬장 속의 유리잔이 서로 부딪쳐 깨졌다. "지진이 있었대." 남자는 침대 아래로 리모컨을 던져놓고 그녀의 몸에 자기 몸을 밀착했다. "정말로 지진이 일어난 거야?" 그녀는 꿈에서 채 빠져나오지 못한 몽롱한 의식상태에서 우물거렸다. "지진이야 늘 일어나지. 땅은 살아 있으니까. 사람이 의식하든 않든 땅도 생명체처럼 숨을 쉬고 꿈틀거리는 거지. 아주 가끔 사람들이 그 움직임을 눈치채고 호들갑을 떠는 거지. 그게 지진이지." 뒤에서 그녀를 껴안은 남자가 가슴을 움켜쥐었다. 그녀는 엉덩이 부근으로부터 묵직한 열기를 전달받았다. "지진이 일어나는 꿈을 꾸었는데……" 이거야말로 진짜 지진이지, 하고 장난스럽게 말하며 남자는 그녀의 몸 위로 뛰어올라 몸을 앞뒤로 흔들었다. 출렁거리는 침대의 리듬을 따라 그녀의 몸도 출렁거렸다. 그녀는 속이 울렁거리는 걸 느꼈다. "가야겠어." 그녀는 몸을 일으키려고 했다. 그러나 남자가 몸을 누르고 있었기 때문에 일어날 수가 없었다. 비켜봐, 하고 그녀는 팔을 뻗었다. 그 팔을 남자가 잡았다. 남자의 입술이 그녀의 입술 위에 덮였다. 그녀는 고개를 돌려 피했다. 그러나 남자의 입술은 집요하게 그녀의 입술을 쫓아왔다. 누르는 몸에 힘이 더해졌다. 남자는 힘이 셌다. 순간 그녀는 자신의 내부 깊은 곳에서 소용돌이가 일어나는 걸 감지할 수 있었다. 소용돌이는 점점 커지고 또렷해졌다. 제발…… 그녀는 사정을 하고 발버둥을 쳤다. 하지만 남자를 밀어낼 수가 없었다. 제발…… 그녀의 눈에서 눈물이 흘렀다. 그러나 남자는 아랑곳하지 않았다. 그녀가 눈물을 흘리고 있다는 걸 모르는 것 같기도 했고, 알면서 모르는 척하는 것 같기도 했다. 흥분한 남자는 난폭해졌다. 난폭해진 남자의 뜨거운 몸 아래서 그녀는 어렴풋이 자신의 내부에서 일어나고 있는 소용돌이의 실체를 감지했다고 느꼈다. 그것은 자신의 몸 안쪽 깊은 곳에 진원을 가진 지진이었다. 그녀는 몸의 긴장을 풀고 팔을 벌리고 다리를 뻗고 고개를 떨어뜨렸다. 그녀는 긴 목구멍을 거슬러올라온 한마디의 문장을 힘들게 뱉어냈다. 집이 흔들려.

7

　상규가 어디로 사라졌는지 아는 사람은 없었다. 그녀가 모텔에서 돌아왔을 때 상규의 모습이 보이지 않았다. 땅 위에 집을 짓기 위해 바쁜 아버지는 언제나 이곳저곳 돌아다녔고, 그래서 거의 집에 들어오지 않았고, 집에 들어온다 해도 술에 만취한 상태로 쓰러져 잠이 들었다가 아침에 일어나자마자 싸우나탕으로 향했고, 그래서 상규가 사라졌다는 사실을 알지 못했다. 윤혜토탈헤어샵의 원장이고 미용사협회의 회장인 어머니는 다섯 개나 되는 윤혜토탈헤어샵을 순회하고 전국의 미용사협회 회원들을 챙기느라 정신이 없었고, 거기다가 최근에는 골프까지 배우기 시작해서 더 시간을 낼 수가 없었고, 그래서 상규가 사라졌다는 사실을 알지 못했다. 상규는 있을 때 없는 것과 같았던 것처럼 없을 때도 있는 것과 같았다. 세상은 불안한 채로 잘 굴러갔다. 무슨 일이나 일어나지만 그러나 아무 일도 일어나지 않기도 했다. 어린이대공원으로 돌아온 코끼리들은 조련을 받고 공연을 했다. 그녀는 한 달에 한번씩 갱생원에 갔다. 그렇지만 그녀가 그곳에서 상규를 만났다는 사실을 확인해줄 수 있는 사람은 없다. 또한 그녀가 상규를 만나기 위해 갱생원에 갔다는 투의 단정이나 갔을 거라는 투의 짐작도 현재로서는 억측에 불과한 것일 수 있다. 그녀는 프루트 다이어트 게임에 조금 더 열중했고, 가끔 집 근처 모텔에서 남자를 만나 쎅스를 했고, 그리고 아직은 밥을 잘 먹었다. 세상은 불안한 채로 잘 굴러갔다. 무슨 일이든 일어났지만 그러나 아무 일도 일어나지 않기도 했다.

타인의 집

그가 산책을 따라나선 것은 노인의 네번째 방문을 받은 날이었다.
모른 체하면 계속 귀찮게 굴 것 같아 마지못해 응한 것이 사실이지만,
꼭 그것 때문만은 아니었다. 문을 두드리기 전에 꾸었던 꿈이 어떤 작
용을 했을 가능성이 있었다. 낮잠을 자다가 그는 조금 이상한 꿈을 꾸
었다. 이상하다는 것은 꿈의 내용이 아니라 그 꿈을 꾸는 동안의 그의
기분이 그랬다는 뜻이다. 사실 내용이라고 할 것도 없었다. 그는 어떤
호텔 침대에 누워 있었다. 넓은 공간에 침대만 덩그러니 놓여 있을 뿐
장식이라곤 없는 방이었다. 도무지 호텔방 같지도 않은데, 꿈속의 그
는 그곳을 호텔방으로 인식했다. 33층짜리 호텔의 맨 꼭대기층이라
는 구체적인 사실이 그 인식에 달라붙었다. 호텔방이라는 뚜렷한 인
식에도 불구하고, 기이하게도 그는 또 자기가 누운 침대가 공중에 떠
있다고 느끼고 있었다. 공중에 떠 있는데도 흔들리지 않는 걸 이상하

게 생각하지 않는 점도 이상했다. 그것이 그가 꾼 꿈의 전부였다. 이
야기가 진행되려면 움직임이 있어야 하는데 꿈속의 그는 침대 위에
가만히 누워 있기만 했으므로 아무 이야기도 만들어지지 않았다. 그
꿈은 단순하지만 이상하고 이상하지만 단순했다. 그는 그렇게 느껴지
는 까닭을 추측해보려고 했으나 그 순간 문 두드리는 소리가 들렸으
므로 중단하고 말았다. 잠과 꿈에서 깨운 것이 누군가의 문 두드리는
소리라는 걸 그는 어렵지 않게 알아차렸다. 입가에 묻은 침을 닦으며
그는 자신의 몸무게 때문에 아래로 꺼진 가죽 쏘파에서 몸을 일으켰다.
　문밖에는 노인이 서 있었다. 노인은 이번에도 산책을 가지 않겠느
냐고 물었다. 오후가 기울고 있는 시간이었다. 여느 때와 마찬가지로
단정한 양복 차림에 흰 지팡이를 짚고 있었다. 흰 와이셔츠가 햇빛에
반사되어 눈을 부시게 했다. 산책길에 나선 사람의 차림으로는 도무
지 어울리지 않는다고 이번에도 그는 생각했다. 이해할 수 없는 것은
그의 마음이었다. 그 순간 문득, 마치 최면이라도 걸린 것처럼, 자기
가 노인을 기다리고 있었는지 모른다는 생각이 들었고, 그랬으므로
그는 노인을 따라나서지 않을 수 없었다. 노인은 좁고 꼬불꼬불한 언
덕길을 느릿느릿, 그러나 꼿꼿하게 상체를 세우고 말없이 걸었다. 길
은 공원묘지로 이어질 것이었다. 노인의 산책로가 공원묘지라는 걸
이해할 수 없었다. 근처에 갈 데가 거기밖에 없는 게 아닌데도 노인은
그쪽으로만 방향을 잡았다.
　그는 노인이 처음 찾아왔던 날을 기억하고 있다. 그 집에 들어와 살
기 시작하고 맞은 첫번째 일요일 오후였다. 그날도 낮잠을 자고 있었
는데, 그 집에서 그는 거의 항상 잠을 자거나 잠을 자는 것과 다름없
는 상태로 지냈으므로 그건 특별한 일이 아니었다. 문을 두드리는 소

리에 깬 그는 몸을 일으킨 뒤에도 잠깐 방향을 가늠하지 못하고 멈칫거렸다. 잠에서 완전히 깨어나지 않은 탓도 있지만 그 집의 구조에 아직 익숙해지지 않은 탓이 더 컸다. 사흘 전에 열쇠를 건네받은 터였다. 집주인은 2개월 정도 집을 비울 거라고 했다. 물론 그가 2개월씩 그곳에 머물 작정을 하고 있는 건 아니지만, 현재로서는 언제 나가게 될지, 나갈 수 있을지 장담하기 어려운 처지였다. 딱하지만 현실이 그랬다. 어느날 아침에 일어나보니 유명해져 있더라고 너스레를 떤 시인이 있다. 그런 일은, 아마 가능할 것이다. 자고 일어나서 자신이 커다란 벌레로 변했다는 걸 알게 된 사람도 있지 않은가. 벌레로 변한 사람보다는 하루아침에 유명해진 사람을 이해하는 편이 여러모로 쉽다. 소설가보다 시인이 이해하기 용이한 족속이라는 뜻은 물론 아니다. 단정할 수 없지만 대개는 그 반대이다. 하기야 가만히 생각해보면 어떤 일이든 갑자기 일어난다. 그러니까 아침에 나왔다가 저녁에 자기 집으로 귀가하지 못하는 사람 이야기는 그다지 특별하지 않을지도 모른다. 그 사람이 어찌어찌하여 옛날 애인 집에 묵고 있다고 한들 무슨 대수이겠는가. 그 사람이 애인의 책장에 꽂힌 바이런이나 카프카를 꺼내 읽지 말란 법도 없다.

현관 앞에 양복을 단정하게 차려입은 노인이 서 있었다. 눈이 부실 정도로 흰 머리카락이 바람에 살랑거렸다. 한쪽 손에는 머리카락처럼 흰 지팡이가 들려 있었다. 그가 문을 열고 고개를 내밀자 노인의 표정에 당황하는 빛이 떠올랐다. 기대한 얼굴이 아니어서일 것이다. 고개를 빼서 집 안을 살피는 모습이 영락없이 아는 얼굴을 찾으려는 품새였다. 그는 상대방을 안심시키는 것이 그 순간에 자기가 해야 할 일이라는 걸 깨달았다. "저는, 집주인이 아닙니다. 당분간 여기 머물고 있습니다." 그는 '당분간'에 강세를 주어 말했다. 그러나 상대방은 그의 말을 완전히 신뢰하는 얼굴을 보여주지 않았다. 집주인이 아니라는 말은 할 필요가 없다는 듯 노인은 그를 위아래로 훑어보며 집주인이 어디 갔느냐고 물었다. 미국 여행을 떠났다고 대답하고 나서, 그는 노인이 누구인지도 모르는 채 너무 고분고분 군다는 생각이 들었으므로, 그런데 누구시죠? 하고 물었다. 노인은 바람에 날리는 흰 머리카락을 쓸어넘기며, 여행을? 하고 자문하듯 중얼거렸다. 믿어지지 않는다는 빛이 역력했다. 1층에 사는 사람이라는 말은 한참 뒤에 했다. 대꾸럽시고 이웃이로군요, 했는데, 그 말이 어쩐지 어울리지 않는 것 같아서 그는 쑥스럽게 웃었다. 노인은 웃지 않고 그의 얼굴을 빤히 쳐다보았다. 무안해진 그는 자기 얼굴을 손바닥으로 만지면서 노인이 그만 가주었으면 좋겠다고 생각했다. 더 이야기를 하면 자기가 누구인지도 밝혀야 할 것 같아서였다. 잠잘 곳이 없어서 옛날 애인 집에 들어와 있다는 말은 하고 싶지 않았다. 그는 노인의 눈을 피했다.

그녀의 집은 서울 외곽에 있는 이른바 전원주택이었다. 언덕바지에 일곱 동의 3층짜리 건물이 띄엄띄엄 지어져 있는데, 맨 안쪽 건물의 2층이 그녀의 집이었다. 전원주택이라고 하지만, 전원에 지어졌다뿐이지 사용된 자재나 구조나 평수가 연립주택 수준이었다. 가까운 곳에 골프장이 있고, 그보다 가까운 곳에 공원묘지가 있었다. 도로에 골프장 팻말이 세워져 있긴 했지만 집에서는 골프장이 보이지 않았다. 반면에 베란다로 나가 고개를 옆으로 돌리면 공원묘지가 보였다. 묘지들은 가로세로 반듯하게 조성되어 있었다. 그 때문에 연병장에 줄지어선 병사들을 연상시켰다. 참 어이없는 전망이로군. 이런 데다 전원주택 지을 생각을 하다니. 어떤 게 먼저 만들어졌는지는 모르지만 말이야. 그저 놀라울 따름이야…… 처음에 그는 고개를 절레절레 저었다.

"이 시간이면 늘 같이 산책을 가는데, 요 며칠 보이지 않아서 말예요." 노인이 두어 차례 기침을 하고 나서 손수건으로 이마의 땀을 닦았다. 아, 네…… 그는 의미없이 고개를 끄덕였다. 그러나, 같이 산책…… 가겠소? 하는 질문이 바로 따라왔기 때문에 그는 곧 의미없는 고갯짓을 멈추고, 저요? 하고 손가락으로 자기 가슴을 가리켰다. 노인은 알 듯 모를 듯 희미하게 웃어 보인 다음 몸을 돌렸다. 그냥 해본 말이라는 건지 그의 반응을 기다리지도 않았다. 그는 창가로 가서 눈으로 노인을 좇았다. 노인은 느리지만 똑바르게 걸었다. 길게 늘어진 그림자가 노인의 몸을 뒤에서 잡아당기고 있었다. 걸음이 느린 것은 그 때문인 것처럼 여겨졌다. 늘어진 그림자에는 어쩔 수 없이 쓸쓸함이 들러붙어 있었다. 노인의 단정한 옷차림과 태도는, 그의 의도와는 상관없이, 쓸쓸함을 가리는 대신 오히려 환기시킨다고 그는 생각했다.

노인은 좁은 길을 따라 완만한 언덕을 천천히 올라갔다. 구부러진 길을 돌아갈 때 잠깐 모습을 감췄다가 얼마 후 다시 드러냈다. 길은 공원묘지를 향해 나 있었다. 무엇 때문인지 노인이 그 길을 걸어가는 것이 아니라 길이 노인을 그곳으로 데려가는 것 같다는 생각이 들었다. 그래서 그랬을까, 눈을 뗄 수가 없었다. 그는 눈이 시리고 눈앞이 아른아른할 때까지 노인의 뒷모습을 지켜보았다. 눈을 질끈 감았다가 뜨고 손가락으로 지그시 눌렀다. 햇빛이 느슨하게 풀어지는 시간이었다. 보라색 기운이 하늘을 감싸안고 있었다. 잠시 후 노인은 연병장에 줄지어선 병사들을 연상시키는 묘지들 사이에서 발견되었다. 산책을 저런 데로? 그는 처음 이 집 창문을 통해 공원묘지를 보았을 때 그랬던 것처럼 고개를 절레절레 흔들었다. 그러고는 쏘파로 다시 돌아와 비스듬히 누웠다. 습관적으로 텔레비전을 켜놓고 눈을 감았다. 잠이 다시 와준다면 더 자고 싶었다. 그러나 잠이 찾아와줄 것 같지 않았다. 그는 젊은 여자가수의 현란한 몸동작을 무심하게 바라보다가 자세를 바꿨다.

그녀의 집에 들어올 생각을 하고 전화를 건 것은 아니었다. 그것은 사실 충동에 가까운 행동이었다. 찜질방을 전전하는 생활에 지쳐가던 터이긴 했다. 그렇다고 그녀에게 잠을 재워달라고 할 입장은 아니었다. 그녀는 6년 전에 헤어진 여자였다. 6년은 짧지 않은 세월이었다. 그사이에 그녀도 그도 결혼을 했다. 헤어지고 1년쯤 후에 그녀의 결혼소식이 들려왔다. 아무렇지 않았다. 그는 작년에 결혼을 했다. 역시 아무렇지 않았다. 6년 동안 그녀를 만난 적도 떠올려본 적도 없었다. 사정이 그랬으므로 어느날 밤 그녀의 전화번호를 기억해내고 통화를 시도한 것은 의외의 사건이라고 할 수 있었다. 6년 전의, 그것도 결혼한 여자에게 불쑥 전화를 걸다니. 어떻게 그럴 수 있단 말인가. 보일러 돌아가는 소리가 요란한데다 여기저기서 여러 명이 한꺼번에 코를 골아대는 바람에 잠 속으로 빠져들기가 어렵긴 했지만 그런 밤이 그날만은 아니었다. 어떤 방은 너무 뜨겁고 어떤 방은 너무 추워서 이리저리 옮겨다녀야 했지만 그것 역시 처음이 아니었다. 기분이 상당히 가라앉은 상태이긴 했는데, 그게 꼭 술기운 때문이라고 할 수 없거니와, 음주든 가라앉은 기분이든 마찬가지로 그날만 예외적으로 그런 것도 아니었다. 그는 찜질방에 들어오기 전에 언제나 술을 마셨고, 거의 항상 가라앉은 기분으로 지냈다.

어이없지만 그녀의 전화번호가 그냥 불쑥 떠올랐다. 6년 전의 전화번호, 헤어진 뒤로 한번도 불러내본 적이 없는 아홉 개의 숫자가 뜬금없이 떠올라 입 안에서 굴러다녔다. 마치 그다지 좋아하지 않는, 무슨 제목의 노래인지도 모르는 멜로디가 하루종일 입 안에서 흥얼거려지는 것과 같은 현상이었다. 처음에는 그 숫자가 어떤 번호인지 몰라 고개를 갸우뚱했다. 은행 계좌번호나 군번이 아닌가 싶었지만 곧 누군가의 전화번호일 거라는 쪽으로 생각이 옮겨갔다. 그러고도 한참 동안 그녀의 이름을 떠올리지 못했다. 그렇게나 깊은 곳에 그녀의 이름이 방치되어 있었던 것이다. 그 숫자가 그녀의 전화번호라는 게 마침내 깨달아졌을 때 그는 6년의 시간을 거슬러간 그 엉뚱하고 놀라운 기억의 작용에 어리둥절해졌다. 말하자면 그런 유의 비범한 일들이 간혹 일어나는 데가 인생이긴 하다. 잠재의식 속의 기억은 표면에 떠오를 때까지 단순히 잠재해 있기만 한 것이 아니라 표면에 떠오르기 위해, 혹은 표면에 떠오를 적절한 순간을 기다리며, 고대하며 잠재해 있는 것이다. 어릴 때 테니스를 익혀놓으면 어른이 되어서 따로 배우지 않고도 테니스를 칠 수 있는 것과 같은 이치이다. 근육이 그 폼을 기억하고 있다가 재생할 순간이 포착되면 놓치지 않는다고 한다. 아마도 그런 이치일 거라고 그는 생각했다.

그녀의 옛날 전화번호가 되살아났다고 해서 그녀에게 연락을 해야 한다는 법은 없었다. 그런 경우는 아니었다. 더구나 집도 없이 여기저기서 숙식을 해결하고 다니는 처지로서는 더욱 그랬다. 그는 그 점을 또렷이 자각했으므로 이내 그 뜻밖의 숫자를 버리고 잠을 자려고 했다. 그러나 찜질방 바닥은 너무 뜨거웠고, 코고는 소리는 아까보다 더 요란해져 있었다. 사람들이 뜸한 곳을 골라 누웠더니 바닥이 너무 차가웠다. 그래도 어떻게든 참고 잠을 청해보려 했는데 그때 막 들어온, 남자 여자가 반씩 섞인 젊은 애들이 쉬지 않고 떠들며 잠을 방해했다. 그에게는 잠 속으로 빠져들어가는 것이 전화번호를 버리는 방법이었다. 잠 속으로 빠져들지 못했으므로 그 번호를 버릴 수 없었다. 그는 벽에 기대앉으며, 6년이나 지났는데, 아직 이 번호를 쓰고 있을까? 하고 속으로 질문했다. 6년 사이에 그의 휴대폰 번호는 한번 바뀐 터였다. 그녀의 휴대폰도 그럴 가능성이 꽤 높았다. 그는 마치 그녀가 아직 그 번호를 쓰고 있는지 확인하기 위해서라는 듯 조심스럽게 휴대폰의 숫자판에 손을 댔다. 교묘한 타협이 내부에서 진행되는 순간이었다. 전화를 걸어보는 것은, 번호가 그대로인지를 확인할 유일한 방법은 아니지만 가장 확실하고 효과적인 방법임에는 틀림없었다.

신호음이 길게 울릴 때 그는 누군가 받기를 바라는지 받지 않기를 바라는지 혼란스러웠다. 없는 번호라는 안내가 나왔으면 하는 마음인가 하면 그녀의 음성을 들을 수 있었으면 좋겠다는 마음이기도 했다. 마찬가지로 신호음이 끊어지고 여성의 목소리가 전화기를 타고 넘어왔을 때, 그리고 그 목소리가 그가 아는 그녀라는 걸 알아차렸을 때 당황한 그는 전화기의 폴더를 덮어버려야 할지 말아야 할지 몰라 허둥거리다가, 어, 아직도 이, 이 번호를 쓰네, 하고 말을 더듬었다. 당연하게도 누구세요? 하는 물음이 건너왔다. "저기, 나야…… 선호." 그는 얼굴을 붉히며 이름을 밝히고, 무엇 때문인지 모르겠지만 우연히 이 전화번호가 생각났는데, 여태 이 번호를 쓰는지 궁금해졌다고, 그래서 혹시 하고 전화를 걸어본 거라고 머뭇머뭇 말했다. 상대방은 한동안 가만히 있었다. 전화를 건 용건치고는 참 터무니없는 것이 아닐 수 없었다. 그는 무안했고, 자기가 무슨 짓을 했는지 비로소 깨달았고, 후회가 되었다. "미안해. 끊을게." 그러나 그는 전화를 끊지 못했다. 그녀가 그것 때문에 이 시간에 전화를 했단 말이야? 하고 따지듯 물었기 때문이다. 따지듯 물었다는 건 사실이 아닐지 모른다. 다시 생각해보니 오히려 쓸쓸함이나 안타까움 같은 것이 묻어 있는 것 같기도 했다. 그러나 그 순간의 그는 그녀가 어떻게 말하든 그렇게 받아들일 수밖에 없는 심리상태에 놓여 있었다. 새벽 한시가 넘은 시간이었다. 새벽에 찜질방 벽에 비스듬히 기댄 채 옛날 애인이 예전의 전화번호를 여태 사용하고 있는지 궁금하다며 전화질을 하는 자신이 견딜 수 없이 한심해서 그는 한숨을 쉬었다. 더 좋지 않은 것은, 그녀가 그의 말을 믿지 않는다는 점이었다. 하긴 누구라도 다른 의도가 있다고 의심할 상황이었다. 그러므로 그녀를 탓할 수는 없었다. 어쩌면 다른 의도가 있어서 전화한 거라고 의심받는 편이 전화번호가 바뀌지 않았는지 확인하려고 새벽 한시에 전화했다고 믿게 하는 것보다 나을 것 같다는 생각도 언뜻 들었다. 그는 종잡을 수 없는 기분에 빠져들었는데, 그 순간 자기가 걸치고 있는, '보석싸우나'라는 글자가 박힌, 목둘레가 늘어나고 색깔이 누렇게 바랜 티셔츠에 눈길이 갔고, 울컥 치밀어오르는 뜨거운 기운을 참지 못하고 딸꾹질을 했다. 그의 감정상태가 상당히 정확하게 전화기 너머의 그녀에게 전달된 것은 놀라운 일이었다. "무슨 일이야? 설마…… 우는 거야?" 울기는 무슨…… 그는 일부러 큰 소리로 웃었는데, 그가 듣기에도 그 웃음은 어색했다. "안 믿어지는 모양인데, 뭐, 나라도 그러겠지만, 진짜로 그냥 전화해본 거야. 잠을 깨웠다면 미안해. 끊을게. 그만 자." 그는 그녀가 무슨 말인가를 또 할까봐 겁이 났기 때문에 서둘러 전화기의 폴더를 덮었다. 이번에는 얼굴이 화끈거려서 잠을 잘 수 없었다. 그 숫자가 갑자기 되살아난 것도 그렇지만 한밤중에 전화질까지 한 것은 정말 이해할 수 없는 노릇이었다. 상황판단과 균형감각이 꽤 어그러져 있다는 증거였다. 집을 잃고 떠돌아다니는 이야기를 헤어진 지 6년 된 과거의 여자에게 늘어놓으려 했단 말인가. 타인의 자비와 동정이 그렇게나 필요했단 말인가. 그런 식으로라도 위안을 이끌어내려 한 자신이 더없이 누추해져서 그는 손바닥으로 얼굴을 덮고 입술을 깨물었다.

그러나 오분도 채 되지 않아서 그녀로부터 전화가 걸려왔을 때, 그는 어쩔 수 없이 다시금 동정과 위안을 갈구하는 누추한 정신이 되어버렸다. "무슨 일인지…… 신경쓰이게 하지 말고 털어놔." 그녀가 가라앉은 음성으로 신중하고 차분하게 물어왔을 때 그는 그 목소리에서 안정감을 느꼈고, 그녀가 자기보다 어른인 것처럼 느껴졌고, 뭐든 받아줄 것처럼 여겨졌으며, 무조건 의지하고 싶어졌다. 전에도 종종 그런 충동에 붙들리곤 했다는 기억이 떠오르자 그가 정말로 원하는 것이 무엇인지 확연해지는 듯했다. 그는 긴장을 놓아버렸다. 한숨을 한번 쉬었는데, 그러자 그 순간을 기다리기라도 한 듯 가슴에 가둬놓았던 말들이 우르르 쏟아져나왔다. 그는 감정을 억제하지 못하고 간혹 목청을 높였다. 그녀는 끈기있게 그의 이야기를 들어주었다.

그날 그는 오후 일곱시 사십분에 사무실에서 나왔다. 다른 날보다 삼십분쯤 늦은 시간이었다. 한잔하고 가자고 조르는 동료가 있었지만 그는 손을 저었다. 그 모습은 다른 날과 달랐으므로 한잔하자고 말을 꺼낸 동료는 의아하다는 듯 바라보았다. 그도 그럴 것이 퇴근 후에 한잔을 권하는 것은 대개 그의 역할이었다. 그는 술집을 전전하며 되도록 집에 들어가는 시간을 미뤘다. 술을 마시지 않는 날은 피씨방에 가서 스타크래프트를 하며 시간을 보냈다. 그런 그의 모습은 어떻게든 집에 들어가지 않으려고 안간힘을 쓰는 것처럼 보였고, 사실이 그랬다. 밤늦게 들어가서 겨우 잠만 자고 아침 일찍 집에서 나왔다. 아직 신혼인 친구가 이거 왜 이래? 하는 질문을 받을 때면, 그는 뒷머리를 긁적이며 신혼은 무슨, 하고 멋쩍게 웃었다. 결혼식을 올린 지 1년 몇 개월째였고, 아직 아이도 없었으므로 신혼이라고 하는 게 사회 통념에 맞는 말이긴 했다. 하지만 문제는 햇수가 아니었다. 그는, '신혼은 무슨'보다는 '신혼이 뭐?' 하고 되받고 싶었는지 모른다.

처음부터 그랬던 건 아니라고 말할 수 있으면 좋겠지만, 그렇지가 않았다. 그들은 결혼식 다음날부터 싸웠다. 호텔방에서 치장을 하느라 꼬무락거리는 아내에게 다른 여행객들이 기다리니까 서두르라는 뜻으로, 굼벵이도 그보단 빠르겠다고 한마디를 툭 던졌는데 여행가방이 독수리처럼 빠르게 날아왔다. 가방 속에 들어 있던 속옷들이 방바닥에 흩어졌다. 예상치 못한 반응에 놀라 어쩔 줄 몰라하는 그를 향해 아내는 결혼식을 올리고 나니까 말을 함부로 한다며 쏘아붙였다. 함부로 하다니? 지금 함부로 구는 사람이 누구야? 화가 난 그는 남편을 향해 가방을 던진 그녀의 태도를 지적했다. 굼벵이라니, 굼벵이라니…… 그녀가 그가 한 말을 되뇌는 동안 그는 그녀가 던진 가방을 곱씹었다. 얼마 후 기다리다 못해 방문을 두드린 가이드에 의해 겨우 상황이 마감되었지만 그것은 그들 부부의 긴 불화의 시작을 알리는 신호에 지나지 않았다.

한공간에 살면서 그들은 많은 점에서 서로 너무 다르다는 것을 알게 되었다. 사소한 것도 있고, 사소하지 않은 것도 있었다. 사소한 것도, 부딪치는 순간 사소하지 않은 것이 되었다. 가령 화장실에서 나오면서 불을 끄지 않는 그녀의 습관이나 물병에 입을 대고 물을 마시는 그의 버릇, 텔레비전을 켜놓은 채 잠을 자는 그녀의 습관, 양말을 뒤집어서 세탁기에 던져놓는 그의 버릇 같은 것이 모두 견딜 수 없는 것이 되었다. 그들이 같이 있는 시간만큼 차이점들이 발견되었고, 그에 따라 견딜 수 없는 것들이 늘어갔다. 집은 싸움터와 같았다. 딱하게도 한번 다투고 나면 아내는 오랫동안 말을 하지 않으려고 했다. 그것 역시 다른 점이었다. 그는 말다툼을 하는 시간보다 말다툼 뒤의 무겁고 끈덕진 침묵을 더 못 견뎌하는 편이었다. 그는 어떻게든 싸움 이전의 상태로 돌이키려고 애를 썼지만 그녀는 언 땅에 박힌 돌멩이처럼 꿈쩍도 하지 않았다. 잠자리는 말할 것도 없고, 밥도 따로 먹었다. 아니, 냉전중에는 대개 아내 혼자 밥을 먹었다. 그가 방에 들어가 책을 보고 있든 거실에 앉아 텔레비전을 보고 있든 상관하지 않았다. 그녀는 식탁에 한 사람분의 밥을 차려 혼자 먹고 설거지를 했다. 마치 곁에 아무도 없다는 투였다. 처음에 그는 들끓는 화를 이기지 못하고 소리를 질렀지만 숫제 듣지도 보지도 못한다는 듯 오불관언으로 버티는 그녀를 어떻게 할 도리가 없었다. 주먹을 몇번 들어올렸지만 차마 폭력을 쓰지는 못했다. 무반응이야말로 어떤 격렬한 반응보다 격렬하다는 걸 그는 그때 알았다. 어떻게 할 도리가 없는 여자를 어떻게 해보려고 하는 자신이 종종 측은하게 여겨졌다. 나중에는 얼음 같은 아내가 무서워지기까지 했다.

울화는 쌓여 슬픔이 되었다. 가스실에 들어온 것 같은 답답한 기운이 거의 항상 좁은 집 안에 넘쳐났다. 다행인지 불행인지 웬만큼 시간이 지나자 그에게도 숨막히는 상황을 버틸 만한 내성이 생겼다. 이 경우의 내성이란, 악화된 상황을 본래부터 그랬던 것처럼 받아들이게 하는 힘이라고 할 수 있다. 그리고 그 힘은, 말하자면, 그가 아내에게 길들여졌다는 표시이고, 생존을 위해 무언의 협상을 벌였다는 증거이기도 했다.

그가 한사코 집에 들어가는 시간을 연장해보려고 회사 동료들을 붙잡는 데에는 그런 사연이 있었다. 짐작할 수 있는 대로 술친구가 항상 있는 것은 아니고, 또 매번 혼자서 술을 마시는 멋쩍은 짓을 되풀이할 수 있는 것도 아니어서 사실 피씨방에서 시간을 보내는 일이 더 많았다. 지난 1년 사이에 그는 스타크래프트의 고수가 되었다. 가끔은 인터넷 바둑을 두기도 했다. 스타크래프트와는 달리 바둑은 여간해서는 급수가 오르지 않았다. 그는 곧 바둑에 흥미를 잃고 스타크래프트로 돌아왔다. 회사 앞의 두 군데, 집앞의 한 군데 피씨방이 그의 단골이었다. 그는 세 군데에서 모두 우수회원이었다.

그런 그가 한잔하자는 동료의 제의를 거부하고 귀가를 서두른 것은, 그러니까 매우 이례적인 일이라고 할 수 있었다. 의아하다는 듯 쳐다보는 동료에게 오늘은 좀 일찍 집에 들어가보려고 한다는 말을 건넸는데, 그 말은 상대의 의구심을 더 불러일으켰다. 그는, 쑥스럽게 와이프 생일이란 말을 내 입으로 할 순 없지, 하고 말하려다 그만두었다. 그 말을 하면 정말로 쑥스러울 것 같아서였다. 아내의 생일이란 건 맞았다. 내성이란 것이 생겨서 방독면 쓰고 지내는 것 같은 갑갑한 집안 생활에 나름대로 익숙해졌다고는 하지만 마음이 편한 건 아니었다. 언제까지 가스실에서 살고 싶지는 않았다. 그는 아내의 생일을 상황을 바꿀 기회로 삼으려고 했다. 선물로 하트 모양의 은색 펜던트가 달린 목걸이를 사고, 그녀가 좋아하는 케이크가 집앞 제과점에 있어서 다행이라고 생각하며 녹차 시폰 케이크를 샀다. 케이크와 선물을 불쑥 내밀면 아무리 얼음처럼 차가운 여자라고 해도 약간은 마음이 흔들릴 거라는 기대를 조심스럽게 품어보았다. 무슨 말을 어떻게 할까? 짧은 인생인데 쓸데없이 에너지를 소진하는 짓은 피차 하지 말자고 시작할까. 아니면, 무조건 내가 잘못했어, 하고 사과부터 해야 할까? 그런 궁리를 하며 엘리베이터를 타고 올라가 현관 앞에 섰다.

열쇠를 찾느라 바지 주머니를 뒤지는데 문득 실체를 알 수 없는 낯선 기운이 몰려왔다. 그것은 넋놓고 있다가 다른 층에 잘못 내렸을 때의 생경함과 유사했다. 비슷하지만 같지 않다는 느낌. 그는 눈높이에 있는 숫자를 읽었다. '905'는 그가 잘못 내린 것이 아니라고 말하고 있었다. 그는 곧 다른 층에 내린 것이 아니라고 안도하고, 전에도 자기 집 현관 앞에서 그런 식의 낯선 느낌을 받은 적이 있다는 사실을 떠올리며 대수롭지 않게 넘기려 했다. 그렇지만 다른 때와는 그 느낌이 사뭇 다르다는 내부의 목소리가 이어서 들려왔기 때문에 그냥 넘길 수 없었다. 그리고 곧 그 생경한 느낌의 실체가 드러났다. 그의 호주머니에서 끌려나와 오른손에 들린 열쇠가 저절로 찾아들어가야 할 제 구멍을 찾지 못하고 허공에서 멋쩍게 흔들거리는 순간, 머릿속으로 휑한 바람이 스쳐갔다. 그는 다시 숫자를 읽었고, 905호가 자기 집이라는 걸 되새겼고, 현관문 표면에 생긴 낯익은 자잘한 흔적들을 통해 그 사실을 거듭 확인했다.

열쇠구멍이 있어야 할 자리에 위가 둥그스름하고 아래가 사각인, 주먹만한 크기의 쇠붙이가 붙어 있었다. 0부터 9까지 숫자가 적힌 그것은 요새 유행한다는 디지털 도어록이 분명했다. 아침에 나갈 때까지 멀쩡하던 자물통이 숫자판으로 바뀌어 있는 걸 어떻게 해석해야 할지 난감했다. 아마도 아내가 잠금장치를 바꿨을 것이다. 그는 곧 그렇게 단정했다. 전에 잠금장치를 교체하자는 말을 한 적이 있기 때문에 놀랄 일이 아니었다. 아내의 생일에 도어록을 바꾸면 안된다는 법은 없었다. 그는 열쇠를 호주머니에 도로 집어넣고 초인종을 눌렀다. 거의 항상, 아내가 집에 있을 때도 스스로 열쇠로 문을 열고 들어갔기 때문에, 초인종을 눌러놓고 응답을 기다리는 짧은 시간이 어쩐지 초조하고 어색했다. 그는 안에서 얼굴을 잘 볼 수 있도록 현관 카메라 앞에 자신을 똑바로 세웠다. "어딜 온 거야?" 비디오폰을 통해 나온 목소리가 움찔 뒷걸음질을 치게 했다. 내용도 내용이지만 퉁명스런 남자의 목소리는 더 뜻밖이었다. 그는 다시금 현관문을 살피느라 두리번거렸고, 자신이 무슨 착각을 한 것은 아닌지 재빨리 되짚어보았다. 착각을 할 수가 없는 상황이었다. 그렇다고 누군가 장난을 하기 위해 번호판을 바꿔달았을 리도 없는 상황이었다. 그렇다면 저 안의 목소리는 뭐란 말인가. 그는, 저기, 저, 하고 머뭇거리다가 나는 이 집 주인인데 누구세요? 하고 물었다. "주인이라고? 허허, 미친 소리! 이 집이 어떻게 네 집이야?" 안에서 돌아오는 반응이 그를 당황하게 했다. "윤선호가 나예요. 이 집 주인." 자기 집 앞에서 자기 집에 들어가기 위해 자기 이름을 밝히고 있다니, 슬그머니 짜증이 나려고 했다. 손님으로 온 누군가가 장난을 치는 거라는 짐작을 했지만, 어쩐 영문인지 마음 한쪽에서 그게 아닐지 모른다는 불안이 스멀거렸다. 윤선호든 누구든 이 집 주인은 아니지, 하는 대답이 스피커를 통해 전해졌을 때 불안은 급격하게 팽창했다. 지금 나에게 나를 증명하라고 요구하고 있는, 저 문 안의 질문자는 누구란 말인가. "둔하기는. 그렇게 사태 파악이 안돼? 너는 여기 못 들어와. 어떻게 그걸 몰라? 여긴 이제 너의 집이 아니야. 아니, 언제 너의 집이었던 적이 있었나?" 몰아붙이듯 내쏜 다음 집 안의 질문자는 인터폰을 내려놓아버렸다. 딸깍 소리와 함께 갑자기 찾아온 낯선 정적 속에서 그는 마침내 목소리의 주인이 누군지 알아차렸다. 그것은 참으로 어처구니없는 깨달음이었다.

심장이 팔딱거리기 시작했다. 그는 자신이 흥분해 있으며, 그 흥분 속에는 약간의 긴장과 인정하고 싶진 않지만 일종의 두려움이 섞여 있다는 걸 눈치챘다. 그는 905라는 글자를 한동안 노려보았는데, 그것은 어떤 뜻이 있어서가 아니라 그저 어쩔 줄 몰라서 그랬을 뿐이었다. 잠시 후 그는 905라는 숫자가 자기를 노려보는 것 같은 느낌을 받고 시선을 피했다. 그가 숫자를,이 아니라 숫자가 그를 노려보고 있다는 느낌은 그를 좀 언짢게 했다. 다시 초인종을 눌러야 한다고 수군거리는 내부의 목소리를 그는 들었다. 그러나 그는 905의 시선을 피하듯 그 목소리를 피했다. 그것은 그가 집 안의 목소리의 주인인 장인을 무서워하기 때문이었다. 그랬다. 이 집은 네 집이 아니다,라고 선언하고 있는 집 안의 사람은 바로 그의 장인이었다. 그리고 그가 장인을 무서워하는 것도 사실이었다. 장인이 웃는 걸 본 기억이 없었다. 다른 사람에게는 몰라도 그에게는 웃음을 보여준 적이 없는 게 확실했다. 보여줄 기회가 없었는지 모른다. 장인은 늘 바빴다. 오십대 초반에 명예퇴직한 이후 주식과 부동산을 사고팔며 시간을 보낸다는 사람이 무엇 때문에 그렇게 바쁜지 아무도 알지 못했다. 신혼 초 몇번 처가에 밥을 먹으러 갔지만 그때마다 장인은 집에 없었다. 곧 올 거라며 기다리다가 밤 열시가 다 되어서 저녁밥을 먹은 적도 있었다. 하기야 처음부터 그를 사윗감으로 탐탁하게 여기지도 않았다. "연애를 해도 꼭…… 집안이 별볼일 없으면 직업이 변변하든가…… 저렇게 사람

볼 줄 몰라서야……” 마지못해 결혼 승낙을 하면서 딸에게 하는 말을 불행하게도 그는 들어버렸다. 일부러 들으려고 했던 건 아니다. 안방에서 하는 말이 거실 쏘파에 앉아 있던 그의 귀에 들린 걸 보면 장인이 부주의한 것이 아니라 의도적으로 모욕을 주려고 했을 가능성이 높다. 아내는 부정했지만 그는 지금도 그렇게 믿고 있다.

그는 초인종을 다시 누르는 대신 아내의 휴대폰으로 전화를 걸었다. 전화벨이 여러번 울려도 받지 않아 끊으려고 하는데 아내의 목소리가 들려왔다. 왜? 민감해진 그의 귀에 아내의 목소리는 무덤덤하기 짝이 없었다. 늘 듣는 목소리여서 오히려 안심이 되었다고 할까. 이 사태에 대해 알고 있다면 저런 목소리를 내지는 않을 거라는 생각이 들었다. 그렇다면 현재 집 안에 없다는 뜻일 텐데 그것이 자기에게 유리한지 불리한지 판단이 서지 않았다. 그 대신 이 사태를 알고 있다고 해도 저런 무덤덤한 목소리를 내고도 남을 여자라는 뒤늦은 인식이 치고들어왔다. 조급해진 그는 서둘러 지금 어디 있느냐고 물었다. 집에 왔어, 하는 대답이 곧바로 돌아왔다. 예민해진 그는 그녀의 목소리에서 냉랭한 기운을 읽었다. “집에 있어, 지금?” 그의 목소리는 저절로 커졌다. 그럼 문 열어, 하고 소리지르려고 하는데, 자양동, 하고, 마찬가지로 냉랭한 기운이 느껴지는 목소리로 그녀가 말했다. “자양동에 가 있다고?” 그는 혼란스러워졌다. 그럼 뭔가. 아내는 친정에 가 있는데, 장인이 사위의 집을 차지하고 앉아 문을 열어주지 않는다는 말이 아닌가. 문득 현관문의 잠금장치를 바꾼 사람도 장인일지 모른다는 생각이 들었다. 얼마든지 그럴 수 있는 인물이었다. “그랬나보지.” 잠금장치를 바꾼 사람이 장인이냐는 그의 질문에 대한 아내의 대답은 심드렁했다. “뭐야? 거긴 왜 가 있어? 장인어른은 왜 이러시는 건데?" 그의 목소리는 어떤 예감 때문에 저절로 잦아들었다. 그녀는 잠깐 침묵했다. 어쩌면 침묵의 시간이 꽤 길었는지 모른다. 아니면 전혀 침묵하지 않았든가. 시간이 가늠되지 않았다. 잘 들어요, 하고 그녀가 말했다. 두번 다시 당신과 이야기하고 싶지 않으니까, 하는 말을 실제로 했던 것 같기도 하다. "아버지가 알아서 할 거야. 알아서 하시겠대. 어차피 이렇게 될 거였어. 피차 너무 힘들었잖아? 당신도 이걸 원한다고 생각해. 절대 즉흥적인 거 아니야." 무슨 뜻인지 헤아리느라 잠시 멍해 있는데 전화가 툭 끊어졌다. 무슨 뜻인지 헤아린 뒤 다시 전화를 걸었을 때는 받지 않았다. 몇번이나 걸었지만 마찬가지였다. 문자 메씨지를 보냈다. 이야기를 하자. 이게 무슨 날벼락이냐…… 그러나 답장은 오지 않았다. 그때까지 손에 들려 있던 케이크 상자가 스르르 미끄러졌다. 어두운 복도 바닥에 버려진 그것은 천덕꾸러기처럼 보였다.

　장인은 집의 소유권을 주장했다. 두 사람 사이는 끝났고, 이 집은 내가 소유한다. 장인은 일방적으로 선포했다. 장인의 논리는 단순하고 명쾌하고 완고했다. 그 집을 살 때 집값의 절반에 가까운 돈을 빌려주는 형식으로 댔다는 것이 그 논리의 단순하고 명쾌하고 완고한 근거였다. 절반에 가까운 돈은 은행에서 대출을 받았다. 그러니까 실제 그의 돈은 아주 조금밖에 들어가지 않았다. 더구나 집의 소유자를 아내로 해두었다. 그건 물론 장인이 요구한 바였고, 그는 아내 이름이든 누구 이름이든 무슨 차이가 있단 말인가, 생각했으므로 개의치 않았다. 아내 이름과 그의 이름이 엄연히 다르다는 걸 알았어야 했다. 이를테면 그의 장인처럼. 1년 사이에 집값이 꽤 오른 것도 자신의 탁월한 투자능력 때문이라고 자찬하는 장인이었다. 하긴 기왕이면 집값

상승이 기대되는 지역의 매물을 잡아야 한다며 그 아파트를 추천한 사람이 장인이기도 했다. 이건 내 집이다, 하고 들어앉아 있는 심보가 얼추 이해되는 대목이었다. 자기 돈으로 투자해서 이익을 냈다는 뜻이겠지. 그러니까 자기 거라는 거겠지. 사실 장인이 돈을 대지 않았다면 그 집을 살 엄두도 내지 못했을 것이므로 그 말이 아주 틀린 것은 아니었다. 차일피일하면서 혼인신고를 미룬 것이 장인이 집의 소유권을 주장하는 또다른 근거라면 근거였다. 친정에 온 딸이 1년 동안의 지겨운 결혼생활에 대해 이야기하며 도저히 못 살겠다고 하소연을 하는 순간 장인의 통속적이고 영리한 머릿속으로 몇가지 사실이 순식간에 떠올랐을 것이다. 아파트 살 때 빌려준 돈과 현재의 싯가, 그때까지 미뤄놓은 딸의 혼인신고와 처음부터 탐탁지 않았던 사위의 집안과 직장, 그런 것들…… 뒤이은 재빠른 계산. 내가 알아서 한다, 너는 여기 꼼짝 말고 있어라. 너는 그 자식하고 한마디도 하지 마라…… 그렇게 된 것이다.

　"집 없이 어떻게 지냈어?" 그의 이야기를 말없이 다 들은 그녀가 한숨을 내쉰 다음 물었다. 전화기 너머에서 전해지는 그녀의 안타까운 마음이 그의 가슴을 뭉클하게 했다. 첫날은 승용차 안에서 잤다. 다음날부터는 찜질방과 여관을 전전했다. 아무에게도 말하지 못했다. 시골에 계신 부모님에게는 사실을 알리는 것이 도리라고 생각했지만, 그리고 알리지 않는다고 해도 어떻게든 알게 되겠지만, 차마 자기 입으로 말을 할 수가 없었다. 말하지 못했으므로 도움을 구하지도 못했다.
　몇차례 아내와 대화를 시도했으나 전화기는 늘 꺼져 있었다. 외국

여행이라도 갔는지 모를 일이었다. 가장 최근에는 결번이라는 안내를 받았다. 장인과는 아파트 현관 앞에서 인터폰을 통해 한차례 더 이야기를 했다. 장인은 자기가 빌려준 돈과 딸의 이름으로 되어 있는 아파트 명의와 그들 부부간의 끈질긴 불화를 반복해서 언급했다. 그러고는 그가 입던 옷과 그가 쓰던 물건을 박스에 넣어 복도에 내놓겠으니 가져가라고 통보했다. 말이 통하지 않았다. 처음에 통하지 않은 말이 나중이라고 통할 리 없었다. 이재에 밝은 장인의 속셈은 오로지 아파트를 빼앗는 것뿐이었다. 그러기 위해 아파트의 잠금장치를 바꾸고 집을 지키기 위해 집 안에 틀어박혀 지내는 위인을 생각하니, 자기 일인데도 헛웃음이 나왔다. 그는 그곳에 다시 가지 않았다. 아마 그의 칫솔과 치약, 면도기, 양말, 속옷, 로션, 수첩, 베개, 운동화, 사진첩, 손목시계 같은 물건이 든 박스는 현관 앞 복도에 방치되어 있을 것이다.

"괜찮아?" 그녀가 다시 물었다. 괜찮겠어? 하고 반문하는데 저절로 나무라는 것 같은 목소리가 나왔다. 그녀는 잘못한 것이 없었고, 따라서 나무람을 받을 이유가 없었다. 그는 곧 미안하다고 사과하고 신경이 예민해져 있어서 그런다고 변명을 했다. 사실이었다. 가끔 가슴 한복판이 불이 붙은 것처럼 뜨거워지면서 욕이 튀어나왔다. 들끓는 울분을 삭이기 위해 그는 자주 자기 얼굴을 때렸다. 제어장치가 느슨해지면 무슨 일을 저지를지 불안해서 되도록 과음을 하지 않으려고 했다. 목까지 차오른 울분은 종종 울음으로 변해 목구멍을 타고 넘어왔다. 그럴 때면 그는 자신의 자동차 안에서 큰 소리로 울었다. 한번은 자양동을 찾아가 대문을 두드리며 소리를 질렀다. 나와라, 이 나쁜 년. 인간의 탈을 쓰고 어떻게 그럴 수 있어? 물론 술을 먹은 날이었다. 문은 열리지 않았고, 대신 누군가의 신고를 받은 경찰차가 와서 그를 태워갔다.

"전화 잘했다." 그는 그녀의 말이 무슨 뜻인지 몰라 가만히 있었다. 그냥 듣기 좋으라고 건넨 말일 수도 있는데 그렇게 흘려넘겨지지 않는 심사가 난감했다. "내 번호가 우연히 떠오른 것 같지 않다. 한동안 집을 비워둘 거야. 우리집 말이야. 사일 뒤에 비행기를 탈 건데, 우리 집에 와 있을래? 네가 괜찮다면 말이야." 그녀는 가족과 함께 미국으로 여행을 간다고 했다. 학교 선생인 남편의 방학을 이용해 아이들 영어연수도 시킬 겸 미국에 있는 친척집에 가 있기로 했다는 것이었다. 어차피 비어 있을 테니까 사람이 와 있으면 관리도 되고 좋지 뭐, 하면서 그녀는 대수롭지 않다는 듯 웃었다. 그는 글쎄, 하고 말끝을 흐렸지만, 다른 대안이 없었다. 정말로 전화를 잘 건 걸까. 그 번호가 우연히 떠오른 것이 아니라는 그녀의 말을 곧이들어도 되는 걸까? 그런 질문이 자꾸 만들어졌다. 아마도 그녀의 제안을 수용하기 위해 그런 정도의 요식 절차가 필요했던 모양이다.

사흘 후 전화를 건 그녀는 자기 집 주소를 알려주고 열쇠를 우편함에 넣어두겠다고 했다. 안방 문은 잠그고 갈 거라면서 거실과 작은방을 쓰라고 했다. 다른 거처가 생겨서 집을 나가게 되면, 따로 연락할 필요 없이 그냥 열쇠를 폐기해버리면 된다는 말도 했다. 그는 고맙다는 인사도 하지 못하고 전화를 끊었다. 그리고 그녀가 비행기를 탄다는 날 밤 바로 그 집으로 들어갔다. 그렇게 된 일이었다.

노인은 말없이 걸었다. 가끔 멈춰서서 하늘을 올려다보았다. 그는 왜 하필 산책을 이런 데로 가느냐고 물어보고 싶었지만, 어쩐지 그러면 안될 것 같아서 잠자코 뒤를 따랐다. 건너편 숲에서 솔향기를 묻혀 온 바람이 얼굴을 쓰다듬고 지나갔다. 길가에는 들꽃들이 피어 있었다. "이놈들 이름을 가르쳐준 사람이 그 집 주인인데……" 노인은 꽃 이름을 하나하나 부르면서 말했다. 가끔 몸을 숙여 꽃을 꺾었다. 노인이 꽃을 꺾어들고 허리를 펼 때까지 그는 뒤에 멈춰서서 가만히 기다렸다. 노인은 여러가지 색깔의 들꽃을 양손에 모아쥐고 걸었다. 두 손을 한데 모아 가슴 높이로 올린 노인의 모습은 마치 헌화라도 하러 가는 것처럼 보였다. 줄을 지어 늘어선 묘비들이 그를 호위했다.

이윽고 어떤 묘지 앞에 멈춰선 노인이 그윽한 눈빛으로 묘를 쓰다듬더니 가지고 온 꽃을 봉분 위에 한 송이씩 내려놓았다. 봉분은 낮고 길쭉하고 위가 평평했다. 묘 주변에는 노인이 뿌린 것으로 보이는 들꽃들이 가득했다. 어떤 것들은 이미 말랐고 어떤 것들은 말라가고 있었다. 노인이 묘 주변의 웃자란 풀을 손으로 뜯는 동안 그는 묘비명을 읽었다. '2006년 5월 4일 이순임 성도 하나님의 부르심을 받고 이곳에 잠들다.' 아마도 노인의 어머니이거나 아내일 거라고 속으로 생각하고 있는데 노인이 무언가 중얼중얼 소리를 냈다. 기도문이라도 외는가 싶었는데, 주의깊게 들으니 누군가에게 말을 건네는 것 같은 톤이었다. 그러나 목소리가 작았으므로 무슨 말인지 알아들을 수는 없었다. "누구신가요?" 그는 지레 주눅이 들어 나지막하게 물었다. 그러나 노인은 대꾸하지 않고 바로 옆으로 옮겨가 마찬가지로 꽃을 내려놓고 웃자란 풀을 손으로 뜯었다. 그 봉분 역시 낮고 길쭉하고 위가 평평했다. 정성스럽게 묘지를 관리하는 사람의 모습을 노인은 보여주었다. 그곳에도 많은 들꽃들이 이미 말랐거나 말라가고 있었다. 생화보다 마른꽃 냄새가 더 강렬하다는 것을 그는 그때 알았다.

그 묘에는 묘비가 세워져 있었지만 아무것도 씌어 있지 않았다. 누구신가요? 그는 다시 물었다. 이번에는 노인이 입을 열었다. "저기는 집사람이 묻힌 곳이고, 여기는 내가 묻힐 곳이에요. 금방 이사와서 오래 살 집인데, 미리 낯을 익혀둬야지. 그래 매일 오는 거예요." 노인은 아무 글자도 씌어 있지 않은 묘비를 손으로 어루만졌다. 자기가 죽어서 묻힐 무덤을 미리 만들어놓고 매일 찾아온단 말인가. 그런 뜻인가. 그는 무슨 말을 해야 좋을지 몰라 입을 다물었다. 노인은 들고 온 하늘나리와 원추리와 골무꽃을 봉분 위에 가지런히 늘어놓으면서 기도문을 외는 것 같기도 하고 누군가에게 말을 건네는 것 같기도 한 톤으로 이야기를 계속했다. 그러고 보니 그가 하는 일은 들꽃으로 무덤을 꾸미는 일이었다. "여기 오면 편해요." 노인이 자기 묘에 몸을 내려놓으며 아득한 표정을 지었다. 그는 아, 네, 하고 건성으로 대답했다. 노인은 편한지 모르겠지만 그는 편하지 않았다. 노인은 그를 불안하게 했다. 공연히 생각없이 따라왔다는 후회가 생겼다. 기회를 봐서 먼저 돌아가야겠다고 속으로 다짐하고 있는데 노인이 자신의 무덤 위에 가만히 몸을 뉘었다. 윗부분이 평평한 묘는 노인의 몸을 맞춤하게 받아주었다. "이러고 있으면 제일 편해요." 노인은 편한지 모르겠지만 그는 편하지 않았다. 그 순간, 그를 불안하게 하는 것이 무엇인지가 분명해졌다. 갑자기 꿈에서 보았던, 공중에 떠 있는 침대의 이미지가 눈앞에 선명하게 떠올랐던 것이다. 맥박이 빨라지고 입 안의 침이 말랐다. 그는 자신의 꿈을 왜 이상하게 여겼는지, 그리고 왜 노인을 따라오게 되었는지 알 것 같았다. 그러나 알 것 같다는 건 기분일 뿐, 실제로 그것이 무엇인지는 파악할 수 없었다. 노인은 하늘을 향해 누운 자세 그대로 눈을 감고 움직이지 않았다. 노인은 공중에 떠 있는 침대 위에 누운 것처럼 편안해 보였다. 그러나 그는 공중에 떠 있는 침대 위에 누운 것처럼 편안하지 않았다. 그는 슬금슬금 뒷걸음질을 쳐서 그곳을 벗어났다.

　노인이 산책(산책이라고 해야 할지 모르겠지만)을 마치고 돌아온 것은 한 시간 뒤였다. 커튼 사이로 비쳐들던 석양빛이 까무러지고 습기를 머금은 공기가 지면으로 가라앉는 시간이었다. 그는 불을 켜지 않은 채 거실에 웅크리고 있었다. 이 집에 들어온 것이 잘한 일이 아닌 것 같다는 후회가 찾아왔다. 다른 도리가 없긴 했지만, 이것 역시 도리는 아니었다. 찜질방을 전전하면서 수단을 강구하는 편이 차라리 나았을 거라고 그는 생각했다. 그는 이 집으로 들어와버림으로써 수단을 강구해야 할 마땅한 도리를 회피했다. 너무 쉬운 쪽을 택했다. 그럴 일이 아니었다. 날이 밝으면 회사를 하루 빠지고서라도 장인을 만나 담판을 지으리라. 그는 결의를 다지듯 주먹을 불끈 쥐었다. 그때 노인이 문을 두드렸다. 노인이 집으로 돌아가는 길에 그를 다시 찾아올 거라는 기대는 물론 하지 않았다. 그런데도 현관문을 두드리는 소리가 들렸을 때 그는 노인이라는 걸 알아차렸고, 마치 여태 기다리기라도 한 사람처럼 벌떡 일어나 문을 열었다. 노인은 아까와 같은 차림과 자세로 들꽃을 내밀었다. 그는 꽃 이름을 기억해보려고 했다. 그러나 어느 것 하나도 떠오르지 않았다. 그가 머뭇거리자 노인이 독려하듯 말했다. "산책 나왔다가 들어갈 때면 늘 들꽃을 집으로 가지고 갔거든요, 이 집 주인 말이에요. 하늘나리와 골무꽃을 제일 좋아했던 것 같아요. 이게 하늘나리고 이게 골무꽃이라더군요." 그는 두 손을 내밀어 꽃을 받았다. 이번에는 그가 헌화라도 하는 사람 같은 모습이 되었다. 꽃향기가 집 안에 퍼져나가는 게 느껴졌다. "그 꽃을, 그녀도 나처럼 집을 꾸미는 데 썼을 거요, 아마." 그 말은 헌화하는 데 썼을 거라는 말보다 덜 부담스러웠다. 그는 꽃무더기에서 한손을 떼어내 아래로 떨어뜨렸다. 몸을 돌리려던 노인이 주춤하더니 그녀가 여행을 간 것이 틀림없느냐고 물어왔다. 그는 그녀가 그렇게 말했다고 대답했다. 노인은 무언가 미심쩍다는 표정을 지어 보이고는 잠깐 들어가서 이야기를 하고 싶은데 괜찮겠느냐고 다시 물었다. 주인도 아닌 처지에 들어오라고 할 수도 없지만 마다하는 것도 주제넘은 짓이겠다 싶었다. 노인은 그의 반응은 기다리지도 않았는지 신발을 벗고 안으로 들어왔다.

노인은 쏘파에 앉지 않고 바닥에 앉았다. 어쩔 수 없이 그도 노인을 따라 바닥을 차지했다. "어디로 여행을 갔다는 건지……" 노인이 앉자마자 말을 꺼냈다. 그는 그녀에게 들은 대로 방학 동안 가족과 함께 미국에서 지낼 거라고 말해줬다. 가족이라니? 하는 질문이 돌아왔다. "남편과 아들요. 남편이 교사잖아요." 그는 그녀의 가족에 대해 잘 아는 것처럼 말했다. 그러나 실제로는 그녀의 남편과 아들에 대해 아는 것이 아무것도 없었으므로 그는 조금 떳떳하지 않은 기분을 느꼈다. 노인의 고개가 옆으로 기울었다. "뭔가 잘못 알고 있는 거 아닌가요? 남편도 아이도 없는 걸로 아는데…… 아니면 내가 잘못 알고 있는 건가?" 이번에는 그의 고개가 갸우뚱했다. 그럴 리가…… 하는 말이 밖으로 나오지 못하고 입 안에 갇혔다. 그녀에 대해 아는 게 없다는 사실이 문득 죄책감을 불러일으켰다. 오래전에 결혼했다는 소식은 들었지만 그후 어떻게 사는지 들어보지 못했다. 아이는 물론 결혼한 남자가 학교 선생이라는 것도 확인한 사실은 아니었다. 그렇게 생각해서 그런지 노인이 의심이 가득한 눈빛으로 그를 바라보는 것 같았다. 그는, 당신, 누구요? 하는 질문을 그 눈빛으로부터 받았다. 그는 결백을 증명하기 위해 심문자 앞에서 무슨 진술인가를 해야 하는 처지라는 걸 알았다. 그래서 사실대로 이야기했다. 아주 오랜만에 아주 우연히 연락이 되어서 요새 그녀가 어떻게 지내는지 알지 못한다고, 자기에게 사정이 생겨서 잠시 있을 곳이 필요했는데, 그녀가 두 달 정도 집을 비운다며 자기 집에 와 있으라고 했다고, 그래서 와 있는 거라고, 띄엄띄엄 사정 이야기를 할 때 무슨 잘못을 저지르기라도 한 것처럼 등에서 땀이 났다. 노인의 얼굴은 의혹이 완전히 풀린 표정이 아니었다. "나는 여기서 5년을 살았어요. 집사람이 죽기 전부터 여기 살았지. 저기 공원묘지에 집사람과 내가 누울 자리를 먼저 사고 그리고 거기서 제일 가까운 데를 찾아 여기로 옮겨왔거든요. 매일 집사람 손을 잡고 곧 죽어 누울 우리집을 보러 다녔지요. 2년 전에 집사람이 먼저 갔고, 그다음부터는 저 길을 혼자 다녔는데, 작년 가을인가, 2층에 젊은 여자가 이사를 왔어요. 처음엔 몰랐는데, 혼자였어요. 이렇게 외진 곳에 여자 혼자 살기가 쉽지 않은데, 무슨 사연이 있는가 싶었지. 요양 삼아 공기 좋은 데를 찾아왔을 수도 있지요. 실제로 어딘가 병이 있는 사람처럼 보이기도 했고. 처음에 묘지에서 몇번 마주쳤을 거요. 나중에는 같이 산책을 하게 되었는데…… 이 집에 사는 다른 사람을 본 적이 없어요. 누가 찾아온 적도 없었고. 그 여자 혼자 산 게 확실해요. 결혼을 했었고, 아이가 있었다는 거 알아요. 그러나 여기서는 혼자였어요. 가족은 없었어요." 노인은 잘못 알고 있는 사실을 바로잡아주는 친절한 교사처럼 차근차근 설명했다. 아마도 노인이야말로 전에 아이들을 가르치는 선생이었을지 모른다는 생각이 언뜻 스쳐갔다. 그는 자신없는 목소리로 그 말이 사실이냐고 물었다. 노인은 자기가 왜 사실 아닌 이야기를 하겠느냐고 되물었다.

"그럼 어떻게 된 일일까요?" 그녀는 6년 만에 불쑥 전화를 건 그에게 어째서 그렇게 말하고 자기 집을 빌려준 것일까. 그리고 어디로 간 것일까. 그는 혼란스러웠다. 남편과 아이의 존재를 믿을 수 없게 되자 미국으로 여행을 떠난 것은 맞는지, 그것마저 의심스러워졌다. "미국이든 어디든, 여행을 떠난 건 맞을지도 모르지요." 마치 그의 마음을 읽기라도 한 듯 노인이 말했다. 그러나 노인은 곧, 그 이유는 알 수 없지만, 하고 덧붙였다. 잠시 침묵이 흘렀다. 그는 무슨 사정인지는 모르지만, 그동안 떨어져 지냈던 가족과 함께 이번에 여행을 떠난 게 아니겠느냐고 넌지시 질문을 던져보았다. 노인은 고개를 절레절레 저었다. 여행을 떠났을 가능성이 있다. 그러나 그렇더라도 혼자 갔을 것이다. 남편이나 아들과 함께는 절대 아니다. 노인은 단정하듯 말했다. 그렇게 확신하는 이유가 있었다.

언젠가 한번, 꽤 취한 얼굴로 포도주를 한병 들고 내 방문을 두드린 적이 있어요, 하고 노인이 가만가만 이야기했다. 그녀가 노인의 방문을 두드린 것은 그날이 처음이자 마지막이었다. 산책길에 동행하기는 했지만 거의 말을 하지 않던 그녀가 술에 취하자 속마음을 토로했는데, 무슨 사연인지는 구체적으로 밝히지 않으면서 집에서 도망나왔다고 했다가 쫓겨났다고 했다가 갈피를 잡지 못했다는 것이었다. 아이에 대해서도 빼앗겼다는 것인지 두고 왔다는 것인지 확실하지 않았다. 한가지 분명한 사실은 그날이 아이의 생일이라는 거였다. 그녀는 아이에게 생일축하 전화도 걸 수 없었다. 아이는 두 해 전에 제 아빠와 함께 미국으로 갔고, 그녀는 전화번호를 알지 못했다. "다 잃어버렸어요. 다. 그러고도 내가 어떻게 살아 있는지 모르겠어요." 그것이 노인이 기억하고 있는 그녀의 마지막 말이었다. 말을 마치고 그녀는 한 시간 반 동안 소리내어 울었다. 노인은 그녀가 울도록 내버려두었다고 했다.

"자신의 생명을 조금씩 떼어내서 하루씩 삶을 연명하는 거랍니다. 삶을 유지하기 위해 삶을 내놓아야 하는 거지요. 그것이 인생이에요. 떼어낼 것이 없어지면 삶도 멈추는 거겠지요. 아마 그런 말을 해줬을 거요. 노인의 헛소리에 위안을 받았을 거라고 생각하지는 않아요. 사실 위안받을 말도 아니고. 그때 내가 여행을 권했던 것 같기는 해요. 그녀가 여행을 하겠다는 말을 한 기억이 없는 걸로 보아 내가 권한 게 맞아요. 정말로 여행을 떠났을지도 모른다는 생각이 들어요. 아마 그랬을 거예요." 노인은 그렇게 말하고는 혼자서 무슨 생각을 하는지 눈을 지그시 감고 가만히 있었다. 그는 떼어낼 것이 없으면 삶도 멈춘다는 노인의 말이 신경쓰였다. 그 말은 뚜렷한 근거는 없는 채 불길한 예언처럼 들렸다. 노인이 집을 나가기 전에 무슨 이야기인가를 더 한 것 같은데, 기억나지 않는 걸 보면 그 문장이 가슴에 얹혀서 오랫동안 내려가지 않았던 모양이다.

노인이 현관 앞에서 갑자기 생각난 듯 몸을 돌려, 산책을 갔다가 들어갈 때면 늘 들꽃을 꺾어서 가져갔는데, 하며 집 안을 살폈다. 혹시 아는 게 있느냐고 묻는 눈빛이었다. 그는 고개를 저었다. "저절로 마르도록 벽에 걸어두었을 거라고 생각했는데, 집 안이 온통 마른꽃으로 장식되어 있을 거라고 생각했는데……" 노인은 혼잣말처럼 중얼거리고 떠났다.

코끝에 마른꽃 냄새가 맡아진 것은 그 순간이었다. 아니, 더 정확하게 말하면, 이 집에 들어왔을 때부터 무슨 냄새인가를 줄곧 맡아왔으면서도 무슨 냄새인지 몰랐는데, 불현듯 그게 마른꽃 냄새라는 사실이 깨달아졌다. 그는 킁킁거리며 냄새를 좇았다. 냄새는 공기중에 두루 퍼져 있었다. 형체 없는 냄새가 공기중에 떠다녔다. 그러나 냄새의 출처를 정확하게 포착하기는 쉽지 않았다.

벽을 짚으며 킁킁거리던 그의 몸이 안방 문 앞에서 멈췄다. 확인해보지 않았지만 문은 잠겨 있을 것이었다. 그에게는 거실과 문간방의 출입만 허락되었다. 안방은 유보된 공간이었다. 그는 문틈 사이에 코를 대고 숨을 깊이 들이마셨다. 여태 아무렇지 않았던 그 공간이 불현듯 호기심을 불러일으켰다. 어떤 냄새인가가 맡아지는 것도 같았다. 마른꽃에서는 이런 냄새가 날까. 마른꽃이라고 단정할 수는 없지만, 무엇인가에서 수분이 빠져나갈 때 이런 냄새가 나지 않을까 싶은 냄새가 맡아졌다. 그는 조심스럽게 문고리를 돌려보았다. 문은 당연히 열리지 않았다. 그는 자기 외에 아무도 없다는 걸 알면서도 사방을 둘러보았는데, 그 순간 실제로 그 공간에 누군가 있는 것 같은 기미가 느껴졌기 때문이었다. 그는 자기도 모르게 몸을 부르르 떨고, 새삼스럽게 주변을 다시 둘러보고, 가슴을 쓸어내리고, 실눈을 떠서 문틈 사이로 안을 들여다보았다. 캄캄한 어둠 말고는 아무것도 보이지 않았다.

들꽃으로 무덤을 장식하던 노인이 그녀 역시 들꽃으로 집을 꾸몄을 거라고 했던 말이 하필이면 그때 떠올랐다. 이어서 헌화라도 하는 것 같던 노인의 공손하고 조심스러운 몸짓도 떠올랐다. 출처를 짐작할 수 없고 이해도 할 수 없는 생각이 그 순간 그의 머리를 스치고 지나갔다. 그는 도저히 이해할 수 없는 그 생각을 떠올린 것이 너무 어이

없어서 헛웃음을 지었지만, 그러나 그 생각은 이해할 수 없을 정도로 끈끈하게 그의 대뇌에 달라붙어 좀처럼 떨어지려 하지 않았으므로 그 것을 떼어내기 위해 머리를 심하게 흔들어야 했다.

　안방에서 떨어져나온 그는 매끈한 나무문을 뚫어져라 쳐다보았다. 그러나 물론 문이 뚫어질 리 없었다. 으스스 한기가 몰려왔다. 그는 집 안의 모든 불을 다 켜고 두 손으로 몸을 감싸안았다. 그럴 리 없어. 그럴 리 없어. 그는 자꾸만 머리를 흔들었다. 그러다가 문득 생각난 듯 휴대폰을 꺼내어 그녀의 전화번호를 눌렀다. 확인할 수 있는 길은 이것뿐이다,라고 그의 내부에서 누군가 소리쳤다. 그러면서도 그는 그녀가 전화를 받기를 바라는지, 받지 않기를 바라는지, 자기가 정말 로 원하는 것이 무엇인지 짐작할 수 없었다. 전화기가 꺼져 있거나 수 신불가 상태로 되어 있기를 기대하는 심리가 맨앞으로 나섰다. 그렇 다면 그녀가 미국 여행을 떠났다고 간주할 수 있을 것이다. 그러나 그 렇게 단순한 문제가 아니라는 반론이 더 안쪽에서 치고올라왔다. 신 호가 짧게 한번 가는가 싶더니 그녀의 음성이 들려왔다. 녹음을 하고 자동응답을 설정해놓은 모양이었다. '사랑이여, 희망이여, 기쁨이여, 모두 잘 있거라. 추억이여, 너에게도 잘 있거라 인사할 수 있다면.'* 그녀의 목소리는 지하에서 들려오는 것처럼 음울하고 수분이 다 빠져 나간 것처럼 건조했다. 이건 무슨 뜻일까. 이건 그녀가 지금 어떤 상 태에 있다는 암시일까. 이건 내가 원하는 것일까, 원하지 않는 것일 까. 그는 갈피를 잡을 수 없었다. 그는 상황을 잘 이해하기 위해 생각 을 집중하려고 했다.

　그러나 안타깝게도 그럴 수가 없었다. 그녀의 목소리를 다 듣기도 전에 귀에 붙은 그의 전화기가 심하게 울었다. 그는 휴대폰을 귀에서 떼어내고 액정화면을 바라보았다. 메씨지가 하나 도착해 있었다. '물건찾아갈것내일까지찾아가지않으면임의로처리하겠음원망하지말것' 장인이 보낸 메씨지였다. 이를 악물고 그 메씨지를 삭제하는데 비명이 나왔다. 짐승 같은 소리를 내면서 그는 이 무례하고 도리도 상식도 모르는 위인에게 욕이라도 해주어야 하는 게 아닐까 잠시 고민했다. 그러나 고민할 필요가 없었다. 그가 삭제버튼을 누르자마자 다시 전화기가, 이번에는 여러차례 길게 떨었다. 장인이었다. "물건 안 찾아가면 쓰레기장에 버릴 거니까 그리 알라고. 혹시 법으로 한번 해보겠다는 생각을 하고 있는지 모르겠는데, 판단 잘하는 게 좋을 거야. 괜한 헛수고는 하지 말라고. 법이든 뭐든……" 거의 협박이었다. 내용도 내용이지만 목소리에서 전해지는 음산한 살기가 몸속의 신경들을 옹송그리게 했다. 그가 어쩔 줄 몰라하고 있는 사이에 전화가 툭 끊어졌다. 그는 폴더를 닫지도 못하고 한동안 멍하니 서 있었다. 가스폭탄을 터뜨리기라도 한 것처럼 갑자기 마른꽃 냄새가 거실에 가득 찼다. 냄새는 실내 곳곳에 속속들이 들어차서 출렁거렸다. 질식하는 것도 얼마든지 가능할 것 같았다. 그의 몸은 벽을 타고 스르르 미끄러져내렸다.

* 바이런 「추억」 중에서.

전기수 傳奇叟 이야기

1

　같은 일이 반복되거나 비슷한 일이 일어나지. 그게 일상이지. 다른 사람이라고 뭐 다를라고. 그 시절, 다섯 개나 되는 생활정보지와 두 개의 무료신문을 샅샅이 뒤지며 동그라미를 치거나 밑줄을 긋거나, 그러다가 전화를 걸어 정보지에 실린 내용이 맞는지를 확인하는 일이 중요한 하루 일과였어. 이상할 것도 없는 일이지만, 입맛에 맞는 일자리를 찾기가 참 어렵더구먼. 언뜻 보기에 그럴듯한 것일수록 조심해야 한다는 걸 여러차례의 경험을 통해 터득했지. 팔기 힘든 물건을 허약한 연줄을 이용하여 떠넘겨야 하는 판매직이거나 별볼일 없는 영업직이 대부분이었거든. 이를테면 월수 500 보장 운운하는 광고는 일단 제쳐두어야 한다고. 이사직을 구한다거나 공동투자 운운하는 경우도 마찬가지. 오전에는 청소기와 세탁기를 돌리고, 만날 쓸고 닦아도 어디서 먼지가 그렇게 나오는지, 하루를 그냥 넘길 수 없다니까, 오후에는 저녁 준비를 하기 위해 시장에 가야 했어. 아내는 보통 일곱시가 넘어서 들어왔지. 일주일에 평균 두 번은 야근을 했고. 그런 날은 자정을 넘겨서, 대개 술냄새를 풍기며 돌아오니까, 미리 이야기를 해주면 저녁 준비를 하는 수고를 덜 수 있을 텐데 무슨 심술인지 아내는 예고를 하지 않아. 그녀는 내가 물어보지 않았으니까 말하지 않은 거라고 할지 모르고, 그건 물론 사실이지만, 그것이 그녀가 이야기를 하지 않은 진짜 이유인지는 나로서는 알 길이 없었지. 저녁시간에는 일 끝내고 집에 돌아온 대부분의 직장인들이 그런 것처럼, 하루종일 집에서 엎치락뒤치락하며 지낸 나도 느긋하게 앉아 텔레비전을 보았어. 나의 저녁시간은 드라마와 뉴스와 코미디프로가 잘 차려진 식탁처럼 풍성하고 다채로웠지. 어떨 땐 드라마와 코미디를 보기 위해 하루종일 빨래를 하고 청소기를 돌리고 음식을 만드는 것 같다는 생각이 들기도 한다니까.

그런 식의 일상은 약간 지루하긴 하지만 어느정도 이골이 나면 그 단조로움 속에 있는 나름의 규칙성을 찾아내게 되고(가령 생활정보지를 읽는 순서가 만들어지고 시장에 가는 시간이 정해지는 식으로), 그것을 은근히 즐길 줄도 알게 되거든. 생활정보지의 자잘한 글씨들에 눈을 박고 몇시간을 보내다 보면 내 정신이 그것들에 의해 길들여져서 자동으로 움직이고 있다는 사실을 어렴풋하게 느끼게 되는데, 그때의 기분이, 뭐랄까, 독한 감기약을 먹은 것처럼 약간은 몽롱하고, 신경들이 서서히 느즈러지고, 그 틈에 슬그머니 의식을 놓아버리고 싶기도 하고, 암튼 좀 묘한데, 그렇게 나쁜 건 아냐. 사물들이 쓰임을 받으면서 자기들의 질서 속으로 쓰는 자를 편입해들인다고 할까. 심상치 않은 작용이지. 그런 식으로 15개월을 살았을 거야. 15라는 숫자가 뭐냐고? 그게 궁금한가? 뭔가 짚이는 게 있을 텐데, 그 짐작이 맞을 거야. 15개월 전에는 나도 출근할 데가 있었던 거지. 일자리를 잃는다는 게 단순한 일이 아니란 걸 겪어본 사람은 알지. 아무렇지 않은 척한다고 해서, 혹은 어찌어찌하여 아무렇지 않게 되었다고 해서 아무렇지 않은 일이라고 할 순 없지. 그렇다고 해서 뭘 어쩌겠나. 50년대의 한 감상주의 시인의 말마따나 사는 건 외롭지도 않고 잡지의 표지처럼 그저 통속한 거잖아. 인생이 잡지의 표지를 닮아서 통속한 것이 아니라 잡지의 표지가 인생을 닮아서 통속하다는 걸 그가 어찌 몰랐겠어. 나는 이제 겨우 그것을 조금 알게 되었는데…… 외로움 속에 있는 한 인생은 결코 통속할 수가 없는 거지. 잡지의 표지가 외로울 수 없는 것처럼 인생 역시 통속하지 않을 수 없는 거지.

곧 익숙해지긴 했지만, 그래서 그것 역시 이내 일상의 규칙 안으로 편입되어 들어왔지만, 고드름장아찌처럼 밍밍한 내 시간표를 구겨야 하는 일이 일어났어. 그 이야길 할 테니 들어보라고. 오후 세시쯤이었을 거야. 아침에 나간 아내가 불쑥 전화를 걸어왔어. 생활정보지의 글자들이 내보낸 내분비물 때문에 신경들이 상당히 흐물흐물해져 있을 시간이었지. 이 여자가 대뜸, 지금 좀 나와줘야겠는데, 하는 거야. 미안한 말이지만, 나는 처음에 아내의 목소리를 알아듣지 못했어. 잘못 걸려온 전화거나 장난전화일 거라고 판단한 나는 아무 말도 하지 않고 가만히 전화기를 내려놓아버렸지. 아내가 알려준 방법이었어. 낮시간에 집에 있다 보면, 아는 사람은 알겠지만, 별의별 전화가 다 걸려와. 개발예정지역에 대한 믿을 만한 정보가 있으니 믿고 투자하라는 부동산업자들의 전화가 가장 많지. 애인이 되어주겠다는 투의 앳된 여자 목소리도 더러 있고. 요새는 이동통신사들도 번호 이동하라고 극성이더구먼. 아내는 그런 전화가 오면 아무 소리 말고 그저 조용히 수화기를 내려놓아버리라고 충고했어. 잘못 대꾸했다가 밤낮으로 시달린 끝에 전화번호를 바꾸고 이사까지 간 사람이 아내의 친구 가운데 있다더라고. 꼭 아내의 충고를 따르느라 그랬다기보다 내 정연한 일상의 밍밍함이 휘저어지는 것을 원하지 않았기 때문에 나는 모르는 전화라는 판단이 서면 곧바로 끊어버리는 편이었어. 그러면 대개는 그것으로 그만이지. 그런데 그때는 달랐어. 전화벨이 곧 다시 울렸거든. 나는 조금 전의 그 사람이 다시 잘못 걸었거나 다시 장난질을 하는 거라고 생각하고 그대로 울리게 놔둔 채 방바닥에 펼쳐진 정보지들의 무수한, 놀라울 정도로 단순한 활자들의 조합을 들여다보는 일에 전념했어. 그렇지만 전화벨은 여간해서는 그칠 것 같지 않았고, 점점 맹렬해지는 것 같기도 했어. 한여름 날씨를 더 덥고 짜증스럽게 만드는 매미 울음소리 같다는 생각을 하며 게으르게 몸을 움직인 나는 수화기를 귀로 가져갔어. 좀 유치하긴 하지만 여긴 화장텁니다, 하고 나지막하고 은밀하게 속삭여줄 참이었지. 그런데 미처 전화기가 귀에 닿기도 전에 아까 그 목소리가 탄환처럼 빠르게 날아오는 거야. "뭐야. 왜 아무 말도 안하고 끊어?" 어찌나 단호하고 확신에 찬 목소린지 준비된 농담이 쑥 들어가버리더라고. 곧바로 전화기를 내려놓아버릴 수도 없었어. 약간 빠르고 허스키한데다 신경질적인 목소리를 가진 이 여자가 누구인지 찾아내느라고 머릿속이 한동안 분주했지. 아무리 해도 떠오르는 얼굴이 없었어. 신경을 곤두세운 채 누구세요? 하고 물을 수밖에. "한집에 사는 마누라 목소리도 못 알아듣는단 말이야? 아, 짜증나." 그러고 보니까 아내의 목소리가 맞는 것 같기도 했어. "당신 맞아?" 나는 약간 기가 죽은 목소리로 물었지. 아내는, 어떻게 아침에 나간 마누라 목소리를 잊어먹어, 세상에, 이건 평소에 당신이 나를 얼마나 소홀하게 생각하는지를 증명하는 산 증거라고, 아, 억울해, 어쩌고저쩌고 투덜거리더라고. 나는, 그녀를 소홀하게 생각하느냐 하지 않느냐는 문제에 섣부르게 대답할 수는 없지만, 전화 목소리를 바로 알아듣지 못한 것이 그녀를 소홀하게 생각하는 산 증거라는 의견에는 동의할 수 없었어. 굳이 따지자면 꼭 나에게만 책임이 있는 것도 아니야. 그동안 그녀가 낮시간에 집에 있는 나에게 전화를 걸어온 적이 한번도 없었고, 그러므로 전화를 걸어올 가능성이 있는 사람의 명단에서 애초에 빠져 있었으니까. 아내는 그 문제를 가지고 잔소리를 좀 길게 해야 하지만 용건이 워낙 급하니까 나중으로 미룬다는 투의 말을 하고는 무조건 빨리 나오라고 다그쳤어. 뭔지 모르지만 사정이 꽤 급한 것 같더라고. 나는 약간 주눅든 목소리로 어디로? 왜? 하고 물었지. "어디긴, 사무실이지. 아, 참, 여기로 안 와도 되겠다. 곧바로 그쪽으로 가면 되겠구나. 주소 받아적어." 뭔 소리야? 하고 물을 때 나는 고드름장아찌 같은 내 일상의 보이지 않는 질서가 조금 일그러지는 모습을 보았고, 그 때문에 귀찮아졌을 거야. "이 사람, 아주 중요한 회원이야. 비위를 잘 맞춰야 해. 담당 화자가 병이 났어. 웬만하면 나오려고 했는데 도저히 안되겠대. 몸이 펄펄 끓는다잖아. 약을 먹어도 안 듣는다네. 요즘 감기 지독한 거 알지? 다른 화자들은 시간이 안 맞아. 내가 대신 갔으면 좋겠는데, 그 시간에 약속이 잡혀 있어. 씰버타운 책임자를 만나기로 했거든. 계약을 할지도 모르는 일이라 내가 안 가면 안돼. 어쩌겠어. 오늘만 당신이 화자 노릇을 좀 해줘. 어려운 것 없어. 그냥 책만 읽어주면 돼. 자료를 파일로 보내줄게. 이 고객 프로필하고 약도도 같이. 지금 메일 열어봐. 한 시간 반 남았으니까 서둘러야 될걸. 옷은 아주 단정해야 해. 양복을 입고 넥타이를 매는 게 좋겠어. 머리 감고 면도도 하고. 알았지?"

2

아내가 일을 하겠다고 선언한 것은 한 문학단체에서 주관하는 소설 강좌를 들으러 다니기 시작한 지 3년 만이었고, 경기침체와 산업구조의 변화에 대응한다며 내가 소속해 있던 팀을 해체하는 식으로 회사가 구조조정을 단행하는 바람에 졸지에 실업자가 된 내가 15개월째 빈둥거리고 있던 시점이었어. 더 다녀봤자 소설가가 될 가망이 없어서라고 이유를 댔지만, 그리고 어쩌면 그것이 사실일지도 모르지만, 그녀가 쓴 글을 읽어볼 기회를 갖지 못한 나로서는 그 문제에 대해 뭐라고 의견을 내기가 어려워. 원고를 보여달라는 요구를 하지 않은 건 아니었어. 그 정도의 관심 표명은 하고 살았지. 그러나 아내는 나중에, 나중에, 하며 미루기만 했어. 설마 네까짓 게 소설을 알기나 하느냐는 식은 아니었겠지만 은근히 섭섭한 마음이 들기는 했어. 하기야 그녀가 쓴 글을 읽는다고 해도 소설가가 될 가망이 있는지 없는지를 가늠할 능력이 나에게 없는 것은 사실이야. 중요한 것은 그녀에게 그런 가망이 있느냐 없느냐가 아니야. 그것은 그녀가 소설공부를 하지 않기로 작정한 이유는 될 수 있을지 몰라도, 밖으로 나가 일을 하겠다고 마음먹게 한 이유일 수는 없으니까. 마이너스통장을 들여다보며 한숨짓던 그녀가 누구든 돈을 벌어야지, 하고 잦아드는 목소리를 낼 때 나는 아무 말도 하지 못했어.

처음엔 사는 게 답답하니까 푸념처럼 한번 해보는 소리려니 싶었지. 그런데 그게 아니었어. 사무실을 어디에 내면 좋을까 궁리하질 않나, 조언을 구할 사람이 있다며 외출을 하지 않나, 분위기가 심상치 않게 돌아가는 거야. 어이도 없고 무시당하는 것 같아 섭섭하기도 하고 해서 당신이 무슨 일을 한다고 그래? 하고 물었지. 이 여자, 내가 물어오기를 기다렸다는 듯 곧바로 아이디어가 있다고 대답하더라고. 그러고는 약간 뜸을 들인 다음 전기수라고 혹시 들어봤어? 하고 되묻는 거야. 밥상을 물리고 건성으로 텔레비전 뉴스를 보고 있던 저녁이었지. "전기수? 그게 뭐야? 전기기술자를 줄인 말인가?" 내가 심드렁하게 대꾸하자 아내는 그럴 줄 알았다는 듯 빙그레 웃고 나서 전기수에 대해 설명하기 시작했어. 마치 물어올 것에 대비해서 외워두기라도 한 것처럼 가지런하고 막힘이 없었지. 신나하는 것 같기도 했어. 조선시대에 사람들이 많이 모이는 거리에서 이야기책을 전문적으로 읽어주던 사람이 있었다는군. 조선 후기에 활동한 조수삼(趙秀三)이라는 문인이 쓴 『추재집(秋齋集)』에 그 기록이 나온다는 거야. 임진왜란을 전후해서 중국으로부터 『삼국지』나 『수호지』 같은 소설들이 이 땅에 들어오게 되었고, 그 영향으로 소설과 이야기에 대한 관심이 증가하게 되었다는 것, 마침내 조선 후기에 이르러 서울 거리에 소설책을 읽어주거나 옛날이야기를 전해주면서 일정한 보수를 받는 직업적인 이야기꾼이 등장했는데 이런 사람을 전기수(傳奇叟)라고 불렀다는 게 그녀의 설명이었어. 전기수는 사람의 왕래가 많은 곳에 자리를 잡고 앉아 주로 『소대성전』이나 『숙향전』 『심청전』 『설인귀전』 같은 이야기책을 읽어주었다는군. 물론 『추재집』에 기록된 내용이지. 월초 1일은 제일교 아래에서, 2일은 이교 아래에서, 3일은 이현에서, 4일은 교동 입구에서, 5일은 대사동 입구에서, 6일은 종루 앞에서 이야기판을 벌이고, 이렇게 거슬러올라갔다가 7일째부터 다시 내려오고, 내려왔다가 다시 오르고, 그렇게 해서 한 달이 차면 다음달에 또 다시 반복하고. "그 당시로서는 일종의 신종 직업이었다고 할 수 있겠지. 마땅한 놀이가 없고 여가를 즐길 여력도 없는 당시의 서민들에게 전기수가 전해주는 이야기를 듣는 일은 몇 안되는 즐거움 가운데 하나였을 거야. 그러니까 당연히 인기가 대단했겠지. 주로 동문 밖에 살았고, 청중들이 던져주는 동전을 받아서 호구를 해결했지만 그게 전부는 아니었다고 해. 부잣집 한량들이나 나이 들어 할일 없어진 규방 마님들, 또는 기방의 기녀들이 후원자 역할을 하는 경우가 많지 않았을까? 내놓고 장바닥에 나가 이야기를 들을 수 없는 양반집 아낙들 역시 조용히 집으로 불러들여 이야기를 청하곤 했을 테고. 어때? 흥미있지 않아?" 나는 조선시대에 그런 직업을 가진 사람이 존재했다는 사실을 처음 알았지만, 그녀가 무엇에 흥미를 느끼고 있는지 분명하게 감을 잡을 수 없었기 때문에, 의혹과 긴장을 반반 섞어서 그런데? 하고 질문했어. "아마도 문맹률이 낮아지고 책의 보급이 활발해지면서 이런 사람들이 사라졌을 거야. 듣는 대신 읽으면 되니까. 근데, 요새는 어떨 것 같아? 요새는 전기수를 필요로 하는 사람이 없을까?" 뭐야, 책 읽어주는 일을 하겠다는 거야? 하고, 나는 약간 놀라움을 드러내며 물었지. 그런 걸 참신한 사업 아이디어라고 내놓은 아내에게 실망감을 표시하고 싶은 마음도 있었던 것 같아. 아내의 사업 구상이 마뜩찮은 데 안도하는 심정이 얄궂긴 했지. 나는 복잡한 감정을 들키지 않으려고 애쓰면서 서둘러 덧붙였어. "무슨 말인지 알아들었어. 그런데 전기수가 활동하던 조선시대와 오늘날은 상황이 너무 다르지 않나? 우선 그때는 글을 읽을 줄 아는 사람들의 숫자가 제한되어 있었고, 읽을거리도 극히 적었어. 당신도 언급한 것처럼 마땅한 놀이가 없고 여가를 즐길 여력도 없었지. 전기수가 인기를 끌 수밖에 없는 환경이었다는 뜻이야. 요즘과는 사정이 영 다르지. 글을 모르는 사람이 없고, 책은 넘쳐나고, 넘쳐나지만 더 신나고 재미있는 것도 넘쳐나니까 거들떠보려고도 하지 않는 판국 아니냐고. 물론 책을 읽고 싶어도 그럴 수 없는 사정을 가진 사람이 있긴 하겠지. 그 숫자가 얼마나 될지는 모르겠지만, 내가 알기로는, 그런 사람들을 위해 아마 오디오북이라는 게 이미 시중에 상당히 나와 있을걸."

내 의견에 부분적으로 동의하면서도 아내는 생각을 돌리지 않았어. 내가 현대인들의 깊은 고독과 단절감을 염두에 두지 않고 있거나 과소평가한다는 게 그녀의 반론이었어. "자신만의 내부의 골방에 고립되어 살고 있는 사람의 숫자가 조선시대의 문맹의 숫자보다 많으면 많았지 적지 않을걸. 두려움과 불안 때문에 세상의 현란한 불빛 속으로 차마 얼굴을 내밀지 못하고 검고 어두운 구멍과 같은 공허 속에 스스로를 유폐시킨 불쌍한 영혼들 말이야. 마음속으로는 누구보다 간절하게 소통을 원하면서 그 욕망을 겉으로 표현하는 데 서툴다는 것이 또 이런 사람들의 특징이야. 그들은 공개되지 않은 방식으로, 그러니까 자신들의 고립과 공허가 선전되지 않는 아주 개인적이고 내밀한 과정을 통해, 자신들의 고립과 공허가 해소되기를 바라지. 그들은 소통에의 욕구를 가지고 있다는 것은 물론 외톨이라는 사실조차 들키고 싶지 않아하거든." 내가 더이상 이의를 달지 않은 것은, 반드시 그녀에게 동의해서는 아니야. 그보다 무엇 때문인지 더 듣고 있기가 불편해졌는데, 그 불편이 그 무렵 나의 내부에서 싹트고 있던 고립의 상태에 대한 친밀감과 무관하지 않다는 것을 시간이 조금 지난 다음에야 깨달을 수 있었어. 고드름장아찌처럼 밍밍하고 정연한 내 일상이란 것이 실은 공허의 구멍에 다름아니었던 거지.

아내는 곧바로 논술과외를 해서 제법 돈을 번 대학동창과 의기투합하여 '서울, 21세기 전기수'라는 그럴듯한 이름의 싸이트를 열고 본격적으로 이야기 사업을 시작했어. '서울, 21세기 전기수 기획실장 이영란'이라는 명함을 건넬 때 아내의 표정에는 설렘과 우쭐함이 반반씩 어려 있었어. 방문학습지 프로그램을 원용한 이 이야기 사업은, 잘 알겠지만, 처음부터 회원제로 운영되었는데, 화자라는 이름의, 책을 읽어주거나 이야기를 들려주는 사람을 모집하고 교육해 원하는 회원들에게 보내는 거지. 지금도 그렇지만, 상담을 통해 어울리는 책을 고르는 것이 원칙이었지. 하지만 자기가 직접 책의 목록을 정하는 사람도 있었어. 특정한 책을 요약해줄 것을 요청하는 사람도 있고, 신문이나 잡지를 읽어달라거나 재미있는 이야기를 해달라고 요청하는 사람도 있었지. 더러는 방문하지 말고 전화로 읽어줄 것을 요구하기도 하고. 다른 사람의 도움을 받아 책을 읽거나 이야기를 들으려는 사람들이 그렇게 많다는 건 나로서는 좀 뜻밖이었어. 더디긴 하지만 꾸준히 회원수가 늘어나는 걸 보면서 아내의 판단이 정확했다고 인정할 수밖에 없었지. 직장 잡기가 어려워서 그런지 화자를 하겠다고 신청하는 사람도 많았다고 해. 고객들의 수준이나 취향이 제각각이니까 읽어야 할 책도 다양하고, 그러니까 상당한 지적 수준을 갖춰야 하는데다가 목소리 연기도 웬만큼 할 수 있어야 하지. 화자를 고르는 일이 보통 까다롭지 않다고 하더군. 일의 성격상 화자의 역할과 회원의 성향에 맞는 텍스트를 구하는 일이 중요하기 때문인지 교육과 회의가 빈번한 모양이었어. 시간이 지나면서 아내의 귀가시간이 늦어지고 집안일에 신경쓰지 않게 된 것은 불가피한 일처럼 여겨졌지. 어쩌면 아내는, 직접 그렇게 말을 한 적은 없지만, 내가 계속해서 직장을 구하지 않기를 바라고 있었는지도 몰라. 처음부터 내가 집을 지키며 집안일을 해온 것으로 간주하고 당연시하는 듯한 눈치도 보였어. 뭐, 사정이 그렇다는 거지 그게 꼭 불만이었다는 뜻은 아니야.

3

남자. 59세. 과묵하고 명상적인 성격. 음악애호가(거의 항상 이어폰을 꽂고 지냄). 잠언 투의 에쎄이나 종교적 성격의 글을 선호. 칼릴 지브란의 『예언자』, 막스 피카르트의 『침묵의 세계』, 아우렐리우스의 『명상록』, 성경의 「잠언」과 「전도서」. 가끔 산책에 동행할 것을 요구하기도 함.

몇줄로 요약된 내 첫 고객은 어딘가 비밀스러운 취향을 가진 사람처럼 여겨졌어. 정보가 제공되는 이런 방식 속에 비밀스러운 성격이 어느정도 가미되어 있다는 걸 감안하더라도 심상치 않은 느낌을 갖게 하기에 충분한 내용이지 않아? 나는 아내가 주문한 대로 세수를 하고 머리를 감고 면도를 하고 양복을 입었어. 아내가 보내준 자료를 전철 안에서 읽었는데, 거기에는 한상철이라는 회원에 대한 기본정보와 함께 낭독할 텍스트 파일이 들어 있었어. 똘스또이의 『인생론』 일부가 12포인트 휴먼명조체로 타이핑되어 있더라고. 나는 건성으로 훑어 읽으며, 좀 재미없다는 생각을 했을 거야. 이런 재미없는 글을 원하는 사람이 재미있을 리 없을 거라는 추측이 나를 좀 우울하게 했지. 하긴 추천도서에 적힌 목록을 보면 뻔할 뻔자긴 해. 나는 아내에게 전화를 걸어 얼마 동안 이자와 시간을 보내야 하는지 물어보려다가 귀찮기도 하고, 나 자신이 좀 측은한 생각이 들어서 그만두었어.

그 사람은 서울 근교의 한 전원주택에 살고 있었는데, 미루나무와 버드나무가 집을 둘러싸고 있어서 입구를 찾기가 어려웠어. 들어가는 길을 찾지 못하고 몇번이나 그냥 지나쳤다니까. 키가 크고 잎이 무성한 나무들은 호위병들처럼 보였어. 그러나 그 나무들이 무엇을 호위하는지는 물론 알 수 없었지. 그것으로 인해 비밀스러운 취향을 가진 사람일 거라는 기왕의 선입견은 조금 더 확고해졌지만 말이야. 나를 맞이한 사람은 몸피가 두툼한 오십대 중반쯤의 여자였는데, 얼굴은 하얗고 몸가짐이 반듯했어. 하지만 집주인처럼 보이지는 않았어. 그런 사람 있잖아. 부드럽지만 무표정한 얼굴. 상냥하지만 건조한 음성…… 오랫동안 그 집안 일을 해서 집의 일부처럼 보이는 사람. 집안의 모든 것을 빠삭하게 알고 있는 것 같은 사람. 주인은 그렇지가 않지. 주인은 집의 일부처럼 보이지도 않고, 집안의 모든 것을 빠삭하게 아는 것처럼 보이지도 않지. 설령 집안의 모든 것을 빠삭하게 알고 있다고 하더라도 말이야. 들고 있는 파일을 가리키며 '서울, 21세기 전기수'에서 온 화자라고 내 소개를 할 때 나는 거짓말을 하는 게 아닌데도 무언가 켕기는 기분이 들었어. 뭐, 일종의 자격지심이었겠지. 담당 화자가 몸이 안 좋아서 임시로 오게 되었는데, 연락을 받았는지 모르겠습니다, 하고 우물우물 덧붙일 때도 무언가 난처한 짓을 하는 것 같아 뒤통수를 긁었다니까. 오랜만에 맨 넥타이로 자꾸 손이 가기도 했고. 암튼 기분이 좀 그랬어. 그러나 여자는 나의 그런 기분에는 별로 관심이 없는 듯 이쪽에서 기다리세요, 하고 정원 한가운데 있는 의자로 안내했어.

나는 의자 앞에 엉거주춤한 자세로 서서 집을 살펴보았지. 잎 넓은 나무들이 2층짜리 집을 거의 완벽하게 둘러싸서 바깥세상과 차단된 듯한 느낌을 주었어. 건물은 지은 지가 오래된 듯 군데군데 균열이 생기고 칠이 벗겨진 자국도 보였어. 정원은 꽤 넓었지만 관리가 잘되고 있는 것 같은 인상은 아니었어. 웃자란 나뭇가지와 움푹 파인 잔디밭이 좀 거슬렸지. 사각의 나무탁자가 다섯 개의 나무의자를 거느리고 놓여 있었는데, 내가 그 의자 가운데 하나를 잡아빼서 앉자마자 인기척 소리가 났어. 얼른 다시 몸을 일으켰지. 아까 나를 맞이했던 여자가 휠체어를 밀고 오더군. 나의 시선은 자연스럽게 휠체어에 앉은 사람에게로 향했어. 여자와는 대조적으로 비쩍 마르고 왜소한 체격의 늙은 남자가 그곳에 있었어. 굵은 주름과 촛점없는 눈, 세상에 대한 관심을 완전히 거두어버린 듯한 무표정은 가면을 연상시켰고, 생기가 도무지 느껴지지 않는 가느다란 몸은 마른 나무토막 같다는 느낌을 주더군. 저 남자가 내가 상대해야 하는 과묵하고 명상적인 성격의 음악애호가가 맞다면, 나이가 쉰아홉살일 테지. 그렇게 씌어 있었으니까. 그러나 과묵과 명상적인 성격은 몰라도 음악애호가는 어쩐지 잘 어울리는 것 같지 않았고, 쉰아홉이라는 건 더욱 믿을 수가 없었어. 그의 황폐하고 늙은 얼굴에는 삶의 그림자보다 죽음의 그늘이 더 짙었으니까. 표정도 표정이지만 어디를 보는지 도저히 감잡을 수 없는 공허한 시선은 소름을 돋게 했어. 묘지에서 걸어나온 것 같다는 상상을 할 정도였다면 말 다 했지. 저 사람이 음악애호가인 명상적 성격의 쉰아홉살 고객인가 의심스러웠지만 그가 한상철이 아니라고 할 만한 근거는 없었어.

여자가 남자를 데려다주고 가만히 고개 숙여 인사한 다음 자리를 피했는데, 나는 그 순간 그녀가 버거운 짐을 내게 떠넘기고 홀가분해하는 것 같은 인상을 받았어. 갑자기 떠맡은 낯선 역할이 부담스러워진 나는 담당자가 몸이 좋지 않아서 대신 왔다는 말을 다시 우물우물 늘어놓았어. 노인의 눈꺼풀이 느린 속도로 들어올려졌다가 역시 느린 속도로 떨어지는 걸 보았지. 속도 때문인지 몹시 권태스러워하는 것 같았어. 휠체어의 팔걸이 위에 올려진 손가락이 미세하게 경련을 일으키는 것도 보았지. 나는 왜 그런지 그의 손가락을 바라보는 게 결례일 것 같아서 눈길을 피했어. 귀에 이어폰을 끼고 있었는데(처음에 나는 보청기로 착각했어), 무릎 위의 소형 카세트플레이어와 연결되어 있는 것 같더군. 낭독하는 사람을 불러놓고 음악을? 경우가 아니라는 생각이 들었지만, 이어폰을 빼라고 요구하고 싶은 의욕은 생기지 않았어. 알아듣든 말든 나야 똘스또이의 『인생론』을 읽어주기만 하면 그만이라는 생각을 하고 있었으니까. 한편으로는 음악을 배경처럼 깔고 들으면 한결 내용이 잘 이해될지 모른다는 기대도 생겼어. 그렇다면 경우가 아니라는 식의 불만을 가질 이유도 없는 셈이지. 나는 노인이 어떤 말인가를 해주기를 바랐지만 그러나 그는 어떤 지시도 내리지 않더군. 나는 넥타이를 매만지고 헛기침을 한번 한 다음 그의 맞은편 의자에 앉았어. 그리고 준비해온 『인생론』을 읽기 시작했지.

　모든 인간은 오직 자기 자신을 위해, 자기의 행복만을 위해 살고 있
다. 자신의 행복에 대한 열정을 느끼지 않는 사람은 자신이 살아 있다
는 느낌을 가질 수 없다. 자기 자신의 행복을 바라지 않고서는 인생을
생각할 수 없다……

　낭독을 하는 틈틈이 노인의 눈치를 살폈어. 그의 표정에는 어떤 변
화도 나타나지 않았어. 노인이 내용을 새겨듣고 있는지 어떤지 알 수
가 없으니까 답답하더구먼. 어느 순간부터는 내 목소리가 그의 귀에
들리기나 하는지 의심스러워지기 시작했어. 내 목소리에 귀를 기울이
지 않는 것이 아니라 아예 귀가 어두워서 어떤 소리도 듣지 못하는 것
이 아닐까 하는 의문 말이야. 만일 그렇다면 나는 도대체 무슨 짓을
하고 있는 거지? 상대의 끈질긴 무반응은 나를 거북하게 하고 어이없
게 하고 불안하게 하고 굴욕감을 느끼게 하고, 마침내는 자기연민에
빠지게 했어. 알아들을 귀가 없는 사람을 향해 무슨 말인가를 끊임없
이 내놓아야 하는 일의 무의미함이라니. 의미없는 행동을 반복해야
하는 일이 얼마나 무서운 형벌인지는 코린트의 왕 시시포스의 교훈을
통해 잘 알려져 있지 않나. 자꾸만 굴러떨어지는 바위를 되풀이해서
밀어올려야 하는 그 형벌이 무서운 것은 육체적으로 힘들기 때문이
아니라 그 반복이 굴욕과 권태를 선물하기 때문이지.
　나는, 그만 읽을까요? 하고 물었어. 노인이 고개라도 끄덕여준다면
말할 필요가 없고, 설령 아무 반응을 보이지 않는다고 해도 그만 읽으
라는 뜻으로 이해하고 거기서 읽기를 끝낼 요량을 하고 있었어. 고개
를 끄덕인다면 승낙을 한 거니까 그만 읽어도 되고, 아무 반응도 보이
지 않는다면 귀가 먹어서 듣지 못하는 게 분명하니까 읽을 필요가 없

다고 마음을 정한 거지. 그렇지만 나의 기대는 빗나갔어. 무슨 의사표현을 했다는 뜻은 아니야. 고개를 끄덕이거나 머리를 흔든 것도 아니었고. 다만 눈꺼풀을 느리게 들어올려 내 얼굴을 가만히 쳐다보기만 했지. 그것도 반응은 반응이잖아. 나는 그의 얼굴에서 어떤 말인가를 읽어내려고 애를 썼지만 그것 말고는 아무것도 읽을 수 없었어. 아무것도 읽을 수 없었지만 반응을 보인 건 사실이니까, 어떤 반응인가를 보임으로써 귀머거리가 아니라는 걸 밝힌 건 사실이니까 나로서는 그걸 무시할 수가 없었어. 맡겨진 임무를 거둬들일 수 없었다는 뜻이야. 어쩌겠어. 화자 노릇을 계속할 수밖에. 짜증이 나려고 했지. 솔직히 말하자면, 나는 벌써부터 상대방의 관심을 이끌어내지 못하는 내 무의미한 행위로부터 심한 무력감과 모욕감을 느끼고 있었거든. 짙은 색안경을 쓴 남자에게 일방적으로 속마음을 간파당하고 있는 것 같은 불편함이 내가 느낀 무력감과 모욕감의 내용이었을 거야. 색안경은 간파당하지 않고 간파하기 위한 훌륭한 도구이지. 내가 똘스또이의 『인생론』을 읽어주는 동안 상대방은 얇고 통속적이고 부실한 '나'라는 텍스트를 간파하고 있다는 생각이 뒤를 이었어. 그리고 어떤 연상작용이었는지 잊고 있던 15개월 전의 일이 떠올랐지. 회사에 불어닥친 구조조정 바람을 맞아 회사를 떠난 뒤 꽤 오랫동안 나는 왜 내가 우리 부서에서 한명뿐인 명예퇴직의 대상이 되어야 했는지를 생각했어. 답을 찾아내는 과정은 힘들고 고통스러웠지. 회사에 다니는 동안 늘 마음이 안절부절못하는 상태에 있었다는 사실이 뒤늦게 겨우 상기되더군. 사무실의 분위기를 감지하거나 직장 상사의 의중을 헤아리는 게 언제나 가장 어려웠다는 깨달음이 찾아오면서 안절부절못한 마음 상태가 무엇 때문이었는지를 비로소 알게 했어. 직장 상사가 웃을 때

영문을 모르고 따라 웃는 게 어려웠지. 농담으로 건넨 한마디로 사무실 분위기를 얼어붙게 만든 적도 여러 번 있었고. 그리고 마침내 나는, 내 눈앞에서 끄떡도 않는 노인의 눈치를 힐끔힐끔 보며 똘스또이를 읽어주다 말고 사람들은 나를 쉽게 읽어내는데 나는 사람들을 잘 읽어내지 못하거나 전혀 읽어내지 못했다는 사실을 깨달은 거야. 그것은 꽤 중요한 깨달음인 것처럼 여겨졌어. 그러자 마음이 심란해졌고, 더이상은 무의미한 낭독을 할 수가 없어졌어. 똘스또이를 읽어낼 수가 없더란 말이야.

그렇다고 그 집에 들어온 지 십오분도 채 안된 상태에서 그냥 나갈 수는 없는 노릇이었어. 얼마 동안이나 화자 노릇을 해야 하는지 아내에게 미리 묻지 않은 것이 후회되더군. 그렇지만 어쩌겠어. 나 스스로 결정하고 행동할 수밖에 없는 상황인걸. 돈을 받고 하는 일인데 적어도 한 시간은 있어야겠지, 하는 생각이 들더군. 남은 사십분을 서툰 성우 흉내를 내며 보낼 생각을 하니까 끔찍하긴 했어. 서툰 성우가 아니라 이건 숫제 고장난 라디오 노릇이 아닌가, 하고 속으로 중얼거리는 순간 뻘밭을 기어가는 것 같은 심정이 되었어. 나는 노인이 다시 눈을 내리감아버릴까봐, 왜냐하면 그렇게 되면 다시 서툰 성우가 되고 고장난 라디오가 되어야 하니까, 그것은 정말이지 끔찍하게 싫었으니까, 마음이 급해졌어. 다시 눈꺼풀이 덮이기 전에 그의 눈동자를 붙잡아야 했어. 깜깜한 구멍과도 같은 눈동자라도 말이야. 그러기 위해서는 낭독이 아니라 이야기를 해야 한다는 강박에 사로잡혔지.

들어봤어요? 하고 말할 때 내 목소리는 저절로 빨라졌어. "아시아 어느 나라에는 거북이를 신으로 떠받드는 부족이 있대요. 거북이가 알을 낳으면 유모 격인 사람이 달라붙어 정성스럽게 관리를 한대요.

거북이는 원래 초식을 하는데, 풀만 먹어서는 기운이 허해진다며 가끔 보약을 해 먹이기도 한다는군요. 그 보약이 뭐냐 하면 말이지요……" 나는 서툰 성우의 낭독을 버리고 대화하는 자의 화법을 택했어. 그렇게라도 해야 그자의 관심을 끌어낼 수 있을 것 같았거든. 정말이지 무의미하게 바위를 밀어올리는 일은 하고 싶지 않았어. 간파당하고 싶지도 않았고. 물론 똘스또이의 『인생론』 이외에 준비된 다른 목록은 없었지. 무슨 이야기를 할지 정해놓은 게 없었으니까 마음만 급했어. 그 순간에 어느날 아침 텔레비전에서 보았던 유별난 부족 이야기가 떠올라준 것은 어쨌든 다행이라고 할 수 있겠지. 아내가 출근한 뒤 다소 느긋한 기분으로 커피를 마시며 아침시간을 즐기고 있는데 습관처럼 켜놓은 텔레비전에서 희한한 이야기들을 내보내더라고. 그때는 별 감흥도 없이 건성으로 눈만 주고 있었는데, 무슨 이야기인가 떠올라줘야 하는 순간에 문득 그 이야기가 떠오른 걸 보면 흥미를 전혀 느끼지 않은 건 아니었던 모양이야. 노인의 눈꺼풀이 간혹 아래로 떨어지긴 했지만 곧 치켜올라가더군. 성공한 거지. 촛점이 어디에 모이는지는 명확하지 않았지만 일단 눈을 마주볼 수 있게 되자 한결 안심이 되는 거야. 나는 이야기를 이어갔지. 아마 잘 기억이 안 나는 부분은 지어내기도 했을 거야. "도마뱀이요. 마을 주민들은 도마뱀을 잡아서 즙을 내요. 그걸 거북이에게 보약으로 먹인대요. 보약을 먹고 자손을 많이 낳으라고요. 그 마을 사람들은 실수로라도 거북이를 상하게 하면 큰 변을 당한다고 믿어요. 실제로 거북이를 다치게 했다가 하루를 못 넘기고 목숨을 잃은 사람이 여럿이래요. 그런 이야기들이 전해지다 보니까 거북이에게 신성의 너울이 씌워졌겠지요. 사람들은 거북신의 저주를 받은 거라고 믿어요. 거북이에게 정말로 그런

능력이 있는지 없는지는 사실 중요하지 않지요. 사람들이 그렇다고 믿고 있으니까. 모르죠, 뭐, 그런 신화의 유포를 통해 통제력을 유지할 필요가 있는 어떤 세력이 모종의 조작을 하고 있는지. 세상일이라는 게 대개 그렇지요. 겉으로 보이는 것이 전부가 아니잖아요……" 노인은 나에게 집중했어. 여전히 공허한 눈빛이긴 했지만, 그래도 느낄 수 있었어. 속으로 얼마나 큰 숨을 몰아쉬었는지…… 적어도 나는 고장난 라디오 노릇을 하지는 않을 수 있게 되었던 거야. 다행한 일이지.

4

　아내는 싱글싱글 웃으면서 내게 물었어. "어떻게 한 거야? 도대체 어떻게 했는데, 이 까다로운 양반이……" 믿어지지 않는다는 표정의 안쪽으로 나에게 그런 재주가 있는 게 신통하다는 눈치가 읽혔지만 나는 예민해지지 않기로 했어. 아무러면 어때? 사실을 말하면 믿어지지 않는 건 나 역시 마찬가지였어. 내가 뭘 어떻게 했단 말인가. 나는 똘스또이의 『인생론』 대신 거북이를 신으로 모시는 부족 이야기를 했고, 그다음에는 1년쯤 전에 비디오로 빌려본 「빌리지」라는 영화 이야기를 해줬어. 무슨 이야기인가를 계속해야 하는 상황이었으니까. 주민들이 마을 밖으로 나가지 못하게 하기 위해 숲속에 괴물이 살고 있다는 신화를 지어낸 한 고립된 산골마을 이야기였지. 거북신이 그랬던 것처럼 이것 역시 목록에 들어 있지 않았던 거야. 두 이야기 사이에 뚜렷한 유사성이 있다고 말하기도 어려워. 어떤 연상작용인가가

그 이야기를 떠올리게 했겠지만 그 작용의 과정이 어떤지를 설명해낼
재간은 없어. 그리고 또 무슨 이야기를 했을까. 두 가지 이야기를 했
는데도 시간이 그다지 많이 흐르지 않았기 때문에 나는 무슨 이야기
인가를 새로 꺼내야 했고, 그러나 따로 준비해둔 것이 없었으므로, 떠
오르는 대로 내가 세들어 사는 집 주인 이야기를 들려줬던 것 같아.
지은 지 30년 된 아파트라 그런지 물을 틀면 붉은 녹물이 한참 동안
쏟아졌어. 며칠 전부터는 수도꼭지를 꼭 잠가놓아도 물이 뚝뚝 떨어
지는 거야. 하룻밤 동안 떨어진 물이 욕조의 절반을 채울 정도였지.
이 정도면 심하지 않아? 수도관을 고쳐달라고 집주인에게 전화를 했
는데 아, 글쎄, 집주인이란 자가 사는 사람이 고쳐서 쓰라고 큰소리를
치는 거야. 말이 돼? 그게 내 집이야? 내가 뭘 잘못해서 고장낸 것도
아니고 아파트가 낡아서 그런 건데, 세들어 산 사람더러 고치라니. 항
의를 했지. 그랬더니 그 보증금으로 그만한 평수의 집을 얻을 수 있느
냐고 비아냥거리듯 묻는데 미치겠더구먼. 불만이 있으면 나가라고 배
짱을 부리는 것 같아 기분이 몹시 언짢았어. 오래되고 낡은 아파트라
전세금이 싼 것은 사실이었지만 그렇다고 남의 집 빌려 사는 주제에
말이 많다는 식으로 응수하는 건 도리가 아니잖아. 안 그래? 내가 따
지고 드니까 이 사람, 듣기 싫다는 듯 전화를 끊어버리는 거야. 진짜
황당하더라고. 노인에게 그 이야기를 해줬어. "이렇게 상식이 안 통
하는 일이 많아요. 전세가 싼 건 싼 거고 고쳐줄 건 고쳐주어야 하는
거 아닌가요? 얼마나 열이 나던지…… 기분으로는 바로 쫓아가서 그
잘난 면상에다가 주먹질이라도 하고 싶었다니까요. 아, 그 나쁜
놈……" 그렇게 말하면서 나는 좀 흥분했던 것 같아. 휠체어 위에 올
려져 있던 그 사람의 손이 조금 더 심하게 떨리는 게 느껴졌는데, 그

게 어떤 감정인가를 표현하고 싶다는 표시였는지는 잘 모르겠어. 그 집주인을 홍보하는 동안 내 안의 흥분이 야릇한 쾌감으로 변해간 건 맞아. 그래서 그 이야기를 좀 길게 했겠지. 그것이 전부였어. 화자 역할을 잘했다고 할 순 없지. 그런데 왜? 내가 뭘 어떻게 했단 말일까.

한 시간을 채우고 그 집을 나왔을 때 나는 몹시 배가 고팠고, 어디든 가서 그저 머리를 기댄 채 좀 쉬고 싶었어. 오랜만에 노동을 했다는 증거이기도 하지만 긴장이 풀리면서 한꺼번에 피로가 몰려온 때문이기도 했지. 나는 넥타이부터 풀고 재킷을 벗어들었어. 와이셔츠가 젖어 있더군. 타인에게 이야기를 하는 일이 그렇게 에너지 소비가 많은 노동인 줄 몰랐어. 우리 머릿속에 있는 이야기는 하나의 이미지 덩어리로 존재하지. 그것을 이야기로 풀어낸다는 것은 그 이미지에 육체를 부여하는 과정이야. 자잘한 세목(細目)의 연쇄가 이야기—육체이기 때문이지. 덩어리인 이미지를 세목으로 잘게 분리한 다음 사슬로 잇듯 일일이 연결해야 해. 그것이 누군가에게 어떤 이야기인가를 할 때 우리 안에서 일어나는 과정이야. 세목들은 일차적으로는 기억 속에서 불러내져야 하지만, 그런 일이 일어나지 않을 때는, 즉 기억이 제기능을 수행하지 않을 때는, 지어내기라도도 해야 하지. 지어내는 일이야 말할 필요도 없고, 기억을 재생하는 것 역시 보통 노역이 아니라는 걸 그때 알았어. 나는 거의 탈진상태였지. 그 집을 울타리처럼 두르고 있는 키큰 미루나무와 버드나무를 올려다보며 이런 일은 정말 나에게 어울리지 않는다고 중얼거렸어. 그러니까 여태 직장을 잡지 못한 거라고 힐난할지 모르지만, 그러거나 말거나 그런 일은 두번 다시 하고 싶지 않았던 거고.

그랬는데, 어쩌자는 어이없는 도발일까. 그 까다로운 고객이 나를 계속 보내달라고 요청한다는 거 아냐. "무슨 소리야? 나더러 거기를 또 가라고? 그 끔찍한 노인에게?" 처음에 나는 아내를 의심했어. 나를 자기 회사의 직원으로 쓰려고 한다고 말이야. 남편의 자존심을 생각해서 고객이 원하는 것처럼 돌려 말하고 있는 거라고 말이야. 그도 그럴 것이 나는 그 사람을 만족시켜주었다는 확신을 갖지 못한 채 그 집을 나왔거든. 노인은 마지막 순간까지 가면 같은 무표정을 거두지 않았으니까. 촛점이 없는 무생물의 눈을 향해 무슨 말인가를 끊임없이 토해내야 하는 일도 끔찍하긴 마찬가지였어. 거기다가 확실한 것은 아니지만, 나는 노인이 과묵한 것이 아니라 말을 못하는 게 아닌가 의심하게 되었거든. 귀는 들리는지 몰라도 아마 말은 못할 거다…… 노인이 직접 그런 의사를 표현했단 말이냐고 물은 것은 그 때문이었어. "그 양반이 직접 말한 건 아니지. 연락은 늘 여자가 해와. 그 집에서 봤을걸." 아내는 거울 앞에 앉아 화장을 지웠어. 부인은 아닌 것 같던데, 하고 내가 말했어. 먼 친척이라던가? 오래전부터 그 집 일을 맡아해왔다나봐, 하고 아내가 설명했고. 나는 부인이라기엔 나이 차이가 너무 나는 것 같더라, 하고 말하다가 고객 신상 자료에 나이가 쉰아홉으로 적혀 있었던 것이 떠올라서 그 사람 나이를 잘못 알고 있는 것이 아니냐고 물었어. 59세라고 하기에는 너무 늙지 않았느냐는 내 의견에 아내는 그런 것 같지? 하고 일단 동의한 다음 몸이 안 좋으니까 그렇겠지 뭐, 하고 대수롭지 않게 받더군. "몸이 안 좋아도 그렇지. 믿어지지 않아. 그리고 그 사람, 과묵한 것이 아니라 말을 못하는 거 아닐까? 한 시간 동안 한마디도 하지 않았어. 그 사람 말하는 거 들은 적 있어?" 눈치 빠른 아내는 내 의도를 금방 알아차렸어. "지금 내가 지어내서 말한다고 생각하는 거지? 내가 없는 소릴 왜 해? 한 시간

동안 한마디도 하지 않았다면서? 그러니까 과묵한 거지." 그러고는 정색을 하고, 나, 사업하는 중이야, 취미활동 하는 거 아니라고, 하고 덧붙이는 거야. 참 내, 사람을 무색하게 하는 발언이었어. 그런 거 있잖아, 입장이나 위치를 확인시키는 발언을 함으로써 대화를 종결시키는…… 나는 참담한 기분이 되어 입을 다물 수밖에 없었지. 아내는 콜드크림을 발라 번들거리는 얼굴을 내밀며 덧붙이더군. "말하지 않은 것 같은데, 사실, 그 고객, 두 번이나 우리가 보낸 화자를 돌려보냈어. 비위 맞추기가 여간 어려운 사람이 아니야. 물론 화자들도 그 사람을 끔찍해하고. 그런데 당신은 좋다는 거 아냐. 이번 같은 경우가 없었다니까. 내가 왜 없는 말을 하겠어? 정말 대단해, 당신." 아내는 그렇게 말했지만 나는 내가 대단하다고 생각하지 않았어. 그 사람이 끔찍하다는 건 인정할 수 있지만, 내가 대단하다는 건 인정할 수 없었어. 더구나 그 대단함이 나를 그 끔찍함 속으로 밀어넣으려는 손길에 다름아닐 수 있다는 혐의를 완전히 털어버린 것도 아니었고. 나는 다시는 그 집에 가지 않을 거라는 내 결심을 다시금 끌어올려서 되새김질했어.

그러나 결론을 말하면, 나는 그 결심을 고수할 수 없었어. 아내의 고집이 세서가 아니라(나보다 고집이 센 건 분명하지만) 내 처지가 그 결심을 붙들어줄 만큼 튼튼하지 못했기 때문이지. 아내는 고객이 당신을 원하잖아, 하는 말을 몇번이나 되풀이했어. 아마도 피해의식 때문이겠지만, 내 귀에 그녀의 말은 여기 말고 오라는 데가 있기나 해? 하는 소리처럼 들렸어. 정말로 아내가 그런 의중을 감추고 있었는지 확실하지 않지만, 구인광고를 펴놓고 하루의 대부분을 보내는 내 추레한 모습이 눈앞에 그려진 이상 다른 선택의 여지가 없더라고.

　나는, 이 고객의 경우, 낭독이 아니라 이야기, 혹은 대화의 형식을
취해야 한다는 의견을 제시했어. 무슨 근거가 있어서가 아니라 어쩐
지 그럴 것 같은 생각이 들었어. 그 노인이 왜 나를 원하는지 모르겠
지만 혹시 똘스또이의 『인생론』을 읽어주는 대신 텔레비전에서 본 이
야기를 들려주고 집주인을 흉본 것 때문인지 모르겠다는 내 의견에
아내는 그럴 수 있다고 공감을 표시했어. "그게 제일 어려워. 고객의
취향에 맞는 텍스트의 목록을 정하는 거. 고객에 따라서는 직접 목록
을 정해주기도 하지만, 대개는 그렇지 않거든. 취향과 수준과 처지에
맞는 텍스트를 선정하는 게 제일 중요해. 화법도 물론 중요하지만."
나는 노인에게 읽어줄 텍스트로 아우렐리우스나 똘스또이나 전도서
를 선정한 사연을 물었어. 아내는 노인을 돌보는 여자가 종교적이고
명상적인 글을 원했다는 사실을 기억해냈어. '서울, 21세기 전기수'에
처음 전화를 걸어온 것이 그녀였다는 것도. 그것은 텍스트의 선택을
여자가 주도했을 가능성이 높다는 증거겠지. 여자의 뜻인지는 몰라도
노인의 취향은 아닌 것 같다는 게 내 판단이야. 그 여자가 임의로 정
했을 수 있고, 그렇지 않다고 해도, 그러니까 노인의 의견이 어느정도
반영되었다고 해도, 물론 그랬을 가능성도 없지는 않은데, 만일 그렇
다면, 그 사람 자신조차 자기가 정말로 좋아하는 게 무엇인지 분명히
이해하지 못한 거라고 나는 말했지. 내용보다 중요한 것이 화법이라
는 주장도 꽤 적극적으로 펼쳤을 거야. 아내는 약간 감동한 것 같은
표정을 지어 보이며, 당신은 타고난 화자야, 하고 치켜세우더군. 나는
아내가 부추기기 위해 치켜세우는 것 같은 발언을 하지 말았으면 하
고 바랐어. 다른 화자에게는 몰라도 나에게는 그런 식으로 대하지 말
라고, 나를 다른 화자와 똑같이 취급하지 말라고 요구하려다 그만두

었지. 어쩐지 그런 요구가 화자의 지위를 당연한 것으로 전제하는 것처럼 여겨졌기 때문이야.

기분은 그랬지만, 어쨌거나 일주일에 두 번씩 화자 노릇을 해야 하는 입장이 된 나로서는 지난번처럼 떠오르는 대로 아무 이야기나 지껄일 수는 없었어. '서울, 21세기 전기수'의 기획실장이라는 명함을 가지고 있는 아내는 텍스트의 선정을 나에게 일임하겠노라고 마치 대단한 특혜라도 베푸는 것처럼 말했거든. 나는 일단 이야기를 모으는 데 주력했어. 물론 이런저런 책을 참고했지. 그러나 책을 들고 가서 그냥 낭독하는 대신 이야기를 들려주는 것 같은 화법을 택했어. 그렇게 하는 것이 고장난 라디오 노릇을 피할 수 있는 길이라는 걸 첫날 일찌감치 깨달았으니까. 대단하다는 아내의 평가가 혹시 이것 때문이라면 마다할 이유가 없을 것 같아.

내가 화자로서 들려준 이야기들을 일일이 주절주절 늘어놓는 것은 부질없는 짓이겠지. 이야기의 종류가 다양해졌다는 사실을 밝히는 것으로 충분하지 않을까. 예컨대 신화나 전설, 소설, 텔레비전 드라마, 우화, 코미디, 신문기사, 법어나 설교까지 써먹었어. 내 경험담도 사이사이에 끼워넣었고. 나중에는 이야기의 목록을 만드는 일이 그리 힘들지 않게 되더군. 아니, 그보다 그게 별로 중요하지 않다는 쪽으로 생각이 바뀌어갔어. 첫날은 여러 개의 이야기로도 시간을 채우기가 어려웠는데, 이제는 한 가지 이야기로도 얼마든지 시간을 늘이는 일이 가능해진 거야. 노련해졌다고 해야 하나. 내용보다 중요한 것이 화법이라는 말은 그런 뜻이야.

노인의 듣는 자세에 눈에 띌 만한 변화가 생겼던 건 아니야. 변화는 나에게 생겼지. 시간이 흐르면서 노인의 가면 쓴 표정과 무생물 같은 건조함과 캄캄한 공허를 웬만큼은 견딜 수 있게 된 것이, 말하자면 나에게 생긴 변화라고 할 수 있을 거야. 노인의 집에 머무는 시간이 길어졌고, 처음에는 차를 마시는 정도이던 것이, 공교롭게 식사시간에 맞물려서 그랬지만 밥도 같이 먹는 일이 생겼어. 먼 친척뻘 되는 노인의 간병인은 숟가락 한벌만 놓으면 되는데요 뭐, 하고 친절하지만 생기없는 목소리로 말하고는, 흡사 속삭이듯, 저 양반 아무나하고 밥 먹는 분 아니에요, 하고 덧붙이더라고. 그 사람에게 특별한 대접 받는 걸 고마워하라는 뜻으로 들렸지만 솔직히 공감하기 어려운 주문이었지. 노인을 기다리는 동안 여자가 차를 끓여 내오곤 했는데, 그럴 때 그녀와 가벼운 대화를 나누기도 했어. 주로 그날의 날씨나 기분을 화제로 삼았지. 언젠가 노인이 어떤 사람인지 물은 적이 있어. 뜻밖의 질문을 받았다는 듯, 아니면 금지된 질문이라도 된다는 듯 내 얼굴을 한참 쳐다보더군. 나는 정말로 궁금해서 질문한 것이 아니라는 뜻을 전하기 위해 어깨를 으쓱하고 가볍게 손을 흔들었어. 그랬더니, 어떤 사람인지 알면 아마 좀 놀랄걸요, 하고 스스로 말하는 거야. 그렇게 말하니까 좀 궁금해지더라고. 나는 어떤 사람인데요? 하고 다시 물었는데 여자는 곧바로 말을 잇지 않았어. 나도 재촉하지 않았지. 어쩐지 재촉하면 안될 것 같았거든. 한참 동안 말없이 앉아 있던 여자가 내 찻잔이 빈 걸 확인하고는 쟁반을 챙겨서 일어났어. 그러고는 중얼거리듯 말했지. "자기를 다시 불러줄 날을 기다리며 30년을 숨어살고 있는 사람이 저 양반이에요. 귀머거리에 벙어리를 자처하고. 어떻게 그럴 수 있는지. 희미한 약속 하나만 믿고…… 몸까지 저 지경이 되었으니, 이젠 불러도 소용없게 되었는데, 그래도 그 소식 하나만 기다리며 사네요. 생각해보면 참 불쌍한 사람이지요……" 무언가 사연이 있을 거라는 짐작은 하고 있었으니까 새삼스럽진 않았지만, 그 정도만 들으니까 어떤 사연인지 더 궁금해지긴 하더구먼. 그렇지만 추궁하듯 더 물을 수는 없었어. 그녀는 찻잔을 들고 안으로 들어가버렸고, 그 이후로는 다시 그 이야길 꺼내지 않았으니까.

몇번인가 노인의 휠체어를 밀고 산책을 하기도 했어. 그렇지만 미루나무와 버드나무 울타리를 벗어나지는 않았지. 나뭇가지 사이로 멀리 철길이 보였는데, 그곳에 멈춰서서 어쩌다 지나가는 기차를 물끄러미 바라보곤 했지. 나는 휠체어를 잡고 뒤에 서서 페트병에 넣어 아파트 베란다에 놓아둔 독사가 어딘가로 사라지는 바람에 일어난 소동을 다룬 어떤 작가의 단편소설이나 동물원의 울타리를 박차고 나간 코끼리 때문에 생긴 해프닝 같은 걸 이야기해줬어. 그러다가 엉겁결에 화자 노릇을 하게 된 내 사정도 꽤 길게 이야기했지. 아내가 이 일을 시작하게 된 계기와 과정도 들려주었고. 또 언젠가는 내가 어떻게 회사에서 떨려나가게 되었는지를 이야기했어. 어떻게 하다 보니까 어느 순간부터 주로 내 이야기를 하고 있더라고. 부장은 마지막 순간까지 나를 기만했지. 명퇴자 리스트에 벌써 내 이름을 올려놓았으면서도 통보를 받기 하루 전날 같이 술을 마시는 자리에서조차 나에 대한 신뢰를 과장되게 표시했거든. 나는 그 사람의 감춰진 속마음을 읽어내지 못했어. 아니, 그런 걸 읽어야 한다는 생각도 하지 못했지. 속으로 얼마나 비웃었을까, 생각하면 지금도 얼굴이 뜨뜻해지고 울화가 치밀어. 그 이야기를 할 때 나도 모르게 흥분이 되어 언성을 높였는데, 아마 욕도 좀 섞었을 거야. 그러고 나니 기분이 한결 나아지는 것 같긴 하더라고.

그는 내 이야기를 듣는 것 같기도 하고 듣지 않는 것 같기도 했어.

나는 듣든 듣지 않든 개의치 않고 내 할말만 했지. 그렇게 신경쓰이던 노인의 이어폰도 더이상 신경쓰이지 않게 되었어. 검은 구멍 같은 공허한 눈도. 반응이 없는 노인을 향해 고장난 라디오 꼴이 되어 이야기하는 것이 그렇게도 힘들었는데 이제 상관없다니, 상관없어지다니, 어떻게 된 일인가, 나는 가끔 나 자신을 놀라워하곤 했어. 아내의 말마따나 나는 타고난 화자인 걸까. 그러고 보니 어느 순간부터 화자인 나는 고객인 노인의 기호나 입장은 물론 반응도 신경쓰지 않고 내 마음대로 이런저런 이야기를 골라서 하고 있더라고. 내 이야기를 주절주절 늘어놓는 일이 잦아지면서, 듣는 그를 위해 내가 이야기하는 것이 아니라 이야기하는 나를 위해 그가 들어주고 있는지도 모르겠다는 의식의 도착이 종종 찾아왔어. 들음으로써 그가 얻는 것보다 말을 함으로써 내가 얻는 이득이 크다면 누가 누구에게 의지하고 있는 거지? '듣는 자'가 아니라 '말하는 자'가 사람의 본성에 더 가까운 것이 아닐까…… 그리고 문득 규방 마님들이나 기방의 기생들이나 벼슬에서 밀려난 한량들이 전기수를 불러들인 동기가 단순히 이야기를 듣는 데 있었을까 하는 질문이 생기더라니까.

5

　한상철과 나 사이에 그런 식의 묘한 공생관계가 한동안 이어졌지. 우리는 서로를 인정하지 않은 채로 서로를 이용했어. 심지어 나는 언젠가부터 그를 만나러 가는 시간을 기다리기까지 했지. 그와의 만남은 곧 무미건조하고 밋밋한 내 일상의 일부가 되었고, 그런 무미건조함과 밋밋함은 안정감을 제공했어. 그것은 안락한 쏘파와도 같았지. 나는 안락한 쏘파 위에서라면 얼마든지 뒹굴 수 있을 것 같았어. 그러나 쏘파 위의 시간은 그리 길지 않았어.

사건은 노인이 오랫동안 닫고 있던 입을 열면서 찾아왔어. 내가 그 집을 방문하기 시작한 이래 한번도 열리지 않던 노인의 입이 열린 사실이야말로 진짜 사건이라고 해야 할 거야. 바람이 심하게 부는 날이었어. 아침부터 빗줄기도 오락가락했지. 우리는 비와 바람을 피해 거실로 자리를 옮겼어. 노인은 언제나처럼 휠체어에 앉아 있었고, 귀에는 이어폰이 꽂혀 있었고, 팔은 팔걸이 위에 얌전히 놓여 있었지. 맞은편에 앉은 나는 무슨 이야기인가를 하고 있었어. 잘 생각이 안 나. 간혹 심각한 것도 있었지만, 대개는 시시껄렁한 이야기들이었으니까. 노인은 어딘가 다른 데 시선을 주고 있었고, 나 역시 그의 눈을 보지 않은 채 이야기를 했지. 그게 편했어. 심지어는 다른 생각을 하면서 말하기도 했어. 물론 그 역시 다른 생각을 하면서 듣기도 했을 테고. 그런 건 너무나 자연스러워서 더이상 아무 문제도 되지 않았어.

어느 순간이었어. 노인이 갑자기 손을 들어 어딘가를 가리키며 가쁜 숨을 몰아쉬더니 외마디 비명을 지르며 앞으로 고꾸라지는 거야. 무엇 때문인지 모르지만 아마도 무리하게 몸을 일으키려고 하다가 중심을 잡지 못하고 넘어진 모양인데 그때 마침 정신적 충격이 더해지면서 의식을 잃은 것 같았어. 짐작이 그래. 너무 순식간에 일어난 일이라 사태를 파악하기가 쉽지 않았거든. 나는 다급하게 여자를 부르고는 노인이 손으로 가리키는 지점을 바라보았어. 하지만 그곳에서 그가 무엇을 보았는지 알 수 없었어. 조금 열린 창틈으로 들어온 바람이 커튼 자락을 날리고 있었고 백두산 천지를 찍은 듯한 사진 액자가 걸려 있었고 텔레비전과 난 화분이 두 개 놓여 있을 뿐 특이한 점은 발견되지 않았거든. 텔레비전은 켜져 있지 않았어. 내 눈에는 보이지 않는 귀신의 눈이라도 목격했단 말인가, 생각하고 있는데, 노인을 돌보는 여자가 달려왔어. "무슨 일이에요?" 그녀는 쓰러진 노인을 일으켜세우며 나에게 물었어. 나는 모르겠다고 하며 고개를 저었지. 그 와중에도 내가 어떤 충격이라도 준 것으로 오해할까봐 조금 신경이 쓰였어. 그녀를 거들어 노인을 휠체어에 앉히는데 의식이 돌아온 듯 으으, 하고 신음소리를 내더군. 목이 쉰데다가 여러 갈래로 갈라지는 듣기 거북한 목소리였어. "가서 좀 쉬셔야겠어요. 어르신, 가요. 가서 쉬어요." 여자가 노인의 휠체어를 밀고 안방으로 들어갔어. 혼란상태에 빠진 나는 어떻게 해야 할지 몰라 엉거주춤 서 있을 수밖에 없었지. 비록 외마디 비명에 지나지 않지만 노인이 자신의 성대로 내는 소리를 처음 들었다는 사실도 미처 깨닫지 못하고 있었다니까.

"오늘은 그냥 돌아가셔야 할 것 같네요." 노인을 데리고 방으로 들어간 여자가 꽤 오랫동안 나오지 않아서 그냥 돌아가야 할지 어떨지 몰라 망설이고 있는데 한참 만에 나온 여자가 그냥 가는 게 좋겠다고 하더군. 나도 그러는 편이 나을 것 같긴 했지. 그렇지만 곧바로 몸을 돌리지 못하게 하는 꺼림칙한 무언가가 있었어. 사고의 현장을 피해 몰래 도망가는 것 같은 기분이었다고 할까. 어쩐지 비겁한 행동처럼 여겨졌어. 현장에 있던 내가 알지 못하는 영문을 여자가 알 거라는 생각이 자연스러운 건 아냐. 하지만 자연스러운가 자연스럽지 않은가를 따질 상황은 아니었어. 나는 여자가 최소한의 궁금증은 풀어줄 거라는 기대를 품고 물었어. "무슨 일이에요? 도대체 저 양반에게 무슨 일이 일어난 거예요?" 여자가 노인이 있는 방 쪽을 잠깐 살피고는 한숨을 푹 쉬었어. 그러고는 조금 망설이는 눈치를 보이더니 지그시 눈을 감고 입을 열었어.

"다 끝났어요. 평생을 바친 저 양반의 그 긴 기다림이 결국 이렇게 마무리되네요." 나는 여자의 말이 선문답처럼 여겨졌어. 답답했지. 뭐가 끝났다는 거예요? 하고 물을 수밖에. "저 양반, 누군지 알면 깜짝 놀랄 거라고 했지요? 기억할지 모르겠는데, 오래전에 유력한 전직 고위관리 한명이 의문의 죽음을 당한 적이 있어요. 세상이 오랫동안 시끌시끌했지요. 사건의 진상은 밝혀지지 않은 채로 세월이 참 많이 흘렀네요. 많이 잊혀지기도 했고요. 하지만 저 양반은 이 순간까지 잊지 않고 살아왔어요. 반평생을 입을 다문 채 숨어서 살았어요. 자기를 불러줄 날을 기다리며. 입을 열지 않은 것은 잊었기 때문이 아니라 잊혀지지 않았기 때문이에요. 잊을 수 없었기 때문이에요. 잊는 것이 허용되지 않았기 때문이에요. 최고실력자였던 윗사람이 잠깐 몸을 숨기고 입을 다물고 있으면 곧 불러주겠다고 했거든요. 그 세월이 30년이에요. 잠깐의 시간이 너무 길었지요…… 그런데……" 그렇게 죽음의 그림자를 풍기는 노인의 몸을 해가지고도 그 시절의 상사가 자기를 다시 불러줄 거라는 희망을 포기하지 않았다는 걸 이해할 수 있어? 인생이란 외롭지도 않고, 잡지의 표지처럼 그저 통속할 뿐인데 말이야. 하긴 나중에는 그 기다림이란 게 그다지 절실하지도 않고, 그저 습관에 지나지 않는 게 되었겠지만. 잡지의 표지가 인생을 닮아 통속하다는 걸 그가 왜 몰랐겠어. 잡지의 표지가 외로울 수 없는 것처럼 인생 역시 통속하지 않을 수 없는 거지. 그날, 늘 이어폰을 꽂고 듣던 라디오에서 그 상사가 죽었다는 뉴스가 나왔다는군. 그래서 충격을 받고 외마디소리를 지르고 쓰러진 거래. 인생이 얼마나 통속인지 보라고. 아무리 외로운 척해도 통속을 넘어갈 수 없는 게 인생이라니까.

여자가 해준 말이지만, 당사자인 한상철의 입을 통해서도 나중에 확인할 수 있었어. 그래, 그 노인이 직접 자기 이야기를 했어. 아, 물론 나도 그때는 그날이 마지막이 될 줄 알았지. 그런데 한 달쯤 지났을까, 이 양반이 다시 나를 부른 거야. 기분은 좀 그랬지만, 안 갈 수 있나. 사실 안 갈 이유도 없었고. 무슨 이야기를 해야 할까, 좀 고민이 되더군. 그 사람에 대해 조금 안다고 생각하니까, 사실은 별로 알지도 못하면서, 이야깃감을 고르는 게 더 어렵더라고. 몇가지 이야깃거리를 준비해갔지. 벽을 지나다니는 사람, 그림자를 판 사람, 별을 분양한 사람에 대한 이야기를 챙겼어.

집을 둘러싼 미루나무와 버드나무는 여전했어. 손질되지 않은 정원도 그대로고. 그렇지만 그 사람은 달라져 있었어. 깜깜한 구멍 같은 공허도, 묘지에서 걸어나온 것 같은 죽음의 그늘도 사라지고 없었어.

집에 들어갔더니 전보다 한층 건강해진 이 양반이, 정말이야, 곧 휠체어도 버리고 일어나겠더라고, 글쎄, 불쑥 이러는 거야. "오늘은 내가 화자 할 겁니다. 오늘은 김선생이 내 이야기를 들어주세요." 그러고는 곧바로 자기 이야기를 하기 시작했어. 쉬지 않고 이야기를 풀어갔지. 길고 어둡고 놀랍고 뜨거운 이야기였어. 어찌나 열중해서 이야기를 하는지 듣는 내내 저 사람이 저 이야기를 하지 않고 어떻게 여태 살 수 있었는지 의문이 생길 정도였어. 그리고 그가 자기 이야기를 다 끝냈을 때, 이런 생각이 들더군. 그가 기다린 것은 그를 불러줄 누군가의 목소리가 아니라 자기 목소리가 아니었을까. 그는 더이상 기다리지 않아도 되는 상황이 오기를 기다린 것이 아닐까. 그가 기다린 것은 기다리지 않기 위해서가 아니었을까. 한순간도 이어폰을 귀에서 떼지 않고 라디오를 들은 것이 그 때문이 아니었을까…… 물론 그 사람이 이런 말까지 한 건 아니야. 어디까지나 내 추측일 뿐이지. 그가 말하지 않은 이상 누가 알겠나. 누군가에 의해 말해지지 않으면 도무지 알 길이 없는, 길고 어둡고 놀랍고 뜨거운 이야기들이 우리의 삶의 지표면 아래로 흐르고 있다는 사실을 잊으면 안돼. 그 양반, 나에게 이야기를 해주고 얼마 있지 않아서 숨을 거뒀으니까 그게 일종의 고해성사였을 거야. 물론 그 사람에게서 들었던 그 길고 어둡고 놀랍고 뜨거운 이야기를 해줄 수 있어. 시간이 제법 많이 흘렀지만 거의 그대로 기억하니까. 하지만 오늘은 그만 하지. 너무 피곤하군. 나도 오늘은 이야기를 너무 많이 했어. 좀 쉬어야 할 것 같아. 조심해서 가라고.

실종 사례

차량기지에 견인된 전동차는 숯덩이나 다름없었다. 격납고 건물의
레인 위에 벌받는 것처럼 웅크리고 있는, 찌그러진 성냥갑 모양의 검
은 물체. 유리창은 부서지고 불탄 내부의 좌석들은 형체를 알아볼 수
없었다. 이삼십명씩 나뉘어 전동차를 둘러본 실종자 가족 삼백여명은
통곡했고, 울부짖다가 바닥에 쓰러져 정신을 잃은 사람도 있었다.

사고 삼일째 사고대책본부는 사망자가 125명, 부상자가 134명, 신
원이 확인되지 않은 사망자가 72명, 그리고 신고된 실종자 수가 385명
에 이른다고 발표했다. 이틀 동안 전쟁터를 연상시키는 사고현장의
참혹한 모습을 반복해서 집중적으로 보여주던 텔레비전은 사흘째부
터는 분향소가 마련된 시민회관과 시신이 안치된 병원을 오가며 유족
들의 기막힌 사연들을 울부짖음과 함께 내보내고 있었다. 결혼식을
올린 지 사흘밖에 안된 신혼부부와 대학 입학을 며칠 앞둔 젊은이와

아들의 학원비를 벌기 위해 환경미화원이 된 오십대 여자의 사연이 줄줄이 소개되었다.

사고는 신병을 비관한 한 우울증 환자 때문에 일어났다. 뇌경색으로 인한 마비와 실어증 치료를 받은 바 있는 그는 병원에 찾아가서 자기를 왜 살려놓았느냐고 하며 욕설을 퍼붓고 병원에 불을 질러버리겠다고 협박했다. 그런가 하면 의사가 치료를 잘못해서 반신불수가 되었다고 불만을 털어놓기도 했다. 그는 일관성있는 사고를 할 줄 아는 사람이 아니었다. 한 신경정신과 교수는 그의 지적 수준이 초등학생 정도이고, 자신의 충동을 조절할 능력이 결여되어 있다고 보고했다. 그가 병원 대신 지하철을 택한 이유는 알 수 없다. 접근이 용이했거나 더 많은 희생자를 낼 수 있다고 판단했기 때문이겠지만, 어느 쪽이든 정상은 아니다. 초등학생 수준의 사고로 말하자면, 그는 혼자 죽기에는 너무 억울했던 것 같고, 조절되지 않은 그의 충동이 지하철역을 향해 기관차처럼 돌진하게 했던 것 같다. 세간의 시선이 희생자들의 사연에 집중되면서 이 어처구니없는 방화범은 그가 일으킨 사건의 크기에 걸맞은 관심의 대상이 되지 못했다. 탄식과 비명과 눈물로 범벅이된 텔레비전 화면을 바라보면서, 여론의 대대적인 관심을 받는 것이 그가 지하철을 선택한 동기 가운데 하나였다면 그는 부분적으로만 성공한 셈이라는 생각을 했다. 그러고는 곧, 그렇게 한가한 생각을 하고 있는 나 자신의 둔한 윤리감각을 꾸짖기 위해 손바닥으로 이마를 두번 친 뒤 구호성금을 모집하는 ARS 번호를 눌렀다. 성금 모집에 동참해주어서 감사하다는 여자 목소리를 듣는 동안 나의 윤리감각은 금세 쉽게 회복되었다.

그러나 텔레비전 화면을 계속 보기가 거북해 무언가 다른 일을 하기로 마음먹고 쏘파에서 엉덩이를 들어올린 걸 보면, 내 윤리감각이라는 것이 실은 불편함에 대한 자각에 지나지 않는 것인지 모른다. 그리고 어쩌면 나는, 겉으로 내색하지 않으려고 힘들게 참고 있긴 하지만, 공연히 불편함을 느끼게 하는 텔레비전 수상기 안의 낯선 현실을, 그리고 그 낯선 현실의 간섭을 받아야 하는 상황을 웬만큼 짜증스러워하고 있었던 것 같다. 거기다가 또 그런 느낌을 거북하게 받아들이고 있었던 것 같기도 하다. 불편함이나 거북함은 내세울 만한 것이 못 된다. 그것은 타인으로 인해서 발생하긴 하지만 타인을 향하는 것이 아니라 타인을 저어하고 인정하지 않으려는 심리와 닿아 있다. 그 심리의 기반은 이기심이므로 타자의 존재를 향하도록 되어 있는 윤리적 감각과는 도무지 상관없는 것이다.

나는 나를 분석하고 있는 나에게 화가 났지만, 어찌 보면 그런 분석을 하는 '나'의 일부를 통해 애매한 채로나마 윤리의 껍질을 만지작거림으로써 일종의 알리바이를 제공받은 것이 사실이므로 화를 낼 필요는 없다고 스스로를 타일렀다. 그러니까 타인과의 삶을 상정하는 윤리의식이라고 하는 것 역시 넓은 의미에서 개인의 이기심에서 발원하고, 또 그것에 기여한다고 할 수 있다. 심지어 개인의 모든 윤리적 활동의 동기가 직접적이거나 간접적인 이기심일 뿐이라는 주장도 아주 터무니없지는 않다.

그렇지만 나를 텔레비전 앞에 주저앉힌 것은 윤리도 불편한 감정도 이기심도 아니었다. 그보다 훨씬 구체적이고 직접적인 것, 이를테면 사물, 또는 사물에 가까운 무엇이 일으키는 효과가 언제나 즉각적이다. 항구적이진 않지만 즉각적이다. 텔레비전 화면 속의 현실이 본격적으로 나를 간섭하기 시작했다고 해야 할까. 나는 쏘파에서 엉덩이를 들어올리다 말고 어정쩡한 자세 그대로 멈춘 채 어어, 하고 어정쩡하게 소리질렀다. 나도 모르게 한쪽 손이 앞으로 뻗어나갔다. 내 손은 화면 속의 무엇인가를 붙잡으려고 했다. 아이고, 아이고…… 장탄식을 하는 한 여자의 옆모습이 스쳐지나갔다. 헝클어진 머리카락과 화장기 없는 얼굴, 목이 늘어난 티셔츠가 경황없는 여자의 처지를 호소하고 있었다. 저 사람…… 시간이 제법 많이 지났지만 나는 그녀를 곧바로 알아보았다. 카메라가 여자의 얼굴을 클로즈업해서 보여주었다. 눈가의 주름과 희끗희끗한 머리카락이 지난 세월을 가늠하게 했다. 여자는 쉽게 울음을 그치지 않았으므로 기자는 인내심을 가지고 기다려야 했다. 위아래로 몸을 흔드는 여자의 움직임을 따라 카메라도 덩달아 흔들렸다. 마침내 카메라를 마주한 여자가 눈물을 닦으며 이게 무슨 날벼락이랍니까, 하고 하소연하듯 말했다. 말하는 도중 설움에 복받친 듯 자주 고개를 숙이고 훌쩍거렸다. 나는 쏘파에 도로 주저앉아 텔레비전을 뚫어져라 바라보았다. "이렇게 고생하다 보면 좋은 날이 오겠지, 하며 이제껏 살았는데, 겨우겨우 살았는데, 이게 뭐래요? 죽을 고생만 하다가, 어째서 이런 일이, 아니에요, 그 사람, 죽지 않았어요. 죽었을 리가 없어요. 억울해서, 이렇게는 억울해서 죽을 수도 없을 거예요. 어딘가 살아 있을 거예요. 그래야 해요. 제발 우리 재석이 아빠 좀 구해줘요. 제발 우리 재석이 아빠 좀 살려줘요. 여보……" 기자는 여자가 손수건으로 얼굴을 가리고 훌쩍이는 틈을 타 남편분이 사고열차를 탄 게 확실하냐고 물었다. 기자는 약간 멋쩍은 표정을 지었고, 여자는 고개를 크게 두 번 위아래로 흔들었다. 그렇게 확신하는 근거가 무엇이냐는 질문이 이어졌고, 그녀가 고개를 들고 대답했다. "아홉시 이십분쯤에 일자리를 알아본다고 집에서 나갔거든요. 항상 지하철을 타는데, 그날이라고 지하철을 타지 않았을 리가 없지요. 열한시 조금 안돼 시청 방향으로 간다고 전화가 왔고요. 그 사고열차를 타지 않았으면 좋겠지만, 제발 타지 않았기를 바라지만, 오늘까지 사흘쨌데 연락이 없잖아요. 그 사람, 이유없이 집에 들어오지 않은 적이 한번도 없었어요. 연락도 자주 하는 편이고요. 여태 집에 전화 한통 하지 않을 사람이 아니에요. 살아 있다면……" 받아들이기 힘든 현실을 부정이라도 하는 듯 세차게 고개를 흔들며 바닥에 주저앉아버리는 여자를 배경으로, 넥타이를 매지 않은 와이셔츠 차림의 기자는 이곳 시민회관 3층에는 실종자를 찾는 가족들의 슬프고 안타까운 사연들이 강물이 되어 흐르고 있다고 덧붙였다. 그러고는 이내 다른 사연을 수집하기 위해 카메라를 옮겼다.

나는 아찔한 기분에 사로잡혀 한동안 꼼짝없이 자리에 앉아 있었다. 묵직한 것으로 뒤통수를 얻어맞은 것처럼 얼얼했다. 재석이 아빠였지, 그 사람…… 허전한 목소리가 겨우 새어나왔다. 이름은 홍동철. 그렇게도 찾으려고 했던 사람이었다. 그렇게도 찾아지지 않던 사람이었다. 그런데 이렇게 이상한 방법으로 사람이 찾아지다니, 허탈하고 혼란스러웠다. 지난 시절, 잡히기만 하면 멱살을 잡아 내팽개친 다음 실컷 두들겨패주겠다고 벼르고 별렀던 남자가 남쪽 어느 도시에서 일어난 대형사고의 희생자가 되어 사라졌다는 것이 아닌가. 물론 그렇게 하기로 마음을 먹는다면, 당장 달려가 여자의 머리카락을 잡아당길 수는 있었다. 나에게 그 여자는 남편과 거의 구별이 되지 않으니까. 경솔하게도 그녀는 자기 위치를, 어쩔 수 없어서 그랬겠지만, 누구도 예측하지 못한 방식으로, 노출했다. 그러나 사정이 그렇게 간단하지가 않았다. 끔찍한 참사로 남편을 잃고 탄식과 통곡 속에 지내는 사람을 찾아가 돈을 내놓으라고 윽박지른다는 것이 사람으로서 할 짓인지 생각해볼 문제였다. 그것은 어김없이 불편하고 부담스러운 일이었다.

아니, 그것이 내가 망설이는 이유의 전부는 아니었다. 나는 조금 더 솔직할 것을 요구하는 내 안의 목소리로부터 추궁당하고 있었다. 우선 시간이 꽤 많이 흘러버렸다. 거기다가 그 시간은 그렇게 속끓이며 찾을 때와는 다른 상황을 내 앞에 펼쳐놓았다. 그만큼 절박하지는 않다는 뜻일 텐데, 그런 상황이 반드시 다행인 것은 아니었다. 복병은 언제나 몸을 숨기고 엎드려 있게 마련이다. 불편함을 감지하는 내 안의 그다지 예민하지 않은 촉수가 이제는 돈을 갚으라는 요구를 해선 안되지 않느냐고 반문하고 나섰다. 아찔한 현기증이 잠깐 동안 무중력상태 속에 둥둥 떠 있게 만들었다. 그 목소리는, 오히려 돈을 돌려줘야 하지 않아? 하고 따지기까지 했다. 그 질문을 부담없이 무시하기가 쉽지 않다는 게 문제의 핵심이었다. 이제 더이상 누가 누구에게 빚지고 있는지 말하기 어렵게 된 상황에 대한 인식이 나를 추궁하려 들었다.

그러자 텔레비전 화면에 나온 그녀를 본 것이 갑자기 후회되었다. 차라리 보지 말 것을. 그렇지만 그녀를 보려고 작정을 해서 본 것이 아니므로 어쩔 수 없는 일이었다. 무심히 켜놓은 텔레비전에 그녀가 나타났을 뿐이므로 후회를 할 수도 없는 노릇이었다. 그녀가 나타나기 조금 전에 불편함이든 뭐든 신경쓰지 않고 텔레비전을 꺼버릴 것을, 하고 후회할 수는 있었다. 그러나 그녀의 얼굴을 보았다는 것은 후회의 대상이 될 수 없었다. 나는 매우 이색적이고 느닷없는 그녀의 등장에 어떤 의도나 음모가 끼어 있는 것은 아닌가 의심하는 데까지 나아갔다. 그 여자가 그렇게 교활한지는 단언할 수 없었다. 하지만 운명이라면 그보다 훨씬 더 교활할 수 있을 거라고 내 안의 누군가가 속삭였다. 그런 의심은 어느 순간부터 내가 그 부부를 쫓는 걸 그만두었으며, 굳이 겉으로 표현할 의향이 없었고 또 그럴 기회가 없었기 때문에 표현하지 않았지만, 오히려 영원히 나타나지 않기를 바라는 마음까지 갖게 되었다는 사실과 대면하게 했다.

아파트 앞 공터에 텃밭 농사를 같이 지은 인연으로 알고 지내던 그들 부부와 가까워진 것은 테니스 때문이었다. 허리둘레가 늘어나고 혈압이 높아지고 급격하게 체력이 떨어지는 걸 체감하면서 운동의 필요성을 느끼고 있던 나에게 테니스를 권한 게 그들이었다. 삼십대 중반 나이에 시작할 만한 운동이 그것 말고 별로 없었기 때문에 나는 테니스장에 나가 레슨을 받기 시작했는데, 알고 보니 그 부부는 그 코트의 다른 회원들도 인정하는 수준급의 실력을 가지고 있었다. 자연히 나는 그들에게 많이 의지하게 되었고, 그들은 막 입문한 나에게 친절했다. 몇달 지나지 않아 아내까지 코트로 불러내면서 그들 부부와 시간을 보내는 일이 더 많아졌다. 곧 텃밭과 테니스장뿐만 아니라 호프집과 노래방까지 같이 가는 사이가 되었다.

동대문 근처 건물 지하에서 '이주상사'라는 이름의 의류공장을 운영하던 그 사람들이 자금난을 호소하며 돈을 좀 꾸어줄 것을 요청한 것이 그 무렵이었고, 그 공장에서 만들어낸 여러 종류의 옷을 수차례 공짜로 얻어입은 바 있는 우리로서는 못 들은 척하기가 어려웠다. 그들은 일시적으로 자금회전이 원활하지 않아 곤경에 빠진 상태였고, 우리는 마침 아파트 중도금 치를 돈을 마련해놓고 있던 터였다. 친분도

친분이지만 성실하고 믿을 만하다고 여겨온 이웃사촌의 일시적인 곤궁을 모른 척한다는 건 찜찜한 노릇이었다. 동시에 내 수준에서 결코 적지 않은 돈을 남에게 꾸어준다는 것 역시 찜찜한 건 마찬가지였다. 나만 그런 것이 아니라 아내 역시 찜찜한 기분을 이중으로 느끼는 모양이었다. 어떻게 해요? 하고 물으면서 아내는 나의 눈을 빤히 보았는데, 그때 나는 아내가 나에게서 어떤 확신 같은 걸 제공받기를 기대한다는 느낌을 받았다. 경우에 따라서는 호된 책임을 져야 할지도 모르는 결정을 남편에게 미루고 있다는 인상도 받았다. 나 역시 아내가 어떤 확신에 찬 말을 해주기를, 그래서 호된 책임을 지게 될지도 모르는 결정을 해주기를 원하고 있었던 것 같다. 하지만 아내의 표정에서 같은 걸 발견한 이상 결정을 미룰 수는 없다는 판단을 하기에 이르렀다. "좋은 사람들이잖아. 우리한테 잘해주기도 하고. 도와줄 수 없어서 못 도와주는 건데, 도와줄 수 있는 건 좋은 거잖아. 그리고 일시적이고. 중도금 날짜까지만 쓰라고 하지 뭐." 그렇게 되었다. 그들의 어려움이 일시적이라는 것이 우리의 호의를 이끌어낸 중요한 요인이었다는 사실을 부정할 필요는 없을 것 같다.

계좌이체를 하고 사흘이 지난 날, 외환위기에 봉착한 우리나라가 IMF의 관리 아래 들어가는 청천벽력 같은 일이 일어났다. 그리고 천재지변이나 마찬가지의 일이 잇달아 벌어졌다. 나는 우리가 위기에 처했다는 건 감지했지만, 구체적으로 그 위기의 내용과 파급이 어떠할지는 전혀 예상하지 못했다. 재석이네가 운영하는 의류공장의 옷들은 수출이 되지 않아 창고에 쌓였고, 내수시장도 덩달아 얼어붙었다. 대출 이율은 매일 수직으로 치솟았고, 갚아야 할 누적 대출금이 폭탄 터지듯 늘어났다. 그들의 공장과 집은 순식간에 난장판이 되었다. 그

와중에도 그들은 우리 아파트 중도금만은 무슨 일이 있어도 넣게 해주겠다고 거듭거듭 약속했다. 그런 그들이 고맙고 미더웠다. 그들은 처음 장만한 28평짜리 아파트에 입주할 기대로 부풀어 있는 결혼 10년차 부부의 들뜬 감정을 잘 이해했다. 나는 그들이 이해한 척했다고 생각하지 않는다. 그렇지만 결과는 좋지 않았다. 약속한 날 돈이 들어오지 않았다. 이틀 후에 전화를 했더니 이주상사의 홍사장은 미안하다고 했다. 조금만 기다리면 수금이 되는 대로 우선 우리 돈부터 갚겠다는 약속을 다시 하는 것도 잊지 않았다. 나는 그가 그 순간만 넘기기위해 마음에 없는 말을 늘어놓았다고 생각하지 않는다. 그 증거로 내가 제시할 수 있는 것은 그가 넘겨준 강원도 산간의 두 마지기 밭문서다.

한 해쯤 전에 그들 가족과 함께 강원도 여행을 했다. 강원랜드에 들어가 두 시간가량 재미삼아 슬롯머신을 했는데, 일진이 좋았는지 그 친구만 50만원 정도의 돈을 땄다. 기분이 좋아진 그는 도박을 해서딴 돈은 바로 써버려야 한다며 제법 비싼 밥을 샀다. 그런데 우리가밥을 먹은 갈빗집 옆이 부동산중개소였다. 무슨 마음이 동했는지 밥을 먹고 나오다가 그 안을 기웃거리던 그가 50만원으로 살 수 있는싼 땅이 없느냐고 물었다. 입가에 빙글거리는 미소가 어려 있던 것으로 보아 장난으로 한 말이었다. 아마 횡재한 기분을 조금 더 즐기고싶었던 것이리라. 농담으로 받아넘겼으면 가장 무난한 상황이었다. 그런데 순진한 건지 실리에 밝은 건지 그 부동산중개사가 정색을 하고, 왜 없겠어요? 했다. 산자락에 붙은 두 마지기 밭이 48만원에 나와있다는 것이었다. 그러자 그도 실없이 웃고만 있을 수는 없게 되어버렸다. 서둘러 농담이었습니다, 죄송합니다, 하고 물러나든가 진지하게 상담을 하든가 해야 했다. 나는 그가 어떤 선택을 할지 흥미진진한 눈길로 지켜보았다. 뜻밖에도 그는 진지한 쪽을 택했다. 그가 우리를 둘러보며, 한번 봅시다, 하고 말하자, 부동산중개사는, 그러실래요? 하고 일어섰다. 우리는 차를 타고 48만원짜리 땅을 보러 꼬불꼬불한 산길을 올라갔다. 길이 끝나는 지점에서 내려 십분 정도 걷기도 했다. 저 땅을 사서 뭐 하려고요? 하고 그의 아내가 못마땅한 듯 물었다. 그쪽에 문외한인 나의 눈에도 그다지 쓸모있는 땅으로 보이지 않았다. "우리가 선산이 없잖아. 부모님들 연세도 있으시고…… 조상님들이 여기다 이거 장만해놓으라고 눈먼 돈 집어준 건지 누가 알아." 그렇게 말함으로써 그는 우리의 의문과 추궁을 막아버렸다.

그 땅을 나에게 주겠다고 했다. 일종의 약속에 대한 담보물로. 물론 나는 그걸 받지 않으려고 했다. 그러나 그가 나를 외면하며, 하긴, 이런 휴짓조각 같은 걸로 사람 마음을 사보겠다는 게 사기꾼 심보지, 하고 풀죽은 소리를 했기 때문에 당황하지 않을 수 없었다. 그런 뜻으로 거절한 것이 아니지만, 그런 뜻으로 받아들여질 수도 있겠구나 싶었고, 그의 처지라면 더욱 그럴 수 있겠다는 생각이 들었다. 나는 본의 아니게 상처를 입힌 사실을 인정했고, 반성했으며, 이건 좀 낯간지러운 신파 같다는 생각을 하며 그의 아버지와 어머니가 묻힐 땅의 소유권을 양도받았다. 그리고 일단 빚을 내어 아파트 중도금을 냈다. 이자가 엄청나게 비쌌지만 다른 도리가 없었다.

몇주째 테니스장에도 텃밭에도 모습을 보이지 않는 그들 부부를 경황이 없어서 그럴 거라고 이해했다. 한가하게 공을 치거나 배추밭에 물을 주고 있을 여유가 있겠는가 싶었다. 한 달쯤 후에 전화를 걸었는데 통화가 되지 않았다. 예감이 좋지 않아서 알아봤더니 집은 이미 다른 사람에게 넘어간 다음이었고, 수소문해서 찾아간 동대문의 의류공장은 문이 굳게 잠겨 있었다. 문앞에 떨어져 있는 고지서와 독촉장 들을 공장 안으로 밀어넣고 돌아오는데 가슴 한쪽에서 우지끈 소리가 났다. 무언가가 부러지는 소리였다. 아주 약한 불꽃 위에 얹힌 냄비의 물이 아주 천천히 끓듯 가슴이 아주 천천히 덥혀지는 걸 느낄 수 있었다. 나는 오가는 사람들과 어지러운 간판들을 헤치며 좁고 복잡한 길을 걷고 있었는데, 처음엔 느릿느릿하던 걸음이, 물의 온도가 상승하는 데 따라 아주 조금씩, 그러나 눈에 띌 정도로 빨라져 나중에는 거의 뛰는 것처럼 되었다. 마침내 비등점에 이르렀을 때 나는 청계고가 밑을 마라톤 선수처럼 달리고 있었고, 내 안에서 끓고 있는 것이 울분이라는 걸 알아차렸다. 분기(憤氣) 속에 두려움과 원망이 섞여 있다는 것도 의식했다. 전에 없던 맹렬한 의지가 끓는 물을 더 뜨겁게 끓였다. "호의와 믿음을 이렇게 배반하다니. 지구 끝까지라도 쫓아가서 찾아낼 거야. 반드시 받아내고 말 거야. 그 돈이 어떤 돈인데……" 나는 낙심하여 누워 있는 아내에게 다짐하듯 말했다. 내 말은 나에게 공허하게 들렸다. 아내에게는 더욱 공허하게 들렸을 것이다. "당신이 무슨 수로?" 한참 만에 아내가 신음처럼 내뱉었다. 지구 끝까지라도 쫓아간다잖아, 하고 나는 버럭 소리질렀다. 아내도 눈치챘겠지만, 그건 나를 나무라는 소리였다. 나에게 부담스러운 과제를 부여하고 지시를 내리는 아주 나쁜, 그러나 어쩔 수 없는 방법이었다. 나는 그를 용서해선 안된다고 스스로를 다그쳤다. 아내는 나를 이해했다. 더이상 아무 말도 하지 않은 것이 그녀 나름의 이해의 표현이었다. 나는 그렇게 생각했다.

실제로 나는 내가 할 수 있는 모든 방법을 동원하여 그들의 행적을 쫓았다. 여러차례 공장 근처를 탐문하여 거래처를 알아내고 그곳에서 일하던 사람들을 찾아냈다. 그 사람들을 통해 친척 되는 사람의 전화번호도 알아냈다. 고향에 살고 있는 늙은 부모에게까지 전화를 걸었다. 그러나 그들의 행적을 아는 사람은 아무도 없었고, 무엇보다 그들 대부분이 나와 같은 피해자였다. 도리어 그 부부의 행적을 아느냐는 질문을 받기도 했다. 나보다 더 많이 떼였으면서도 말도 못하고 한숨만 쉬는 사람을 만날 때는 맥이 풀렸다. 주민등록은 전출해가지 않은 상태였고, 초등학교 6학년이던 그 집 아들은 벌써 몇주째 무단결석을 하고 있었다. 나는 혹시나 해서 그의 노부모가 살고 있는 남해안으로 가서 사정을 탐색했다. 물론 헛고생이었다. 경찰에 신고를 하고 도움을 청했지만 아무런 도움도 받을 수 없었다. 그들이 운영했던 의류공장에 원단을 납품했다가 돈을 받지 못해 부도를 낸 중년 남자와 공조를 했으나 역시 별무효과였다. 그들 가족은 감쪽같이 사라지고 없었다.

오랜 시간 소득 없는 일에 매달리느라 생활은 엉망이 되고 정신은 피폐해졌다. 늘어나는 이자를 감당할 수 없었기 때문에 나는 새 아파트를 포기했다. 지구 끝까지라도 쫓아가겠다는 내 호언은 바람이 빠져 볼품없이 쭈그러들었다. 그들이 건네주고 간 강원도 산골마을의 두 마지기 밭문서를 보면서 아내는 살기도 팍팍한데 여기 가서 묻히면 되겠네, 했다. 나는 정말로 그들이 지구 끝으로 도망이라도 간 모양이라고 단정하지 않을 수 없었다. 지구 끝으로 도망가지도 않았는데 잡지 못한다는 사실을 시인하기가 싫었기 때문이다. 그런데 도대체 지구 끝은 어디란 말인가. 그곳이 어디인지 모르기 때문에 나는 그곳에 갈 수 없었다.

그로부터 9년이 지났다. 그때의 울분과 배신감과 절망은 시간의 완만한 경사를 타고 서서히 미끄러져내려갔다. 나는 거의 잊었다고 생각했다. 아니, 잊었다는 생각조차 하지 않았다. 하지 않으려 했다. 그런데 이게 뭔가. 뒤늦게 잊으면 안된다는 시위라도 하는 것인가. 상상도 해본 적 없는 특이한 방식으로 그들은 내 앞에 모습을 드러냈다. 정신이 온전하지 않은 환자가 불을 지른 열차에 타고 있다가 행방불명된 남편을 찾아달라고 울며 하소연하는, 늙고 야위고 초췌해진 여자를 보는 일은 보통 힘든 일이 아니었다. 9년의 세파를 거쳐온 사람의 얼굴에 마땅히 나타나게 되어 있는 나이테 이상의 것이 그녀의 얼굴을 덮고 있었다. 표출된 세월의 신산함이 너무나 노골적이어서 보는 사람이 오히려 얼굴을 돌려야 할 정도였다고 하면 이해할 수 있을까. 정말로 내가 아는 그 여자인가, 새삼스러운 질문이 만들어졌다.

나는 건성으로 읽고 치워둔 신문들을 찾아 꼼꼼히 다시 읽었다. 신문은 부상자들이 인근 종합병원 등에 분산되어 치료를 받고 있고, 희생자들의 분향소는 시민회관 3층에 마련되어 있다고 보도했다. 실종자 가족들이 시민회관과 사고대책본부로 몰려가 당국의 늑장 대응을 성토했다는 소식도 있었다. 정부가 지하철 참사지역을 '특별재난지역'으로 선포했기 때문에 사망자의 경우 1억 2,339만 6,000원 한도 내에서 보상을 받게 된다는 기사도 나왔다. 보험 관련 기사도 눈에 띄었다. 어떤 신문은 350명의 실종자 가운데 생명보험 가입자들은 사망자와 동등하게 보험금을 받을 수 있다는 소식을 전하고 있었다. 보험 표준약관 17조에 의해 시신 확인이 되지 않고 유품 등이 발견되지 않은 경우라도 정황상 사고 당시 현장에 있었던 것으로 추정되면 '특별실종' 혹은 '인정사망' 등의 형식으로 보험금을 지급받을 수 있다는 내용이었다. 2001년 미국 9·11테러사건 때 실종자 가족들이 이같은 형식으로 거액의 보험금을 받은 사례가 소개되어 있었다.

가장 많은 지면을 차지한 기사는 아무래도 희생자들의 안타까운 사연들이었다. 사연들은 다양하지만 비슷했다. 그 사연들 속에서 내가 아는 그 부부를 다시 만날 수 있을 거라는 기대, 어쩌면 우려가 그렇게 신문을 샅샅이 뒤지게 했을 것이다. 그들을 만나고 싶어했다는 뜻은 아니다. 사실은 신문을 읽는 내내 혹시 그들의 사연이 튀어나올까봐 마음을 졸였다. 그러니까 나의 신문 읽기는 그들의 사연을 찾으려는 것이 아니라 그들의 사연이 실리지 않았다는 것을 확인하려는 시도였다. 그들의 사연이 신문에 나오지 않은 걸 확인하고 안도하기 위해 그렇게 신경을 곤두세웠던 것이다. 그렇게 해서 나는, 어이없지만, 텔레비전에서 보았던 그녀를 부정해보려고 했던 것 같기도 하다. 그러나 물론 부정될 리 없었다. 신문을 뒤적거리면 뒤적거릴수록 야위고 늙고 초췌해진 여자의, 탄식하는 모습이 더 선명하게 떠올랐다. "그 사람, 죽지 않았어요. 죽었을 리가 없어요. 억울해서, 이렇게는 억울해서 죽을 수도 없을 거예요. 어딘가 살아 있을 거예요. 제발 우리 재석이 아빠 좀 구해줘요……" 닥친 재난을 인정하지 않으려는 그녀의 강한 의지는 확고부동한 재난의 현실을 역설적으로 부각시키고 있었다.

텔레비전에서는 ARS를 이용해 일반인들의 성금을 모집하고 있었다. 나는 몇번이나 전화기를 들었다가 도로 놓았다. 전에는 쉽던 일이 이제는 쉽지 않았다. 한 통화에 2천원이 빠져나간다는 걸 알고 있었다. 그렇지만 그런 식의 생색내기가 선행을 했다는 부풀려진 의식을 주입함으로써 기만적으로 정신을 쓰다듬는 일종의 마스터베이션에 지나지 않는다는 생각이 막무가내로 압도해왔다. 아니, 그런 식의 생색내기를 통해 정신이 쓰다듬어지기만 한다면 문제될 게 없었다. 전에는 가능했으나 이제는 가능하지 않았다. ARS 전화 한 통화로 마음의 부담을 덜어보겠다고 생각하는 나를 내 안의 다른 내가 파렴치하다고 손가락질했다. 나는 내부의 고발에 맞서지 못했다.

외출했다가 돌아온 아내는 내가 하는 이야기를 듣고는, 내가 처음 텔레비전 화면에서 그녀를 보았을 때처럼 침묵했다. "그 집에 왜 그런 일이 자꾸…… 세상에……" 한참 만에 겨우 그렇게 중얼거렸다. 나는 대꾸하지 않았다. 이틀 동안 우리는 그 일에 대해 말하지 않았다. 그녀나 나나 상대가 무슨 말을 툭 내던질까봐 눈치를 보며 지냈다. 텔레비전 뉴스와 신문을 통해 끈질기게 후속보도를 챙기면서 혹시와 설마 사이를 오르락내리락했다.

어쨌든, 한번 가봐야 하지 않겠어요? 하고 조심스럽게 입을 뗀 것은 아내였고, 토요일 저녁식사가 끝난 후였다. 그녀는 뉴스시간이 끝난 걸 확인하고 드라마를 보기 위해 리모컨을 누르다가 그렇게 말했다. 뉴스의 마지막에는 지하철 참사 유족들을 돕기 위한 성금 기탁자의 명단이 소개되었다. 전직대통령과 국회의원, 종교단체의 대표 이름이 얼굴 사진과 함께 나왔다. ARS를 이용한 일반인들의 성금도 10억을 넘어서고 있었다. 나는 그녀를 향해 고개를 돌렸다. 그러나 그녀는 나에게 눈을 주지 않았다. 그래야겠지? 하고 질문 형식으로 답하면서 나는 아내가 먼저 그 이야기를 해주기를 기다리고 있었다는 걸 깨달았다. 그것은 아내가 입을 열기 전에 내 안의 누군가가 줄곧 그 말을 하고 있었기 때문인데, 그런데도 애써 그 목소리를 회피하고 있었던

걸 보면, 내가 정말로 기다린 것은 아내의 변함없는 침묵이었던 것 같
기도 하다. 나는 불편함을 이겨보려고 했지만 그러지 못했다.

일요일 아침 일찍 목욕탕에 가서 몸을 씻었다. 정신인지 몸인지가
찌뿌드드하고 불편했다. 뜨거운 물속에 몸을 담그고 있으면 딱딱하게
응어리진 근육인지 신경인지가 좀 풀릴 것 같았다. 뜨거운 물이 생각
을 명쾌하게 해줄 것 같다는 희망도 끼어 있었다. 너무 오래 탕 속에
들어가 있다 나와서 흐물흐물해진 몸에 물을 끼얹으며 아주 은밀하게
다른 방법은 없는가, 하고 질문했던 걸 보면, 되도록 행동을 지연하면
서 피할 길을 찾아보려고 했던 것 같기도 하다. 아니면 어떤 준비나
각오 같은 것이었을까. 그것이 무엇이든 그곳으로 가는 길을 어지간
히 힘들어한 건 틀림없다. 어지간히 힘들지라도 나는 결국 그곳을 향
해 가지 않을 수 없다는 걸 예감했다. 목욕을 하고 나왔지만 찌뿌드드
한 기운은 사라지지 않고 내 신경인지 근육인지에 여전히 달라붙어
있었다.

아침식사는 아주 간단히 했다. 세 숟가락밖에 뜨지 않고 밥상을 물
리는 나를 아내는 측은한 눈빛으로 바라보았다. 그러나 더 먹으라는
말은 하지 않았다. 나는 외출복으로 갈아입고 돈을 찾으러 은행으로
갔다. 현금인출기 앞에서 망설이다가 50만원을 찾아 봉투에 넣고 돌
아서는데 뒤통수가 따가웠다. 무시하고 한걸음 내디뎌보았지만 고무
줄에 묶인 공처럼 발이 제자리로 돌아갔다. 나는 현금인출기에 50만
원의 현금을 다시 입금하고 10만원짜리 수표로 서른 장을 찾았다. 고
무줄에 잡아채인 공처럼 내 발걸음이 현금인출기 앞으로 돌아가는 일
은 일어나지 않았지만 찌뿌드드한 기분은 여전히 사라지지 않았다.
나는 좀 짜증이 났고 알 수 없는 무력감이 휘감는 걸 느꼈다. 자동차

를 운전할 수 있을 것 같지 않았기 때문에 나는 택시를 타고 버스터미
널로 갔다. 지하철 참사는 서울에서 고속버스로 세 시간 걸리는 도시
에서 일어났다. 재석이네가 어떻게 거기까지 가서 살게 되었는지 나
는 알지 못했다. 그곳에 연고가 있다는 소리를 들은 바 없었다. 자기
들을 알아보는 사람이 아무도 없는 곳으로 가서 새롭게 시작해보려는
마음이 전혀 이해되지 않는 것은 아니었다. 그런 식으로 신분을 숨긴
채 무얼 어떻게 시작할 수 있었겠는지 생각하니 마음이 먹먹해졌다.
고생만 하다가 그렇게 죽다니. 운도 없는 사람. 하필 불타는 열차에
타고 있을 게 뭐란 말인가…… 그를 향해 은근히 화가 치솟았지만 자
기가 책임질 수 없는 사고로 희생된 사람을 향해 화를 내고 있는 나
자신이 민망했기 때문에 서둘러 고개를 저었다. 버스는 열시 삼십분
에 출발했다. 나는 창가에 자리를 잡고 앉자마자 의자를 뒤로 젖히고
눈을 감았다. 잠이라도 들었으면 싶었다. 그러나 잠은 오지 않았다.

그들이 잠적하고 4년쯤 지났을 때, 그때 이미 그들을 추적하는 일
을 포기하고 있었는데, 무슨 건설회사라는 데에서 전화를 한통 받았
다. 땅을 팔라는 내용이었다. 어디어디 돈 되는 땅이 있으니 구입하라
는 스팸전화는 더러 받아보았지만 땅을 팔라는 전화는 처음이었다.
땅을 사라는 전화야 무작위로 전화번호를 눌러대는 걸 테니까 그럴
수 있지만, 팔라는 전화가 온 건 이상했다. 집도 한채 안 가지고 있는
나더러 땅을 팔라고? 놀림감이 된 기분이었다. 나는, 안 판다고 한마
디하고는 전화를 끊어버렸다. 버럭 소리를 지르지 않으려면 그래야
했다. 그런데 곧바로 전화가 다시 걸려왔기 때문에 나는 버럭 소리를
지르지 않을 수 없었다. "이거 보세요. 안 판다잖아요. 안 판다는 데
왜 귀찮게 굴어요. 왜 안 파는지 알아요? 팔 땅이 없으니까요. 팔 땅

이 없는데 뭘 어떻게 팔아요?" 수화기를 바로 내려놓으려고 하는데 상대방이 다급하게 나를 불렀다. "잠깐만요. 그러지 마시고 저희가 잘 쳐드릴 테니 한번 생각해보세요." 그 말을 듣는데, 불특정 다수를 향해 전화를 돌린 것치고는 지나치게 진지하다는 생각이 드는 것이었고, 그러자 문득, 어떤 작용인지 모르겠지만, 도박장이 있는 강원도 산골의 두 마지기 밭뙈기가 떠올랐다. 그렇지, 나에게도 땅이 있었지. 그러니까 나도 지주인 셈이네. 그러면서도 설마 하는 마음이 여전해서 선뜻 뭐라고 말을 하지 못했다. 그동안 잊고 지내오기도 했거니와 그 땅이 필요해서 전화를 걸어왔다는 게 도무지 믿어지지 않았다. 믿지 못하면서도, 그래도 혹시, 하고 기대하는 내 안의 속물이 부끄럽기도 했다. 전화기 저쪽의 남자가 통화가 끊어질까봐 안달하는 듯한 인상을 풍기지 않았다면 내 안의 속물을 남부끄러워하며 얼른 짧은 기대를 접었을 것이다. 나는 조심스럽게, 그러나 짐짓 여유있는 목소리로, 정선의 두 마지기 밭뙈기 말하는 겁니까? 하고 물었다. 듣기에 따라서는 가지고 있는 땅이 여기저기 많은 것처럼 들리겠다는 생각이 들자 조금 쑥스러웠지만 곧 우쭐해지는 편을 택했다. "선생님이 가지고 있는 땅이 정확히 173.7평인데, 워낙 소규모라 따로 뭘 하실 순 없을 겁니다. 우리에게 파십시오." 나는 속으로 우리 가족들 묘를 다 쓰고도 남지, 하고 중얼거렸다. 어떤 용도로 쓰느냐에 따라 소규모일 수도 있고, 그렇지 않을 수도 있다는 말을 하고 싶었다. 물론 오기였다. 남자는 80만원 정도면 섭섭하지 않을 거라고 제안했다. 45만원에 산 땅이 5년쯤 흘러 80만원이 되었다니 대단한 것은 아니었다. 하지만 누구도 탐내지 않을 것 같은 땅에 그저 시간만 섞여들었을 뿐인데 뭔가 붙긴 했구나 하는 생각도 들었다. 만일 80만원의 돈이 당장 필요했다면 원하는 사람에게 넘겨버렸을 것이다. 문제는 나에게 필요한 돈이 그보다 훨씬 많다는 데 있었다. IMF 터널을 지나오면서 늘어난 빚과 높은 이자는 알량한 전세보증금을 잠식해들어갔고, 대출금을 연체하지 않기 위해 임시변통한 빚들이 거미줄처럼 얽혀 목을 조여오는 중이었다. 아무리 지출을 줄여도 빚은 줄어들지 않고 늘어나기만 했다. 무슨 수가 생기지 않으면 조만간 월세 연립주택으로 옮겨야 할 거라는 위기감에 시달리는 나에게 80만원은 유혹이 될 수 없었다. 나는 됐습니다, 하고 전화를 끊었다.

이튿날 같은 남자가 다시 전화를 걸어서 80만원이 불만이면 원하는 금액을 제시하라고, 그 금액을 가지고 협상을 해보자고 제안해오지 않았다면 그 일에 신경을 쓰지 않았을 것이다. 나는 너털웃음으로 지주의 자부심을 필요 이상 과도하게 표현하며 그 땅을 왜 사려고 하느냐고 물었다. 농사를 지으려고 그러는 건 아닐 테고, 공동묘지라도 만들 셈이오? 하는 말을 웃음에 섞어 던지자 사내는 농담도 잘하시는군요, 하며 따라 웃었다. 그러고는 곧 웃음을 거두고 매우 공손하게 대꾸했다. "휴게소를 짓습니다. 물론 주유소도……" 거기까지 듣고 나자 내가 모르는 심상치 않은 일이 그 땅 주변에 일어나고 있다는 사실이 비로소 깨달아졌다. 급한 일이 생겼으니 나중에 통화하자고 하고 전화를 끊은 나는 그 땅을 소개했던 부동산에 전화를 걸었다. 부동산 중개사는 놀라운 소식을 전해주었다. 그곳에 사차선 간선도로가 연말 완공을 목표로 건설되고 있었다. 내가 가지고 있는 땅은 사차선도로와 인접해 있었다. 나는 휴게소를 지으려는 사람으로부터 땅을 팔라는 제안을 받았다는 이야기를 했다. 부동산중개사는 그곳에 휴게소가 들어설 계획이 있다는 걸 알고 있었다. 나는 거기 땅값이 얼마나 나가는지 물었다. 시세가 정해져 있지 않지만, 평당 70은 넘지 않겠느냐는 답이 돌아왔다. "휴게소를 지을 자리가 거기밖에 없거든요." 가슴이 덜컹덜컹 소리를 냈다. 나는 얼마 동안 숨도 쉬지 못했다. 그러니까 그 남자가 제시한 80만원은 내가 가진 땅 전부가 아니라 한 평의 값이었던 것이다. 부동산중개사는 매도할 의향이 있으면 자기에게 맡기라고, 값을 잘 받아주겠다고 말했다. 나는 그런 거래를 해본 경험이 없었기 때문에 겁이 났다. 결국 나는 부동산중개사에게 거래를 맡겼고, 얼마 지나지 않아 내 수중에는 1억 5천만원의 돈이 들어왔다. 나는 빚을 갚고 30평짜리 연립주택을 대출을 끼어서 샀다. 4년 전의 일이었다.

희생자의 가족들과 기자들과 자원봉사자들로 분주한 시민회관에 들어서면서 나는 봉투에 넣은 돈이 너무 적다는 생각을 했다. 그 생각은 4년 동안 그들이 어떻게 살고 있을지 신경쓰지 않았으며, 부지불식간에 떠오르려고 할 때에도 서둘러 생각을 주저앉히곤 했다는 기억과 함께 왔다. 지구 끝까지라도 쫓아가겠다는 애초의 의욕은 벌써 사라진 다음이었고, 그 대신 영원히 나타나지 않기를 바라는 마음이 그 자리에 들어와 있었다. 마음이 불편할 때는 목욕탕에 가서 뜨거운 물에 몸을 담갔다. 신경인지 근육인지가 나른하게 풀어지면서 마음이 평평해졌다. 더 불편할 때는 술을 마시고 노래를 불렀다. 정신인지 몸인지가 빠르게 마비되면 나는 자유와 긍정의 세계로 잽싸게 도피했다. 그러나 그것들은 기만이고 연극일 뿐이었다. 막이 닫히면 배우는 무대 밖으로 걸어나오게 되어 있다. 무대 밖의 현실은 배우의 연기를 가만히 지켜보며, 연기를 끝내고 내려와 다시 참여하는 순간을 잠잠히 기다린다.

나는 진작 그들을 찾아 생각지 못한 횡재 사실을 알리지 않은 걸 후회하고 반성했다. 물론 법을 위반하지는 않았다. 내 소유의 땅을 처분하고 그 돈으로 빚을 갚고 집을 산 나의 행동은 합법적이었다. 합법이라는 명분이 나를 정당화해줄 거라고 나는 믿었다. 그러나 합법이라는 것은 아주 허술한 위장막에 불과했다. 합법이라는 피켓을 치켜든 나는 아주 초라하고 볼품없었다. 피켓의 글씨도 흐릿하게 지워져 읽기 어려웠다.

시민회관 입구에 들어서서 어디로 갈지 몰라 쭈뼛거리던 나는 사람들이 모여 웅성거리고 있는 한쪽 귀퉁이로 다가갔다. 몇사람은 누군가에게 불만을 털어놓고 있었고, 몇사람은 가운데 놓인 테이블에 몸을 구부려 무언가를 적고 있었고, 몇사람은 혼이 나간 표정으로 주저앉아 있었고, 그리고 더 많은 사람들은 벽에 다닥다닥 붙은 종이들을 주의 깊게 읽고 있었다. 나는 벽 앞에 서 있는 사람들 편에 섰다. 그들이 읽고 있는 것은 '실종자 기초자료 조사서'라는 것이었다. 실종자의 사진이 붙어 있고, 나이, 주소 같은 인적사항, 실종 당시의 옷차림, 외모의 특징, 사고 지하철을 탄 경위 등이 어떤 것은 자세히, 어떤 것은 간단히 적혀 있었다. 빈칸에 '제발 우리 애를 찾아주세요' 하고 큼지막하게 써놓은 글씨에는 울음이 묻어 있었다. 나는 '재석이 아빠'라고 불렀던 이주상사 홍사장의 이름이 홍동철이라는 걸 기억해냈다.

홍동철을 찾는 데는 시간이 많이 걸렸다. 꽤 세심하게 주의를 기울여 하나하나 살폈지만 벽에 붙은 기초자료 조사서에서는 그 이름을 발견할 수 없었다. 나는 두 면 벽을 가득 채운 실종자들에 대한 자료를 처음부터 다시, 이번에는 조금 더 꼼꼼하게 읽어나갔다. 역시 홍동철이라는 이름은 없었다. 텔레비전에 나와 탄식하던 재석이 엄마의 늙고 야위고 초췌해진 얼굴이 떠올랐다. 조사서를 아직 작성하지 않았을 가능성이 있었다. 그렇게 추측할 수밖에 없었다. 실제로 다른 쪽 벽에 뒤늦게 작성된 새로운 실종자에 대한 자료들이 붙고 있었고, 실내 한가운데 놓인 길쭉한 사각 테이블에는 이제 막 실종자의 신상에 대해 적고 있는 실종자 가족들의 모습이 보였다. 어떤 사람은 담담한 표정이었지만 여전히 자기 가족에게 닥친 재난을 받아들이기 힘든 듯 흐느끼는 사람도 있었다. 나는 되도록 불편하고 부담스러운 장면에는 눈을 주지 않으려고 했다. 차라리 이 방을 나가 다른 곳으로 가볼까 하는 생각도 했다. 이를테면 사고대책본부를 찾아가서 사정을 이야기하고 도움을 청하는 편이 낫지 않을까 계산하고 있는데, 내 막연한 시선에 홍동철이라는 이름이 들어왔다.

홍동철 48세 이마가 넓고 광대뼈가 튀어나왔음 짧은 스포츠머리 보통 키 청색 면바지에 회색 티셔츠와 베이지색 잠바를 입음……

검은색 매직펜으로 글씨를 쓰고 있는 짧은 스포츠머리의 남자를 나는 보았다. 저 사람이 누군가. 그에게 다른 가족이 있던가. 그때 열세 살이었던 재석이는 지금쯤 이십대의 청년이 되어 있을 것이었다. 뒷모습만으로는 그가 재석인지 아닌지 알 수 없었다. 그러나 그에게 다른 가족이 없었으므로 나는 그가 당연히 재석이일 거라고 추측했다. 그들 가족과 함께 여기저기 돌아다니던 일이 떠오르자 마음이 울컥했다. 재석아. 나는 충동적으로 손을 들어 그의 어깨를 가만히 만졌다. 움찔 놀라는 느낌이 손바닥에 전해져왔다. 나는 손을 떼어냈다. 그의 얼굴을 확인하기까지는 꽤 시간이 걸렸다. 그것은 그가 뒤를 돌아보는 데 뜸을 들였기 때문이었다. 그는 몸을 돌리기 전에 누구시죠? 하는 질문을 먼저 던졌다. 낮고 떨리는 목소리였다. 왜 그런지 팽팽한 긴장이 느껴졌다. "기억할지 모르겠는데, 서울 살 때, 이웃이었지. 문수 아빤데…… 기억나?" 그의 몸이 알 수 없는 긴장감으로 딱딱하게 굳는 게 뒤에서도 느껴졌다. 외부세계에 대한 그 정도의 경계심은, 불시에 닥친 끔찍한 재난을 생각하면 이해 못할 것도 아니었다.

나는 아버지를 잃은 재석이에 대해 가슴 밑바닥에서부터 끓어오르는 부성애를 느꼈다. 하마터면 긴장과 경계심으로 딱딱하게 굳은 그의 몸을 껴안을 뻔했다. 그러나 무언가가 그렇게 하지 못하도록 막았다. 나는 껴안는 대신 오른손을 그의 왼쪽 어깨 위에 가만히 얹어놓았다. 긴장과 경계심이 손바닥을 통해 그대로 전달되었다. 나는 그의 어깨를 가볍게 두 번 두드렸다. 톡톡. 마침내 그가 탐색이라도 하듯 아주 느리게 몸을 돌렸다. 나는 이마가 넓고 광대뼈가 튀어나오고 스포츠머리를 한 중년남자를 눈앞에서 보았다. 이번에는 내 몸이 굳었다. 나는 얼른 그의 어깨 위에 얹었던 손을 거두었고, 무슨 말인가를 하기 위해 입을 열었다. 그러나 열린 입은 말을 담지 못했다. 일순 차가운 기운이 등줄기를 타고 빠르게 내려갔고, 머릿속이 어지럽게 헝클어졌다.

그가 고개를 떨구었다. 불안하게 흔들리던 눈빛이 아래로 향했다. 그 순간 자원봉사자로 보이는 젊은 여자가 그에게 다가와, 다 작성하셨어요? 제가 붙일까요? 하고 물어왔다. 그는 대꾸하지 않았고, 고개도 들지 않았다. 탁자를 짚은 손에 힘이 들어가 있다는 걸 팔뚝의 굵은 힘줄이 말하고 있었다. "아직 안하셨네. 되도록 자세히 쓰셔야 해요." 여자는 그 말을 남기고 다른 곳으로 옮겨갔다. 나는 여자가 자리를 뜨지 않았으면 하고 바랐다. 그 곁에 좀더 머물러 무슨 말이든 일이든 해주기를 바랐다. 그래서 그와 나 사이에 갑자기 형성된 어색하고 불안정한 기류를 어떻게든 바꿔주기를 바랐다. 그런다고 헝클어진 머릿속이 정리되란 법은 없지만 다른 도리가 없는 터에 그런 기대조차 지레 거둘 이유는 없었다. 상황은 의식을 교란했다. 의식은 재빠르지 않고 능숙하지도 않았다.

이윽고 그가 결심을 한 듯 쓰고 있던 종이를 반으로 접었다. 홍동철이라는 이름이 안으로 접혀들어갔다. 그리고 그가 반으로 접힌 종이를 다시 반으로 접으려고 할 때, 내 안에서 무언가가 꿈틀 움직였다. 재빠르고 능숙한 것이 있었다. 의식의 주름진 틈새에 도사린 그것이 연민을 가장한 교활함이라는 걸 그 당장은 이해하지 못했다. 내 안의 이기심이 가면을 골라 쓰고 있다는 걸, 모든 이기심이 늘 가면을 필요로 한다는 사실을 인지하고 있었으면서도, 눈치채지 못했다. 아니면, 눈치채지 못한 척한 것인가. 그것 역시 가면, 그러니까 가면 위에 덧쓴 또하나의 가면일 수 있다는 사실을 그때는 이해하지 못했다. 나는 그의 손목을 지그시 누르고 접힌 종이를 펼쳤다. 그의 손목을 잡은 내 손에 힘이 들어갔다. 그가 눈을 들어 나를 보았다. 혼란스러워하는 그의 눈빛을 이번에는 내가 피했다. 헝클어진 그의 머릿속이 눈에 보이는 듯했다. 나는 침묵으로 그에게 행동을 요구했다.

마침내 그는, 나의 교활함까지 간파했는지는 확신할 수 없지만, 그의 손목에 가해지는 내 손힘의 뜻을 알아차렸고 행동을 재개했다. '일자리를 찾겠다며 09시 20분 집을 나감. 10시 50분경 시청으로 가는 지하철 탄다고 전화를 한 뒤 연락이 두절됨……' 신고인란에 그는 '홍재석(아들)'이라고 썼다. 그러고는 다음 동작을 망각한 로봇처럼 가만히 있었다. 나는 내가 동작해야 하는 타이밍을 망각하지 않았다.

나는 그의 손을 들추고 신고서를 집어들었다. 대학생으로 보이는 자원봉사자가 다가왔다. 그녀는 나에게 무슨 말인가를 했다. 나는 상관하지 않고 신고서를 들고 가 내 손으로 직접 벽에 붙였다. 뒤에서 누군가 바닥을 치며 울음을 터뜨렸다. 나는 뒤돌아보지 않았다.

"우연히 그 장면을 보게 되었어. 보지 말았어야 했는데…… 보지 않았다고 뭐가 달라졌을까. 하긴 뭐 마음은 편했겠지. 모르면 편하잖아. 무식하면 행복하지. 바닷가 마을 여인숙에 누워 있는데 마누라가 텔레비전에 나오는 거였어. 내가 죽었다고 펑펑 울더라고. 기분이 이상한데. 하긴 죽은 것이나 마찬가지였으니 이상해할 건 없는 일이지……" 그는 먼 하늘에 눈을 주고 짐짓 가벼운 어조로 말했다. 마치 다른 사람의 이야기를 전하는 것 같은 투였다. 그러나 단어 사이에 수시로 끼어드는 침묵이 남의 이야기가 아니라는 걸 의식하게 했다. 내가 본 화면을 그도 보았다. 그것은 그에게나 나에게나 남의 이야기가 아니었다. 하늘이 침침했다. 곧 비가 쏟아질지 모른다는 생각이 들었다. 비라도 쏟아졌으면 좋겠다는 생각이 뒤이어 들었다. 재석이 엄마는 식당에 나가 설거지를 한다고 했다. 6년째 그 모양이라고 했다. 자기는 트럭을 몰고 다니며 과일을 팔다가 점원 노릇을 하다가 남의 명의로 된 택시를 몰다가, 하는 일마다 다 안되서 막노동을 하다가 몇달 전 집을 나왔다고 했다. 택시를 운전하던 중 사고를 낸 게 치명적이었다. 택시회사에서는 자기 직원이 아니라며 발뺌을 했다. 사고 처리를 하고 피해자와 합의할 돈이 있을 리 만무했다. 몇개월간 징역을 살았다고 그는 말했다. 해도 해도 안되더라, 세상이 수렁이더라, 허우적거릴수록 더 깊이 빨아들이더라, 미치겠더라, 라고 말하며 그는 한숨을 내쉬었다. 아내와의 사이도 자연 멀어질 수밖에 없었다고, 다투는 일이 많았다고, 교통사고를 낸 후 식당일 하면서 아주 조금씩 모아두었던 돈까지 내놓게 되자 아내의 마음이 급격히 싸늘해졌다고 그는 말했다. 아들이 집을 나간 게 언제였는지 생각도 안 난다고 그는 말했다. 세상살이가 시들해지고 의욕도 사라지고 인연도 검불처럼 가볍게 느껴지더라고. 그래서 3개월쯤 전 집을 나와 여기저기 떠돌아다녔다고. 그런데 어느날 자기가 지하철 불길 속에 들어가 있더라고. 마누라가 자기를 그렇게 지하철 불구덩이 속으로 밀어넣고 있더라고.

처음에 그는 그런 아내에게서 증오를 읽었다. 말도 없이 집을 나가 소식도 전하지 않는 남편이 보통 밉지 않았을 것은 물어보나마나. 오죽 미웠으면 그럴까 싶다가 그래도 그렇지, 멀쩡하게 살아 있는 남편을, 아무리 죽은 사람이나 마찬가지라고 해도 그렇지, 참혹한 불구덩이 속으로 어떻게 밀어넣을 수 있는가 생각하니 화가 치밀어올랐다. 전화를 해서 욕을 한바가지 퍼부어줄까 하다가 문득 아내는 정말로 자기가 죽었다고 믿고 있는지 모른다는 생각을 했다. 어차피 죽음이 돌이킬 수 없는 거라면, 어딘지도 모르는 곳에서 아무도 모르게 죽어 사라지는 것보다는 수많은 사람들의 이목이 집중된 가운데 '공적으로' 죽는 게 유리하다는 생각을 할 만하지 않겠는가. 그는 추측하고 질문했다. 그런데 공적인 죽음은 어째서 유리할까. 아내는 어째서 유리하다고 생각했을까.

"남편의 목숨을 가지고 벌이는 마누라의 장난질이 씁쓸하긴 했지만 못 참겠다는 정도는 아니었어. 오히려 좀 안쓰럽고 측은했지. 나를 만나서 별 희한한 꼴 겪으며 산 잘못밖에 뭐 있겠나. 독한 세월을 지나왔으니 사람도 좀 독해졌겠지. 나야 어차피 존재하지 않는 깃처럼 살던 참인데 뭐. 그렇게라도 쓰일 데가 있다고 생각하니까 오히려 기쁘고, 마누라한테 고마움이 느껴지고 그러더라고." 그런 생각의 끝에서 따낸 야릇한 자부심이 시켜서 그랬겠지만, 그가 아내에게 전화를 건 것은 잘한 일은 아니었다. 그의 자부심이 너무 부풀었거나 그 생뚱맞은 자부심 때문에 좀 단순해졌던 것 같다. 아내를 위로하고 격려하고 칭찬해주면 좋아할 거라는 그의 판단은 오산이었다. 독한 세월이 그녀를 독하게 길들였지만 그 정도까지는 아니었다. 아내는 당황했고, 어쩔 줄 몰라했고, 미안하다고 거듭거듭 사과했고, 눈물을 흘렸고, 무조건 자기가 잘못했으니 어서 집으로 돌아오라고 사정했다. 당신이 너무 오랫동안 소식조차 전해주지 않으니까 이런 망령된 짓을 꾸밀 생각을 다 하지 않았겠느냐고 하면서 울었다. "내가 미쳤지. 그런 생각을 다 하다니…… 아무리 돈에 시달리며 살았다지만, 인간의 탈을 쓰고 어떻게…… 여보, 미안해요. 내가 뭐에 홀렸었나봐요. 용서해줘요." 마음속에 복병처럼 웅크리고 있던 사나운 죄의식이 고개를 치켜들고 그녀의 감정을 복받쳐오르게 했다. 하마터면 그도 덩달아 울 뻔했다. 그러나 그래선 안된다고 마음을 다잡았다. "계획을 변경해선 안돼. 계획을 변경할 사유가 생기지 않았으니까." 그는 나직하고 침착하게 말했다. "절대로 안돼요. 나를 용서하세요. 그리고 제발 돌아와요." 그녀는 악몽에서 깨어난 사람처럼 소리쳤다. 다시 악몽 속으로 밀어넣지 말아요, 하고 호소하는 목소리를 그는 들었다. 그러나 그는 그 목소리에 귀를 닫았다. 그는 완고해졌다. 당신은 악몽을 견뎌야 한다, 하고 그는 중얼거렸다. 자신의 쓰임새를 발견한 것이 얼마 만인데, 어쩌면 처음인 듯도 한데, 그 기회를 흘려버리고 싶지 않았다.

그가 집으로 돌아온 것은 아내를 설득하기 위해서였다. 물론 아내는 그의 설득에도 설득되지 않았다. 그가 선택할 수 있는 방법은 자신이 그날 그 사고시간에 그 열차에 타고 있다가 실종되었음을 스스로 밝히는 것밖에 없었다. 그래서 그는 그렇게 했다.

그는 말을 하는 내내 먼 하늘에다 주고 있던 시선을 거두지 않았다. 나도 덩달아 먼 하늘을 바라보며 그의 말을 들었다. 그는 하기 어려운 말을 하고 나는 듣기 힘든 말을 들었다. 그런데 말하는 그는 어땠는지 모르지만, 신기하게도 어느 순간부터 그의 말이 그다지 부담스럽지 않게 들렸다. 어떤 협상이 이루어졌다는 뜻일까. 만일 그렇다면, 이야기를 시작할 때와는 달리 어느 순간부터 거침없이 말을 놀리던 그 역시 협상이 성사된 걸 확신한 것이 아닐까. 아마도 그럴 거라고 나는 단정했다.

그가 이야기를 마쳤을 때 하늘에서 폭우가 쏟아져내렸다. 우리는 시민회관 현관의 계단 난간에 걸터앉아 있었는데, 신발과 바짓단에 흙물이 튀었다. 그는 낡은 운동화를 신고 있었다. 이제 어떻게 할 거냐고 물어놓고, 나는 내 물음이 그 상황에 어울리지 않는 것 같아 움찔했다. 그러나 그는 아무렇지도 않은 목소리로 사라져야지, 하고 대답했다. 여전히 우리는 서로의 얼굴을 보지 않았다. 심지어 악수를 할 때도 그랬다. 그나 나나 그것이 서로에 대한 예의이고 배려라고 간주했던 것 같다. 그가 쏟아지는 폭우 속으로 서두르지도 않고 걸어갈 때 나는 잠깐 내 양복 안주머니에 들어 있는 봉투를 떠올렸다. 그의 운동화가 저벅저벅 소리를 냈다. 아니, 그것은 빗물이 내는 소리였던가. 흠뻑 젖은 옷이 달라붙어 드러난 그의 몸은 앙상하고 왜소했다. 나는 쏟아지는 비가 그의 몸을 흐릿하게 지워 없앨 때까지 망연히 서서 바라보았다. 의외로 감정이 평평했다. 무대를 가리는 막처럼 검은 비가

세상을 닫았다. 비로소 그의 빚을 갚았다는 생각이 들었다. 나중에는
어떻게 될지 모르지만, 일단 채무의 부담으로부터 자유로울 수 있을
거라는 안도감이 나른한 피로처럼 찾아왔다. 양복 주머니 안쪽에는
서른 장의 수표가 무슨 담보물처럼 아직 들어 있었다.

방

"봄이 되면 돌려줘야 합니다." 다리가 접힌 채 가지런하게 세워진 야외용 플라스틱 테이블을 꺼내 먼지를 닦으며 호프집 주인이 말했다. 나는 그럼요, 하고 대답했다. 그는, 날씨가 풀리면 사람들이 밖에서 마시는 걸 더 좋아해서, 하고 덧붙였는데, 사실 굳이 할 필요가 없는 말이었다. 그가 미안해할 까닭이 없는 것이다. 호프집 주인은 배가 볼록하고 키가 작고 이마가 벗어진 중년의 남자다. 그의 설명에 의하면, 키가 작고 이마가 벗어진 것은 집안 내력이고, 배가 볼록하게 나온 것은 맥주 때문이다. 몇년째 단골인 나는 그가 술 마시는 모습을 본 적이 없기 때문에 맥주 때문에 배가 나왔다는 말은 좀 의아스러웠다. 몇번 권해보았지만 손을 내젓기만 했었다. 언제 술을 마셔요? 하고 물은 적이 있다. 그는 무엇 때문인지 몹시 멋쩍어하며 가게 문을 닫은 뒤 새벽에 혼자 마신다면서 흐릿하게 웃었다. 그 웃음이 어쩐지 쓸쓸해 보여서 더 묻지 않았다.

테이블은 둥글고 파란색이었다. 테이블과 마찬가지로 플라스틱 제품인 의자는 흰색이었다. 의자 등받이 뒤쪽에 박힌 맥주회사 로고가 선명했다. 나는 오른손에 테이블을, 왼손에는 의자를 들었다. 그다지 무겁지 않았다. 고맙다고 인사하고 나가려는데, 그런데 그걸 어디에 쓰려고요? 하고 그가 물었다. 책상이 필요하다고 했더니 그는 농담이 아닌지 살피는 듯한 눈빛으로 내 얼굴을 멀뚱히 바라보았다. 나는 농담을 하지 않았으므로 그의 눈길을 멀뚱히 받으며 임시로 사용할 집필실이 하나 생겼다고 덧붙였다. 그러나 임시로 얻은 집필실이 전에 살던 집이라는 말은 하지 않았다. 그것까지 마저 이야기하는 건 좀 까다롭고 번거로운 일일 수 있었다. 하기야 그는 내가 5년간 살았던 연립주택을 팔고 다른 동네로 이사했다는 사실을 모르고 있을 가능성이 높고, 그렇다면 더욱 그 이야기를 꺼낼 이유가 없었다.

굳이 책상을 사지 말고 단골 호프집에 가서 야외용 테이블을 빌리는 게 어떻겠느냐고 권유한 사람은 태양부동산 중개사 김씨였다. 재활용쎈터에 가서 책상과 의자를 구해볼까 생각하고 있던 나에게 그는 거기서 얼마나 있을지 모르는데, 막말로 내일 당장 비워줘야 할지도 모르는데 살림을 장만할 필요가 있겠느냐고 의견을 냈다. 그의 말이 맞긴 했지만, 책상이 없으면 일을 할 수 없고, 일을 할 수 없으면 집필실이라고 할 수 없으므로, 최소한 책상은 반드시 구해야 했다. "아차, 글을 쓴다고 했지요. 그럼 책상이 있긴 해야겠네." 뒤늦게 생각이 났는지 부동산중개사가 손바닥으로 자기 이마를 탁 소리나게 치며 말했다. 뭐 꼭 책상이어야 하는 건 아니지만 노트북 올려놓을 자리는 있어야 한다는 내 말이 끝나기 무섭게, 이번에도 자기 이마를 치며, 그리나 아까와는 달리 조금 우쭐거리는 표정으로, 호프집의 야외용 테이블 이야기를 꺼냈다. 내가 무슨 말인지 못 알아듣는 표정을 짓자 아, 맥주회사에서 홍보용으로 제공하는 동그란 거 있잖아요, 가운데 구멍 뚫리고 파라솔 달린, 주로 파란색이지, 파라솔만 떼어내버리면 그럴듯하지 않을까, 하고 말을 보탰다. 말을 듣고 나니 그럴듯하다는 생각이 들었다. 그렇지만 그걸 어디서 구한단 말인가. 나는 장사하는 사람들이 그걸 내주겠느냐며 고개를 갸우뚱했다. 중개사는 답답한 양반이라며 혀를 찼다. "겨울이잖아요. 요새 누가 밖에서 술을 마셔요. 그거 천덕꾸러기처럼 술집 한쪽 벽에 세워져 있거나 창고 같은 데 처박혀 있을 거요. 자주 가는 호프집 없어요?" 부동산중개사의 말이 틀리지 않았다. 겨울이었고, 보기만 해도 저절로 추워지는 파란색 플라스틱 테이블을 가게 앞에 내놓고 영업하는 호프집이나 거기 앉아 맥주를 마시는 사람이 있을 리 없고, 그리고 무엇보다 나에게는 자주 가는 호프집이 있었다. 여름에는 거의 매일, 그리고 요즘 같은 겨울에도 일주일에 한번은 빼놓지 않고 들르던 맥주공원. 키가 작고 이마가 벗어지고 배가 볼록하게 나온 그 집 남자의 온화한 표정을 떠올리자 갑자기 문제가 풀린 듯 가뿐했다. 맥주회사 로고가 박힌 둥글고 파란 테이블이 한가운데 놓인 방을 그려보았다. 그다지 나쁠 것 같지 않았다. 생맥주를 들이켜듯 글을 쓸 수 있다면 더할 수 없이 좋은 일 아닌가 싶기도 했다.

집필실이라는 단어가 맥주공원의 주인에게는 생경한 모양이었다. 아니면 그 단어가 나와 어울리지 않는다고 생각했을까. 그는 가늠이 되지 않는다는 표정으로 나를 바라보았다. 나는 거기 앉아 소설을 쓸 거라는 말은 하지 않았다. 그 대신 1년쯤 전에 회사를 그만두었다는 말만 했다. 그것은 사실이었다. 나는 지난 2월에 10년 8개월 동안 다닌 회사에서 나왔다. 10년 8개월의 거의 대부분을 홍보부에서 사보를 만들며 보냈다. 틈틈이 소설을 써서 띄엄띄엄 문예지에 발표했지만 내가 소설가라는 사실을 아는 사람은 많지 않았다. 심지어 아내조차 자기가 소설가와 살고 있다는 걸 실감하지 못하는 듯했다. 언젠가 어떤 소설가가 1년간 인도와 티베트를 떠돌다가 돌아왔다는 기사를 보고 부러워하는 나에게 그녀는 저 양반은 소설가잖아, 하고 말해서 나를 무색하게 만들었다. 더욱 난감하게도 그녀는 자기의 말실수를 깨닫지 못했다. 같은 집에서 꽤 오랫동안 살아온 아내조차 그런 지경이니, 호프집 주인이 모르는 건 당연했다. 설령 누군가 그에게 알려준 적이 있다고 하더라도, 망각하는 게 자연스러웠다.

“왜 그만두었어요? 뭐니뭐니해도 월급 받고 사는 게 젤 나은데……” 남의 일인데도 그는 진실로 아쉬워하는 것처럼 말했다. 그럴 일이 좀 있었습니다, 하고 말하는 내 가슴이 덜컹거렸다. 아내는 아이와 함께 미국으로 가겠다고 했다. 나는 막았다. 그러면 큰어머니는 누가 돌보느냐는 물음에 그녀는 자기가 알 바 아니라는 투의 반응을 보였다. 그녀의 고집은 막무가내였다. 어떤 말도 통하지 않았다. 하긴 큰어머니를 피해 미국에 가겠다고 하는 그녀를 붙잡기 위해 큰어머니를 내세운 것은 설득력이 없는 노릇이긴 했다. “요양원에 보내라는 내 의견을 묵살한 것은 당신이야.” 그녀는 언제나 당당했다. 그녀 말대로 큰어머니를 요양원에 보내는 방법이 있긴 했다. 그녀는 아이를 데리고 미국으로 가겠다고 선언하기 전에 요양원 이야기를 먼저 꺼냈다. 나에게 요양원에 대한 좋지 않은 선입견이 있는 것은 아니었다. 아내의 의견이 아주 터무니없다고 판단한 것도 아니었다. 다만 너무 일찍 세상을 뜬 어머니를 대신하여 어렸을 때부터 나를 돌봐준 그분의 쓸쓸한 노년이 마음에 걸렸다. 나는 대학생이 되어 서울생활을 하기 전까지 큰댁에서 자랐다. 큰어머니는 어떤 어머니가 어떤 아들에게 하는 것보다 더 잘해주었다. 그런 큰어머니를 돌볼 자식이 전혀 없는 불쌍한 노인처럼 요양원에 보낼 수는 없다고 말하는 나에게 그녀는 이해할 수 없다는 듯 고개를 절레절레 저으며, 당신 이상한 거 알아? 하고 물었다. 친어머니도 아니지 않느냐는 게 그 내용이었다. 나에게는 친어머니나 다름없다고 했지만 어쨌든 친어머니가 아닌 건 맞지 않느냐는 반문이 돌아왔다. 자식들이 없는 것도 아닌데, 친자식들도 돌보지 않는 노인을 친자식도 아닌 당신이 왜 책임지려고 하느냐고 말할 때 아내는 더할 수 없이 차분하고 논리적이었다. 나는 친자식들이 돌보기만 한다면 당연히 우리가 나서지 않아도 되지만 사정이 그렇지 않다는 걸 알지 않느냐고 반박했다. 물론 그 순간에도 그녀의 주장이 사리에 맞지 않는다고 판단한 건 아니었다.

큰어머니에게는 아들과 딸이 각각 한명씩 있는데, 동대문 근처에서 작은 의류공장을 운영하던 아들은 부도를 낸 뒤 이혼하더니 여기저기 떠돌아다니다가 어느날부터 연락을 끊어버렸고, 손이 많은 집안의 장손에게 시집간, 나와 동갑인 딸은 시댁 어른들을 모시며 살고 있었다. 남편이 몰인정하고 인색하고 의심까지 많은 위인이라 그녀도 병든 어머니를 어떻게 할 수가 없었다. 노인의 몸상태가 급격히 나빠져서 시골에 혼자 둘 수 없게 되자 고민 끝에 그녀가 나를 찾아왔다. 한때 어머니처럼 생각했던 큰어머니가 몸도 불편하고 정신까지 가물가물하다는 사실을 그때까지 까맣게 모르고 있었던 나는 죄책감을 느꼈다. 서울에서의 매일매일의 생활이 전투와 같아서 주변을 둘러볼 여유가 없었다고 해도 큰어머니에 대한 나의 긴 무관심은 부끄러운 일이었다. 나는 바로 큰어머니를 집으로 모시고 왔고, 서재로 쓰던 방을 내주었고, 아내는 어이없어했다. 큰어머니의 상태가 생각보다 심각하다는 것이 문제였다. 대개는 몸을 가누지 못하고 누워 지냈는데, 가끔 이해할 수 없는 행동을 했다. 사람을 알아보지 못하는 것은 물론이고 의미없는 동작을 끊임없이 되풀이해서 사람을 질리게 했다. 가령 그녀는 책장의 책들을 모조리 꺼내서 어떨 때는 크기별로, 어떨 때는 색깔별로, 어떨 때는 제목의 활자체별로 다시 배열했으며, 하루에도 몇 번씩, 마주칠 때마다 반갑습니다, 하고 인사를 했다. 옷을 다 벗은 채 거실로 걸어나와 식구들을 경악하게 하기도 했다. 그 정도인지 몰랐으므로 나도 조금 당황스러웠고, 아내와 초등학생인 아들이 신경쓰였다. 아들놈도 마찬가지지만, 아내는 인내심을 발휘하려고 하지 않았고, 그럴 이유도 느끼지 않는 듯했다. 그녀의 입에서 요양원 이야기가 열흘 만에 나왔다. 나는 큰어머니에 대한 내 부채의식과 의무감을 앞세워 그녀를 이해시키려고 했다. 그녀는 요양원 시설과 간병 씨스템에 대해 설명하며 나를 설득했다. 환자 가족들만 아니라 환자를 위해서도 요양원이 최선이라는 요지였다. 그녀에게 최선인지는 몰라도 나에게는 그렇게 여겨지지 않았다.

며칠 후 아내는 아이를 데리고 친정으로 가버렸다. 뜻밖의 행동이긴 했지만, 그다지 놀라지는 않았다. 그녀나 나나 본래 살가운 성격이 아닌데다가 언제부터였는지 잘 모르겠으나 부부 사이가 아슬아슬하게 유지되고 있었다. 우리 부부는 자주 잠을 따로 잤다. 내가 텔레비전을 보는 동안 그녀가 말없이 안방으로 자러 들어가면 나는 그냥 쏘파에 쓰러져 잠들었다. 반대의 경우도 있었다. 내가 먼저 침대를 차지한 날은 그녀 쪽에서 거실에 누워 잤다. 예컨대 그녀가 그런 정도의 처신을 하고도 남을 위인이라는 게 아니라 우리가 그런 정도의 처신도 부자연스럽지 않은 사이라는 판단이 뒤미처 따라왔던 것이다. "저 양반을 집에서 내보내세요. 그렇지 않으면 나와 석이를 보지 않겠다는 뜻으로 받아들이겠어요." 그럼에도 불구하고 집을 나가면서 그녀가 남긴 말은, 적어도 내 귀에는 어처구니없이 들렸다. 아내가 무슨 말을 어떻게 했는지, 달래서 돌려보내주기를 은근히 기대했던 처가 어른들조차 아내 편을 들었다. 장인어른은 침묵했고, 장모님은 제 딸 자식이 애먼 사람 봉양하느라 고생하는 걸 어느 부모가 바라겠는가, 하고 몰아댔다. 애먼 사람이 아니라고 내가 말했지만, 그 큰어머니라는 사람에게 멀쩡한 자식이 둘씩이나 있다면서? 하고 반문해서 내 입을 막았다. 감정이 상한 나는 어쩌자는 오기였는지 회사에 사표를 냈다. 순전히 충동만은 아니었다. 오래전부터, 사실은 입사한 날부터지만, 회사를 그만두고 나가 소설만 쓰며 사는 것이 내 은밀한 소망 가운데 하나였다. 그러자면 먹고사는 문제를 소설로 해결할 자신이 있든가 먹고사는 문제에 대한 대비를 웬만큼 해두든가 해야 했다. 자신은 생기지 않았고, 대비도 충분하지 않았다. 그런 나에게 아내가 엉뚱한 방식으로 용기를 주었다고 해야 할까. 까짓것, 부딪쳐보지 뭐……회사는 그렇게 그만두었다. 어쩌면 큰어머니를 모신다는 것은 구실이었는지 모른다. 계기는 제공했지만 그 이상은 아니었다. 회사를 그만두고 소설을 쓰기 위해 큰어머니를 모신다는 구실을 이용했던 것도 같다.

회사를 그만두고 무언가 새로운 일을 시작하는가보다고 생각했는지 맥주공원의 주인남자는 번창하십시오, 하고 인사했다. 나는 쑥스럽게 웃으며 파랗고 둥근 테이블과 흰 의자를 한손에 하나씩 들고 서둘러 가게를 나왔다. 집 근처에 이르렀을 때 무게는 별로 나가지 않지만 부피 때문에 어기적거리며 걷는 나를 사무실 유리창 너머로 바라보던 중개사 김씨가 미소를 지으며 다가왔다. "열쇠는 여기 있으니 올라가보세요. 번호열쇠 비밀번호는 1111이고요. 이쪽으로 쭉 가다가 저기 정육점에서……" 거기까지 말하고는, 그제야 문득 생각난 듯, 아참, 위치는 나보다 더 잘 아시지요, 하며 멋쩍게 웃었다. 나는 입을 다물고 열쇠를 받았다. 5년 동안 살았던 집인데 위치를 잘 알 수밖에.

　결혼하고 4년쯤 되었을 때 친척 가운데 한 사람이 경매 물건이 있는데 사겠느냐고 전화를 해왔다. 내 사정을 알지 못하고 하는 제안이었다. 아무리 인기없는 지역의 연립주택이고 경매에 붙여진 물건이라고 해도 32평이었다. 그런 집을 엄두 낼 처지가 아니었다. 그냥 지나가는 것처럼 전한 그 말을 흘려버리지 않고 있다가 관심을 내비친 건 아내였다. 그녀는 친정에서 여유자금을 얻어와 대출을 끼고 그 집을 샀다. 이번에 그 집을 팔자고 한 것도 아내였다. 집을 팔면 되잖아, 하고 대수롭지 않게 말했을 때, 마치 자기 돈을 들여 산 집이니 자기에게 권리가 있다고 쉽게 말하는 것처럼 느껴져서 기분이 묘했다. 그것은 단순히 집을 팔고 말고 하는 문제가 아니었다. 그녀는 사람들이 집이라는 단어를 발음함으로써 통상 은연중에 암시하는 가족으로서의 삶에 심각한 이의를 제기하고 있었다. 그녀가 요구하는 것은, 꼭 집어 말하자면 집의 분해였다. 아들을 데리고 친정으로 들어간 아내는 방학이 되자 언니가 살고 있는 씨애틀로 아들을 데리고 갔다. 여행은 표면적으로 내세운 목적에 지나지 않았다. 며칠 후에 연락이 왔는데, 아이를 그곳 학교에 입학시켰다고 했다. 언니 집에 기거하며 학교를 다

니게 하겠다고 했다. 초등학생인 아이를 미국에 유학 보내다니, 생각
도 해보지 않은 일이었다. 아내는 한마디 상의도 하지 않고 일을 벌였
다. 평소에도 그런 경향이 있는 편이지만, 이번 경우는 좀 심하다 싶
었다. 나는 화를 좀 냈다. 그녀는 친정 부모가 일단 학비를 보내주어
서 등록을 했노라고 말했다. 그렇게 말함으로써 그녀는 내가 화를 내
는 것이 돈 때문인 것처럼 호도했다. 나는, 상의를 했어야지, 상의를,
나는 그애 아빠잖아, 하고 버럭 소리질렀다. 전화기 너머에서 비웃는
듯한 기운이 전해져왔다. "당신은 상의했어? 상의하고 그 양반 들인
거야?" 전화를 끊기 전에 그녀가 마지막으로 한 말이었다. 그거하고
그게 같애? 하고 소리쳤지만, 누구도 듣는 사람이 없었다. 아니, 듣는
사람이 없지는 않았다. 겁먹은 얼굴의 큰어머니가 방문을 열고 튀어
나와, 잘못했어요, 여보, 다시 안 그럴게요, 한 그릇만 먹을게요, 하며
굽실거렸다. 나는 큰어머니를 달래서 방으로 들어가게 하고 문을 닫
았다.

　나는 서재에 있던 책장을 거실과 안방으로 나눠 옮겼다. 책상은 진
즉에 거실로 빼낸 터였다. 의욕과는 달리 소설은 잘 써지지 않았다.
집 안도 엉망이었다. 파출부 아줌마가 이틀에 한번씩 와서 청소와 빨
래를 하고 반찬을 만들어주고 갔지만 손이 가는 일이 많았다. 몸이 불
편해서 대개 누워서 지내는 큰어머니는 의식이 쭈글쭈글해지면 전혀
다른 사람이 되어 옷을 벗어던지고 말이 되지 않는 소리를 해댔다. 한
번은 청소기를 돌리고 있는 파출부에게 달려들어 도둑년이라고 욕하
며 머리카락을 한움큼 뽑았다. 겁을 집어먹은 여자는 그길로 일을 그
만둬버렸다. 마침 우리집에 왔다가 그 장면을 목격한 사촌누이가 어
쩔 줄 몰라하며 미안하다고 몇번이나 고개를 숙이고 돌아가더니 간병

인을 보내주었다. 어떻게 해서든 간병 비용은 자기가 내겠다고 했다. 무리는 하지 마라, 하고 말은 했지만, 마다할 이유가 없었다. 한나절씩 머물며 노인을 돌봐주는 간병인이 생기니 사정이 한결 나아지긴 했다. 문제는 소설이 써지지 않는다는 것이었다. 회사를 나오면서 받은 퇴직금이 있었지만 그걸로 얼마나 버틸 수 있을지 앞날이 걱정되었다.

미국으로 건너간 지 5개월쯤 지난 뒤에 아내가 돈을 보내달라고 요구했다. 그동안 아들 학비며 생활비도 보내지 않고 있던 터라 마음이 거북하긴 했다. 아무리 언니 집이라고 해도 돈 한푼 내지 않고 신세지고 있는 아내 역시 마음이 편치 않을 거라는 짐작은 할 수 있었다. 사이가 나빠서 떨어져 지낸다고 마땅히 해야 할 가장 노릇까지 외면하는 건 도리가 아니라는 생각을 하고 있었다. 그러나 아내가 요구한 것은 생활비 정도가 아니었다. 석이가 적응을 아주 잘한다고, 미국에 오기를 잘했다고 생각한다는 말끝에 그녀는 자기도 공부를 좀 하고 싶다는 뜻을 비쳤다. 뜬금없이 공부라니. 나는 그녀가 농담을 하는가 싶었다. 그러나 물론 농담을 할 상황이 아니었고, 농담이 섞인 목소리도 아니었다. 아내는 대학에서 산업디자인을 전공했다. 디자인회사에서 몇년간 일을 하다가 아이가 생기자 그만두었다. 몇차례인가 일을 포기하고 집에 들어앉은 걸 후회하긴 했다. 미국에 가자 접었던 일에 대한 의욕이 새삼 되살아난 것일까. 아니면 누구의 아내가 아니라 자기 이름을 내세우며 독립해 살 준비를 하겠다는 것일까. 그녀는 돈을 보내달라고 하면서 미국의 화폐단위로 금액을 말했다. 그 때문에 듣는 순간 곧바로 금액이 얼마인지 인지하기가 어려웠다. 인지한 후에는 그녀가 환율 계산을 잘못했거나 착각한 거라고 생각했다. 그러나 그녀는 의심스러워하는 내 반문에 아무렇지도 않게, 이번에는 한국의 화폐단위로 또렷하게 발음했다. 그런 돈이 어디 있어? 하는 물음이 용수철처럼 튀어나왔다. 용수철은 전화기 너머에도 있었다. 집을 팔면 되잖아, 하는 대답이 거기서 나왔다. 무슨 소리야? 하고 묻지 않을 수 없었다. 집을 팔면 되지 않느냐는 말만 되풀이함으로써, 그녀는 내 질문에 담긴 의미를 부러 축소했다. 기분 같아서는 당장 귀국하라고 소리지르고 싶었지만, 그러지 못했다. 그 순간에 아내와 처가의 돈으로 집을 샀다는 기억이 떠올랐으므로 어쩔 수 없었다고 하면 나의 비겁을 스스로 고백하는 셈이 될까.

아내는 자주 전화와 이메일로 돈을 보내줄 것을 요청했다. 나는 퇴직금 대부분을 송금하면서, 6개월분의 생활비는 되겠다고 어림했다. 미국에 간 지 6개월이 지나가고 있었으므로 그 정도는 보내야 한다고 계산한 것도 같다. 물론 아내의 요구에는 미치지 않은 액수였다. 문득 아내가 집을 팔아서라도 보내라고 불러준 금액이 집값의 몇 퍼쎈트나 될지 궁금해진 나는 부동산중개소에 가서 시세를 알아보았다. 놀랍게도 정확히 집값의 절반이었다. 우연이겠지만 참 절묘하다는 생각을 피하기 어려웠다. 그녀가 어떤 메씨지를 던진 것이 사실이라면 그 메씨지를 받을 수밖에 없다는 다그침이 내부에서 요란했다. 그런데도 나는 애써 모른 체했다.

큰어머니가 숨을 놓아버린 것은 나와 함께 기거한 지 1년이 조금 넘은 싯점이었다. 전날 목욕을 하고 옷을 갈아입고 단정히 누운 노인은 아침에 눈뜨는 걸 단념해버렸다. 그동안 연락이 되지 않던 아들이 몇년 만에 제 발로 찾아와 손수 목욕을 시키고 난 날 밤에 당신은 이제 더 기다릴 것도 미련도 없다는 듯 이 땅의 인연들을 털어버렸다.

노인의 얼굴은 고요해 보였다. 여기저기 떠도느라 야위고 초췌해진 사촌형은 차가워진 노인의 손을 잡고 참았던 눈물을 쏟아냈다.

장례식을 마친 뒤 아내에게 이제 귀국하라는 내용의 전화를 걸면서 나는 내가 나를 속이고 있는 것 같아서 마음이 울적했다. 큰어머니가 돌아가셨으니 집으로 돌아오라는 건 벌어진 사태의 원인을 온전히 큰 어머니에게 돌리는, 고의적인 무지와 극단적인 단순화의 문법이라고 할 수 있었다. 원인이 제거되었으니 이제 그만 돌아오라는 문장은 속이 훤히 들여다보여서 차마 발음할 수 없었다. 더욱 딱하게도 나 자신 그 전략이 성공할 거라는 확신을 가지고 있지 않았다. 그런데도 난처함을 무릅쓰고 내 주장을 밀어붙인 것은 일종의 오기였을 것이다. 예컨대 나는, 석이는 몰라도 당신은 귀국해야 하는 거 아닌가, 하고 질문함으로써 내 의중을 선명하게 드러냈다. 아내는 잠깐의 침묵을 통해 내 난처한 심정을 넘겨짚은 뒤 돌아가지 않을 거예요, 하고 말했다. 목소리가 어느 때보다 단호했다. 그녀의 목소리가 단호해서가 아니라 뻔한 반응이 내 오기를 무안하게 만들었으므로 알았다고 대꾸하고 물러났다.

전화를 끊고 나자 그동안 흐릿하던 눈앞이 조금 환해지는 듯했다. 비로소 나는 그녀의 메씨지를 수신하기로 했다. 나는 곧장 부동산중개소에 집을 내놓았다. 시세보다 낮춰서 내놓은 때문인지 집은 쉽게 팔렸다. 나는 은행 대출금을 갚고 아내가 원하는 돈을 보내고 남은 돈으로 원룸을 구했다. 웬만한 건 없앤다고 없앴지만 그래도 세 식구가 살던 집의 살림이 만만치 않았다. 물건을 들여놓고 나니 9평 원룸이 창고로 변해버렸다. 침대를 버리고 쏘파도 일인용만 남기고 버렸다. 큰 냉장고를 버리고 작은 냉장고를 샀다. 텔레비전과 장롱도 작은 걸로 바꿨다. 책장을 놓을 데가 없어서 두 개만 남기고 버리고 책을 바닥에 쌓아놓았다. 옷과 이불은 박스에 쟁여두었다. 책상 놓을 자리와 몸 누힐 공간을 마련하기가 그렇게 힘들었다. 움직이다 보면 정리 안 된 채 쌓인 물건들이 몸에 부딪혀 바닥으로 떨어졌다. 책상에서 눈을 들어 둘러보면 사면에 들어찬 물건들이 감시병처럼 내려다보거나 올려다보고 있었다. 공간이 여간해서는 익숙해지지 않았다. 때때로 내가 창고에 쟁여진 물건과 다름없이 여겨져서 마음이 심란했다. 나는 자주 집에서 나와 배회했다. 일이 되지 않는다는 핑계를 마련하고 찻집에 앉아 책을 읽었다. 마음은 급한데 한 줄의 문장도 떠오르지 않는 날이 많았다. 바깥을 떠도는 시간이 점점 길어졌다.

내 발걸음은 5년 동안 살았던 동네로 나를 데리고 갔다. 걸어서 한 시간 거리였다. 나는 그 앞에 서서 자주 연립주택 3층을 올려다보곤 했다. 그러다 보면 아는 사람을 만나기도 했다. 그들 가운데 어떤 이는 내가 이사간 줄 모르는 사람도 있었다. 집 안 구조가 눈앞에 선하게 떠올랐다. 나는 눈을 감고 손가락으로 허공에 그림을 그림으로써 집 안 구조를 재현했다. 오른쪽 왼쪽 손을 뻗어 안방과 부엌과 화장실과 베란다를 표시하고 냉장고와 책장과 키큰 파키라 화분과 텔레비전과 씽크대와 식탁을 그렸다. 숨을 멈춘 순간까지 큰어머니가 누워 있던 작은방은 그릴 것이 별로 없었다. 조그만 옷장과 브라운관이 볼록한 구형 텔레비전과 가습기가 전부였다. 그 방의 텔레비전은 하루종일 켜져 있었다. 볼륨이 거의 항상 지나치게 크게 틀어져 있어서 위아래 집으로부터 몇차례 항의를 받기도 했다. 큰어머니가 항상 텔레비전을 보는 건 아니었다. 그냥 켜둔 채 지냈다. 눈을 감고 자는 것 같아 살짝 들어가서 텔레비전 전원을 끄면 귀신같이 알아차리고 일어나 고

래고래 소리를 질렀다. 방에서는 퀴퀴한 냄새가 났다. 배설물과 땀과
약, 그리고 노인의 살갗에서 떨어진 살비듬이 한데 섞여 만들어진 냄
새였다. 자주 문을 열어 환기를 시켰지만 벽지와 장판과 이불에 밴 냄
새는 좀처럼 사라지지 않았다. 그 방에 들어갔다 나올 때마다 나는 냄
새가 사물에 들러붙은 껌이나 밥풀 같다는 생각을 했다. 1년 남짓 동
안 그녀는 그 방을 완전하게 점유했다. 냄새는 그녀가 선택한 점유의
방법이었다.

　연립주택 안쪽 공터에는 늙은 감나무가 심어져 있었다. 감나무는
키가 컸다. 3층까지 뻗은 나무는 베란다 난간에 가지를 걸치고 쉬었
다. 가을에 우리집 베란다로 넘어들어온 노랗게 잘 익은 감을 따서 먹
은 기억이 났다. 손이 닿지 않는 가지 끝의 감을 따기 위해 베란다 난
간을 잡고 한 발을 나뭇가지에 올려놓기도 했다. 석이는 박수를 쳤고,
아내는 떨어지면 어쩌려고 그러느냐고 야단쳤다. 잎이 다 떨어진 감
나무 아래에는 예전처럼 종이박스와 신문지가 가득 쌓여 있었다. 노
인이 아직 그곳에 머물고 있다는 흔적이었다. 노인은 동네를 돌아다
니며 모은 종이박스와 신문지를 감나무 아래 공터에 쌓아두었다. 그
러다가 주워온 박스와 신문지가 웬만큼 모이면 리어카에 싣고 고물상
에 가서 팔았다. 머리가 하얗게 세고 허리가 구부정하고 다리와 팔이
바깥쪽으로 구부러진 노인이 어기적거리며 리어카를 끌거나 무거운
짐을 들고 가는 모습을 보면 마음이 불편했다. 나는 노인이 왜 종이박
스와 신문지를 우리 연립주택의 마당이라고 할 수도 있는 공터에 쌓
아두는지, 그리고 연립 사람들이 왜 아무런 이의를 제기하지 않는지
한동안 궁금했다. 그 궁금증을 해결해준 사람은 2층에 사는 남자였
다. 집이 지어질 때부터 살았던 2층 남자의 설명에 의하면, 노인은 그

건물을 지은 사람이었다. 한 층에 네 가구씩, 모두 열두 가구를 지어 여덟 집을 분양하고 두 집을 세놓았다. 한 집은 아들 내외에게 주고 자기는 1층에서 살았다. 그런데 아들이 사업을 한다며 집을 담보로 대출을 받아 쓰고는 부도를 내버렸다. 하루아침에 집을 내놓고 거리로 나앉게 된 아들 내외는 어느날 동네를 떠났다. 어떤 연유인지 노인은 아들과 함께 떠나지 않고 마을에 남았다. 어떤 이는 아들 내외가 노인 몰래 도망쳐버렸다고 하고, 어떤 이는 노인이 아들과 함께 떠나는 걸 거절했다고 했다. 5년 전 일이었다. 그러니까 내가 5년 전에 구해 들어온 집이 그때 경매에 붙은 네 가구 가운데 하나였다. 노인이 불편한 몸을 이끌고 종이박스와 신문지를 모아 연립주택 공터에 쌓기 시작한 것이 그 무렵부터였다. 그리고 그것이 연립 사람들이 노인을 용인한 사유였다. 잠은 어디서 자요? 하고 물었던 것 같다. 노인에게 직접은 아니고, 노인의 딱한 사정 이야기를 전해준 2층 남자에게였다. 남자는, 글쎄, 그건…… 하고 자신없다는 듯 말끝을 흐렸다. 바람이 심하게 불던 어느 가을 늦은밤에 집으로 올라가는 계단에 쭈그리고 잠든 노인을 본 기억이 났다. 노인은 몹시 지쳐 보였다. 나는 잠깐 주춤했지만 이내 발걸음 소리를 죽이고 계단을 올라갔다. 나는 2층 남자에게 그 이야기를 했다. 그는 이번에도 글쎄, 그건…… 하고 말끝을 흐렸다. 그 순간 어쩌면 그도 계단에 쓰러져 자고 있는 노인을 몇번 보았을지 모른다는 생각이 들었다. 그러자 나 역시 말끝을 흐리게 될 거라는 예감이 들었다.

그곳에 살 때는 한번도 그래본 적이 없었는데, 불현듯 노인의 안부가 궁금해지는 게 이상했다. 잃어버린 집을 잊지 못하고 찾아와 어슬렁거리는 자의 기묘한 동류의식일지 모른다는 예감이 감정을 헝클어뜨렸으므로 나는 서둘러 고개를 젓고 그곳을 벗어났다.

　어떤 날은 계단을 올라가 현관문 앞에 한참 서 있다가 내려왔다. 녹슨 자국이 있는 파란 문에는 아내와 아들이 다니던 교회의 명패가 그대로 붙어 있었다. 바람이 불면 소리를 내는 종과 비밀번호를 누르게 되어 있는 디지털 도어록과 새벽마다 천 밀리리터 우유를 담고 있던 헝겊주머니도 익숙했다. 나는 내가 알고 있는 다섯 자리 비밀번호를 눌러보고 싶은 충동을 힘들게 참았다. 다른 것들이 그대로 있는 것처럼 비밀번호도 그대로일 것 같았다. 그 생각은 터무니없는 것이었다. 어떻게 내가 쓰던 교회 명패와 종과 우유 주머니가 그대로 있는지, 그것들이 그대로인데도 아무렇지 않게 받아들여졌는지 모르겠다. 세번째 현관문 앞에 섰을 때, 문짝과 벽에 수두룩하게 붙어 있는 피자와 치킨과 부동산과 학습지와 중국음식점 전단지를 본 순간 비로소 내 둔한 신경에 신경이 쓰였고, 집이 비어 있을지 모른다는 생각이 들었다. 나는 가만히 귀를 대보았다. 안에서는 아무 소리도 나지 않았다. 집을 산 사람은 환갑 정도 되어 보이는 남자였다. 언뜻 아들의 신혼집을 구해주려고 한다는 말을 들은 기억이 났다. 나는 조금 망설이다가 용기를 내서 초인종을 눌렀다. 만약 누군가 문을 열고 나와 무슨 일이냐고 묻는다면 어떻게 할 것인가, 뭐라고 대답할 것인가. 문을 연 사람이 나를 알아본다면 또 어떻게 할 것인가. 공연한 짓을 했구나. 그 짧은 시간에 가슴이 덜컹 소리를 내고 입이 바싹바싹 타들어갔다. 그러나 문은 열리지 않았고, 여전히 인기척도 들리지 않았다. 나는 디지털 도어록에 손을 가져갔다. 어쩐지 내가 쓰던 번호를 누르면 문이 열릴 것 같아서였다. 그래서 눌러보고 싶었지만, 결국은 그래서 누를 수 없었다.

　나는 그길로 부동산중개소를 찾아갔다. 딱히 그래야 할 이유가 있는 것이 아닌데도 나는 무언가 확인을 해야 한다는 이상한 열망에 사로잡혀 있었다. 내가 확인하려는 것이 무엇인지 확실하게 알지 못하면서도 그랬다. "아, 그 집요? 지금 비어 있어요." 부동산중개사 김씨는 집을 팔아놓고 아쉬워서 찾아오는 사람이 더러 있다고 하면서 대수롭지 않게 말했다. 왜요? 다시 사시게요? 하고 묻기까지 했다. "우리야 좋지요, 두 달 사이에 수수료를 두 번이나 받으니까……" 찰진 웃음을 흘리는 김씨의 말끝에다 나는, 그 양반, 금방 이사올 것처럼 급하게 서둘지 않았나요? 두 달이 지났는데…… 하고 궁금증을 붙였다. "그게, 그러니까 좀……" 중개사는 난처한 표정을 지으며 목소리를 낮췄다. "아들네 신혼집으로 구했는데, 무슨 일인지는 모르지만, 그 아들이 결혼식 직전에 파혼을 했다고 하네요. 요즘 젊은 애들, 참……" 집수리하려고 날짜까지 잡아놓았는데 그런 일이 터졌다며 어이없어했다. 집수리를 취소할 수는 있었지만 주택 매매를 취소할 수는 없는 일이었다. 물론 파혼을 되돌릴 수도 없었다. 새로운 집주인은 화가 몹시 나 있는 상태라고 했다. 전화를 걸어서 살 사람이 있으면 다시 팔아버리고 전세로 들어오겠다는 사람이 있으면 세를 줘버리라고 씩씩거리더니 정작 관심을 보이는 사람이 나타나자 얼마간 그대로 두자고 했다고, 양도세 때문에도 쉽지 않을 거라고, 아마 그 양반도 어떻게 해야 할지 갈피를 잡지 못하는 모양이라고, 왜 그렇지 않겠느냐고 의견을 달았다. "다시 사고 싶은 의향이 있습니까? 그러면 주인에게 말을 넣어보겠습니다. 혹시 압니까? 전 주인에게라면 도로 팔 마음이 생길지……" 아마도 그는 별다른 생각 없이 건성으로 그 이야기를 했을 것이다. 정작 내가 적극적인 태도를 보이자 당황한 표정을 지은 걸 보면 추측할 수 있는 일이다. 물론 그 집을 도로 사겠다는 의사를 표현한 것은 아니고, 사실 그럴 여유도 없었다. 다만 나는 그 순간에 내 안에서 불쑥 솟아오른 충동에 너무 쉽게 항복해버리고 말았는데, 그것은 저 집, 5년 동안의 기억과 흔적이 묻어 있는 내 집, 눈을 감고도 어디에 무엇이 있고 어디에 무슨 액자가 걸려 있으며 어디에 금간 자국이 있는지를 선명하게 그려낼 수 있는 집에 들어가 글을 쓰고 싶다는 것이었다. 그곳에서라면 글이 써질 것 같다는 예감은 필시 글쓰기 성과가 시원찮은 데 대한 일종의 떠넘기기였을 것이다. 글을 아무 데서나 쓰는 게 아니라는, 근거를 알 수 없는 꾸지람이 누구에게인지 모르게 일어났다. 그러면 어디서 글을 써야 하느냐는 질문은 누구에게서도 누구에게도 생기지 않았다. 나는 비어 있는 동안 그 집을 집필실로 사용할 수 있을지를 그다지 조심스럽지 않게 타진했다. 건성으로 건넨 자기 말에 대한 내 진지한 반응이 낯선 듯 중개사는 고개를 갸웃하고는 바람 빠지는 소리로 웃었다. 심각하다 못해 근엄하기까지 한 당신의 표정, 얼마나 웃기는지 알아요? 하고 묻는 듯한 웃음이었다. 내가 표정을 바꾸지 않자 그는 웃음을 거두고, 알아보지요, 비어 있으니까 뭐…… 하고는 전화기를 들었다.

주인은 방 하나를 집필실로 쓰는 걸 허락했다. 그 대신 주인이 비워달라고 할 때는 언제든지 비워줘야 한다는 단서가 붙었다. 그거야 물론 당연한 주문이었으므로 단서라고 할 것도 아니었다.

짐이 빠져나간 집은 썰렁하고 지저분하고 역겨운 냄새를 풍겼다. 그곳에 살 때는 한번도 느끼지 못했는데, 유리창과 벽지와 장판이, 이런 곳에서 어떻게 살았나 싶게 지나치게 더러웠다. 거미줄은 물론이고 심지어 곰팡이가 핀 데도 있었다. 옷장과 쏘파, 냉장고와 커튼이 빠져나간 자리에는 먼지가 가득했고, 거무튀튀한 테두리 자국이 흉측했다. 공간에 들어차 있던 짐들이, 사람까지 포함해서, 집의 추함을 가리고 있었다는 깨달음이 새삼스러웠다. 물건들이 치워진 휑한 공간은 더할 나위 없이 쓸쓸하고 궁핍해 보였다.

나는 플라스틱 테이블과 의자를 내려놓고 청소를 시작했다. 집 안 전체를 쓸고 닦으려면 너무 많은 시간이 필요했으므로, 큰어머니가 묵었던 작은방만 집중적으로 치웠다. 거의 한나절을 청소만 했다. 먼지가 입속으로 들어가고 콧속으로 스며들었다. 입술이 꺼끌꺼끌해지고 콧속이 까매졌다. 기침이 나왔다. 걸레를 여러 번 빨아서 닦고 버렸다. 벽지와 장판에 밴 냄새는 그래도 사라지지 않았다. 그것은 큰어머니의 배설물과 땀과 약, 그리고 살갗에서 떨어진 살비듬이 한데 섞여 만들어진 냄새였다. 그 냄새는 역겹지만 친근했다. 친근하면서도 역겨웠다. 나는 가게에서 방향제를 사다가 방에 뿌렸다. 레몬향이 공기 속을 떠다녔다. 레몬향은 역겹지도 않았고 친근하지도 않았다. 도시가스가 차단되어 보일러를 돌릴 수 없었기 때문에 조그만 스토브를 하나 사서 발밑에 두었다. 나는 비로소 의자에 앉아 노트북을 꺼내놓고 전원을 켰다. 이제 글을 쓴다! 글을 이제 쓴다! 선언문을 벽에 붙이는 기분으로 그 말을 몇번이나 했다. 그것은 나 자신을 향한 나의 주문이었다. 나는 이제 링에 올라가라고 종을 치고 있었다. 종소리는 머릿속에서 웅웅거리는데 몸은 좀처럼 움직이지 않았다. 나는 계속 링 바깥에 머물러 있었다. 역겹거나 친근하거나, 아니면 차라리 역겨우면서 친근해야 하는 게 아닐까, 그런 생각이 들었다. 다음날부터 방향제를 뿌리지 않은 까닭이다.

묵은 냄새가 금방 다시 살아났다. 큰어머니의 배설물과 땀과 약, 그리고 살갗에서 떨어진 살비듬이 한데 섞여 만들어낸 냄새야말로 그 방의 진짜 주인인 것 같았다. 나는 가끔 그 역겹고 친근한 냄새를 맡기 위해 벽지와 장판에 코를 대고 킁킁거렸다. 냄새는 콧구멍을 타고 깊숙이 들어와 내 안의 흐물흐물한 감각들을 빳빳하게 일으키고 다녔다. 장면이 떠오르고 이미지가 형성되고 이야기가 만들어졌다. 온몸에 분포된 숨구멍들이 광합성을 하는 식물의 잎처럼 열리고, 어떨 땐 몸이 경련을 일으키듯 떨었다. 나의 내부에 하지 않은 말들, 할 수 없었던 행동들이 아주 많다는 사실을 그것들은 일깨웠다. 가령 나는 상의도 없이 아들을 데리고 외국으로 가 돌아오지 않는 아내와 아내의 그런 처신에 대해 아무런 조치도 없을 뿐 아니라 어떤 해명도 우려도 유감도 표하지 않는 처가 어른들에게 모욕감을 느꼈다. 3층으로 올라가는 계단에 짐짝처럼 쓰러져 자고 있는 노인을 스쳐지나가던 나의 소리죽인 발걸음이 쿵쿵 소리를 내며 떠올랐다. 알아들을 수 없는 소리를 지르며 울부짖는 큰어머니가 밖으로 나오지 못하도록 문을 잠글 때 내 안에서 발톱을 세우던 악령의 흉측한 모습도 보았다. 내 안에서 그런 것들이 일깨워졌고, 살아났고, 그런 것들이 글이 되었다. 그러니까 하지 않은 말들과 하지 않은 행동들을 일깨우는 것이, 적어도 그 순간의 나에게는, 글을 쓰는 요령이었고 글의 내용이었다. 면역이 생겨 냄새가 맡아지지 않으면 일부러 밖으로 나갔다가 들어오기도 했다. 그러면 사라졌던 냄새가 새롭게 살아나고 몸의 광합성과 경련이 다시 일어났다.

　나는 좁은 방에서 거의 모든 시간을 보냈다. 처음에는 그 방에서 해가 질 무렵까지 머물며 책을 읽고 글을 쓰다 나왔다. 맥주공원에 가서 생맥주를 한두 잔 마시거나 그냥 집에 들어가 텔레비전을 보다 자거나 했다.

 나는 여름바다를 생각나게 하는 파란 플라스틱 테이블이 놓인 작은 방만 썼다. 청소를 하지 않은 거실과 안방의 지저분한 벽과 곰팡이 핀 장판과 거미줄 늘어진 천장을 보고 싶지 않았다. 내가 그런 것들과 함께 살았다는 걸 인정하기가 힘들었다. 그러나 그것들은 내가 살던 집에 나와 함께 존재한 것들이었다. 공간을 차지하고 있던 물건들이 그것들을 보이지 않게 했을 뿐이었다. 그런다고 있는 것이 없는 것이 되는 것은 아니었다. 나는 그것들과 함께 살았다는 걸 인정하지 않을 수 없었지만, 그러나 그것을 거듭거듭 확인받고 싶지는 않았다. 어느날, 조금 무료해진 나는 방 안을 몇바퀴 걸어다니다가 문을 열고 나와 무심코 안방 문을 열어보았다. 문고리를 돌리는 순간 공연한 짓을 한다는 자책의 목소리가 내부에서 들려왔기 때문에 나는 서둘러 문을 닫으려고 했다. 그런데 그 방에 있는 무엇인가가 문을 닫지 못하게 했다. 나는 반쯤 닫은 문을 다시 열고 안을 들여다보았다. 한가운데 아무리 봐도 어울리지 않는 낯선 물건이 놓여 있었다. 저것이 저기에 왜 있지…… 갑자기 머릿속이 웅웅 소리를 내며 돌았다. 납작하게 눌린 종이박스들이었다. 그것들은 몇겹으로 겹쳐서 직사각형 모양을 이루며 깔려 있었는데, 어떤 연상작용인지 담요를 펼쳐놓은 것처럼 보였다. 길이가 사람 키만해서 그렇게 보이는지 모를 일이었다. 나는 테이블을 들고 들어오던 날 안방에 그것들이 깔려 있었는지 생각을 더듬어보았다. 머릿속은 성능 떨어진 기계처럼 웅웅 소리만 요란하게 낼 뿐 좀처럼 기억을 불러내지 못했다. 심지어는 그날 안방 문을 열어보았는지도 확실하게 떠오르지 않았다. 나는 그것들이 그 방에 언제부터 있었는지도 확인할 수 없었다. 그건 꽤 중요한 문제처럼 생각되었다. 언제부터 그곳에 있었는지도 중요한 문제지만, 언제부터 있었는지를 모른다는 건 더 중요한 문제였다. 내가 들어온 다음에 생긴 것이라면, 내가 들어온 이후 언젠가부터 누군가 드나드는 사람이 있다는 뜻이 될 것이다. 그전에 생겼다면, 물론 그전부터 드나드는 사람이 있다는 뜻이 될 것이다. 그렇지만 어떻게? 혼란스러워진 나는 충동적으로 집을 나와 공터로 갔다. 꼬투리를 잡으려면 거기서부터 시작해야 할 것 같아서였다. 노인의 모습은 보이지 않았다. 키큰 감나무가 팔을 치켜들고 서 있었다. 박스들은 얼핏 보기에 그냥 아무렇게나 쌓아놓은 것 같지만 그렇지가 않았다. 박스들은 감나무 등걸에 의지하여 피라미드 형태를 이루며 올라갔다. 가로세로 교차해가며 맞물리게 쌓아올린 솜씨가 제법 정교해 보였다. 그냥 아무렇게나 쌓아올린 것이 아니라면, 나는 생각했다, 정교하게 솜씨를 부려 쌓아올린 일종의 조형물이라면, 이것은 무엇을 위한 조형물이지? 대답을 하고 싶어서 성대가 스멀스멀했다. 그러나 나는 대답 대신 그 앞에 앉아 주의 깊게 살피는 쪽을 택했다. 켜켜이 쌓인 종이박스들이 대부분 지붕 위의 기와처럼 비스듬하게 기울어 있는데 큰 우산처럼도 보이고 집처럼도 보였다. 나는 켜켜이 쌓인 박스를 들춰보았다. 박스가 차곡차곡해서 속이 잘 들여다보이지 않았다. 바닥에 닿게 빙 둘러세워진 박스들 가운데 하나를 힘들게 들추자 비어 있는 속이 보였다. 바닥에 안방과 마찬가지로 박스들이 깔려 있었다. 두툼한 겨울옷과 이불도 보였다. 실제로 그 안에 움직이는 건 없었지만, 무엇인가 떠돌아다니는 것 같아 어리어리했다. 안에서 인기척이 날까봐 두려워서 서둘러 그곳을 벗어났다. 모퉁이를 돌아가는데 긴 손이 내 뒷목을 잡아채는 것 같아 아찔했다. 나는 서둘러 방으로 올라갔다.

그날 밤 열한시가 조금 지나 방에서 나온 나는 호프집으로 향했다. 맥주공원 남자는 문단속을 하고 있었다. 벌써 문을 닫느냐고 묻자 월요일인데다가 기온이 많이 떨어져서 그런지 손님이 없다고 대답했다. 그래도 그렇지 자정도 되기 전에 술집이 문을 닫는다는 건 좀 심하지 않느냐고 따지듯 물었다. 마음씨 좋은 인상의 호프집 남자는 뒤통수를 긁었다. 나는 생맥주 한잔만 마시고 가겠다고 했다. 그는 그러라고 하고는 홀의 불을 다시 켰다. 나는 쏘시지 안주를 시키고 생맥주를 마셨다. 안주를 내왔을 때 이제 손님도 없을 것 같은데 같이 한잔하지 않겠느냐고 청했다. 가게 문을 닫고 새벽에 혼자 마신다고 했던 말이 생각나서 한 말이었다. 그는 조금 머뭇거리는 듯하더니 그럴까요, 하고는 맥주를 가져왔다. 조금 후에 일어나 간판 불을 껐다. "일은 잘됩니까?" 그가 물었다. "그럭저럭……" 내 대답은 시원찮았다. 배가 볼록하고 키가 작고 이마가 벗어진 남자가 고개를 끄덕이며 무슨 말인가를 하는데 잘 들리지 않았다. 그렇군요, 하는 것 같았지만 확실하지 않았다. 나는 무슨 말을 했느냐고 물었다. 그는 아니요, 하고 손을 내저었다. "그렇군요." 이번에는 내가 혼잣말을 했다. 그는 무슨 말을 했느냐고 묻지 않았다. 물었다면 아니요, 하고 손을 내저었을 것이다. 잠시 침묵 끝에 그는 눈이 올 것 같아요, 하고 말했다. 그럴 것 같군요, 하고 건성으로 대답하는데 그에게 미안한 마음이 생겼다. 마주앉으면 대화가 잘 이루어질 줄 알았는데, 그래서 앞자리에 앉으라고 권했는데, 자꾸만 말이 끊겼다. 무슨 말인가를 해서 대화를 이어가려고 했지만 어떤 화제도 떠오르지 않았다. 갑갑한 노릇이었다. 그건 남자도 다르지 않은 듯했다. 나는 갑자기 할일이 생각난 것처럼 서둘러 잔을 비우고 일어났다. 계산을 하는데 남자가 죄송합니다, 하고 인사했다. 나는 손을 저어 그가 죄송해할 이유가 없다는 뜻을 전했다. "제가 마지막 손님인데, 같이 나가죠. 집이 어딥니까?" 그렇게 물은 것은 무안했기 때문이다. 호프집 남자는, 저는 여기서 잡니다, 하고 말했다. 여기서요? 하는 물음이 곧바로 나도 모르게 나왔다. 그는, 뭐가 어때서요? 하는 눈빛으로 한번 쳐다보고는 말없이 탁자를 치웠다. 가족은? 하고 묻는데, 목구멍이 따끔했다. 도로 삼키고 싶었지만 이미 토해낸 다음이었다. 다행인지 불행인지 그는 못 들은 척했다. "여기서 혼자 술 마시다 쓰러져 잡니다." 그 말만 반복했다. 나는 그에게서 아내와 아들이 자기와 상의도 하지 않고 외국으로 떠나버렸다는 말을 듣게 될까봐 겁이 났다. 그렇군요, 그렇군요…… 나는 의미없는 말을 입 안에서 뱅글뱅글 돌렸다. 아침에 우연히 듣고 하루종일 흥얼거리게 되는 엉뚱한 멜로디처럼 그 단어가 집에 도착하고 잠자리에 들 때까지 계속 달라붙어 있었다.

다음날 집에서 나오면서 이불과 담요를 챙겼다. 이불 하나는 안방에 두었다. 건자재 가게에 가서 두꺼운 스티로폼 패널을 네 장 샀다. 두 장은 안방에 깔고 두 장은 내 방에 깔았다. 확신은 없었다. 그러나 예감과 징후는 확신 못지않게 추동하는 힘이 있었다. 스티로폼 위에 누우니 거짓말처럼 냉기가 올라오지 않았다. 나는 그날 밤 그곳에서 이불을 코까지 올려덮고 잤다.

그날부터 며칠씩 바깥에 나가지 않고 그 방에서 지냈다. 방을 벗어날 때는 필요한 물건의 목록을 적어서 가지고 나갔다. 커피포트와 휴대용 가스레인지와 냄비와 숟가락과 라면과 티스푼과 컵과 설탕과 휴지가 방 한쪽에 놓였다. 나는 라면을 끓여먹고 커피를 끓여 마셨다. 토스터와 과도와 씨디플레이어와 쟁반과 식빵과 옷걸이와 속옷과 양말과 일인용 쏘파가 들어왔다. 나는 빵을 구워먹고 음악을 듣고 쏘파에 앉아 책을 읽거나 꾸벅꾸벅 졸았다. 초고속 인터넷을 신청했고 신문을 구독했으며 텔레비전을 갖다놓았다. 인터넷으로 책을 주문하고 가끔 아내에게 메일을 써보내고 신문을 읽고 텔레비전을 통해 축구시합을 보았다. 아내는 답장을 보내지 않았고, 신문은 항상 시끄럽지만 조금도 새롭지 않았고, 축구시합은 시시했다. 그렇지만 나는 아무렇지 않았다. 어떤 날은 하루종일 잠만 잤다. 그래도 나쁘지 않았다. 안방에는 한번도 들어가지 않았다. 봄이 와서 테이블을 돌려준다고 해도 상관없을 것 같았다. 봄이 오면 감나무에 잎이 돋을 것이다.

어느 순간 나는 글을 쓰기 위해 그 방을 얻었다는 사실을 잊었다. 그렇다고 글을 쓰지 않았다는 뜻은 아니다. 글이 써지든 안 써지든 상관없어졌을 뿐이다. 어쨌거나 나는 그해 겨울이 가기 전에 소설을 한 편 썼다. 그 소설은 이렇게 시작한다.

"봄이 되면 돌려줘야 합니다." 다리가 접힌 채 가지런하게 세워진 야외용 플라스틱 테이블을 꺼내 먼지를 닦으며 호프집 주인이 말했다. 나는 그럼요, 하고 대답했다……

정남진행行

1

　그녀가 전화를 걸어온 시간에 나는 책장의 책들을 정리하고 있었
다. 실은 정리하는 것이 아니라 버릴 책들을 골라 박스에 집어넣는 중
이었다. 이번에 분양을 받아 옮기게 된 오피스텔은 4년 동안 살아온
전세아파트보다 다섯 평이나 좁았다. 거기다가 공용면적으로 얼마가
빠지는지 모르겠지만 실제 공간은 한참 더 좁아 보였다. 적어도 책장
하나는 버려야 쏘파 놓을 자리가 나올 것 같았다. 나는 쏘파를 버릴
것인가 책장을 버릴 것인가 고심 끝에 책장과 함께 책장 한 개분의 책
을 내다버리기로 했다. 버려야 할 책과 소장해야 할 책을 선택하는 일
이 간단치 않았다. 나는 책을 꺼내 표지를 살피고 휘리릭 책장을 넘겨
본 다음 박스에 던져넣을 것인지 책장에 도로 꽂아놓을 것인지를 빠

른 시간에 결정해야 했다. 합리적이고 일관된 기준이 있을 리 없으므로 어떤 책이 왜 선택되고 어떤 책이 왜 버려졌는지를 합리적이고 일관되게 설명할 수 없다. 나는 타성이 붙어 대충대충 판결을 하는 불성실한 재판관과 같다는 생각을 했다. 물론 진지한 성찰은 아니었고 그런 감상이 슬쩍 스쳐지나갔다는 정도이다. 이사 날짜는 두 주가 남아 있었다. 그렇지만 이삿짐을 정리한다고 회사를 빠질 수는 없는 노릇이므로 주말을 이용해서 버릴 물건들을 정리해야 했다. 이삿짐쎈터 사람들에게 알아서 골라 버리라고 할 수는 없는 일이었다.

책들이 여기저기 뒹굴고 있는 좁은 방 안에는 책갈피에서 떨어져나온 오래된 책의 비듬 같은 먼지들이 떠돌아다녔다. 나는 황사가 유난히 심했던 작년 4월의 어느날 약국에서 샀던 보라색 마스크를 꺼내 쓰고 작업을 했다. 전화기 너머의 그녀가, 목소리가 왜 그래요? 하고 물은 것은 마스크를 벗지 않고 전화를 받았기 때문일 것이다. 나는 입을 가린 마스크 한 장이 목소리를 어떻게 변질시키는가, 하는 것보다 마스크 한 장에 의해 변질된 내 목소리를 분간해내는 이 칼칼한 목소리의 주인이 누구인지가 더 궁금했다. 그러나 오래 궁금해할 필요는 없었다. 퍼뜩 떠오른 게 있어 혹시 그녀인가 하고 의아해하다가 설마 그녀일 리가 있겠나 하며 고개를 젓는 순간인데 저쪽에서 나예요, 정숙이, 하고 자기 이름을 밝혀온 것이다. 나는 그녀가 전화를 걸어올 거라는 생각을 한번도 해보지 않았기 때문에 한동안 말을 잇지 못하고 가만히 있었다. 당황했다기보다 난처했다. 왜? 하고 물어야 했지만 나는 입을 떼지 못했다. 그사이에 그녀가 잘 지내느냐고 질문했고, 그 질문은 좀 어이가 없게 들렸지만 나는 뭐, 그냥, 그렇지 뭐, 하고 얼버무렸다. 그녀가 하긴 뭐, 사는 게 그냥, 그렇지 뭐, 하고 내 대답을 따라했다.

　그녀와 헤어지고 3년 정도의 시간이 지났다. 그 3년의 시간이 뭐, 그냥, 그렇지 뭐였다. 통화를 하면 안된다는 뜻은 아니었다. 그보다 전화를 통해 할말이 있을까, 그 점이 걱정스러웠다. 시간이 흐르면 사연들은 흐릿해지고 사연에 묻은 감정들도 덩달아 지워진다. 흐릿해지고 지워진 것들을 복구하는 작업은 난해하고 또 민망하다. 내 의식의 내부에 뾰족한 경계의 가시가 돋는 걸 어렴풋하게 감지하는 순간, 그녀가 말했다. "텔레비전을 보고 있는데, 정남진이 나오지 뭐야. 천관산인가, 한반도의 정남쪽 해안이 한눈에 내려다보이는 산에서 찍었다는데 겨울 바다빛이 눈시리게 파래. 바다 위에 옹기종기 모여 있는 섬들은 또 얼마나 정겨운지. 그 섬들 가운데 하나의 이름이 가슴앓이겠지. 구불구불한 해안선을 따라 드라이브를 할 수도 있다고 하는데 근사하지 않아? 기억나? 우리 거기 가려고 했는데 못 갔잖아. 나 거기 가고 싶어. 정남진에 데려다주지 않을래?" 그녀는 엊그제 만난 사람에게 하듯 천연스럽게 말했다. 시간이 그렇게 압축될 수 있는가. 감정의 백지화를 노리고 내뱉는 듯한 그녀의 너무나 자연스러운 어투가 나를 구석으로 몰아붙였다. 3년 만에 전화를 걸어서 대뜸 무슨 이야기를 하는지 알기나 하는 거냐고 따지고 들어야 했을까. 어쩌면…… 하지만 그런다고 그녀가 다른 어법을 사용했을 거라는 생각은 들지 않는다.

　우리가 남쪽으로 함께 여행을 가려는 계획을 세웠다는 것은 사실이 아니었다. 그곳에 가고 싶어한 사람은 그녀였지 내가 아니었다. 어느 날 동창 모임에 나갔다 들어온 그녀가 정남진에 대해 말했다. "정남진이라고 들어봤어?" 나는 삼인용 쏘파에 거의 눕듯이 앉아 텔레비전에

눈을 주고 있었다. 아마 여당이 입안한 무슨 정책에 대한 여야 국회의
원 간의 재미없는 토론을 재미없게 보고 있었을 것이다. 그 사람이 누
군데? 하고 건성으로 반문하면서, 나는 '저 푸른 초원 위에 그림 같은
집을 짓고'로 시작하는 노래를 부른 남진이라는 왕년의 인기가수를
거의 반사적으로 떠올렸다. 혹시 그 사람 본명이 정남진인가? 그럴
가능성이 없지 않아 보였다. 어디선가 그런 말을 들은 것 같기도 했
다. 그렇지만 그녀는 연예인의 본명을 알게 되었다고 해서 대단한 일
인 양 떠들어댈 여자가 아니었다. 그녀가 그 가수를 좋아한다는 말을
들어본 적도 없었다. 그런데도 나는, 그 순간 떠오른, 남진이라는 가
수의 본명이 정남진일 거라는 생각이 꽤 그럴듯하게 여겨졌으므로 입
가에 장난스런 웃음을 그려붙이며 그 말을 하고 말았다. 그녀는 그렇
게 대꾸할 줄 알았다는 듯 피식 웃었다. 나도 처음엔 그렇게 생각했거
든, 하며 내 어깨를 가볍게 치기까지 했다. 그럼? 하고 되묻자 그녀는
한층 크게 웃었다. 나는 그녀의 웃음이 그칠 때까지 기다렸다. 아니,
텔레비전에서 눈을 떼지 않은 채 그녀가 웃게 내버려뒀다고 해야 맞
겠다. 사실 정남진이 누구든 별 관심이 없었으니까. '저 푸른 초원 위
에 그림 같은 집을 짓고'를 부른 가수의 본명도 관심없기는 마찬가지
였으니까. "그럼 정동진은?" 그녀가 웃음이 채 지워지지 않은 얼굴로
다시 물어왔을 때, 나는 이 여자가 오늘따라 유치하게 스무고개를 하
려고 드나, 생각하다가, 아, 그러니까 사람 이름이 아니라는 거네, 하
며 헛웃음을 웃고 말았다. 이어서 정동진은 몰라도 정남진은 처음 들
어보는데, 그런 게 있느냐고, 그러니까 정동진처럼 실제로 존재하는
지명이냐고 물을 수밖에 없었다. 그녀는 득의의 미소를 띠며 고개를
크게 끄덕였다. 광화문에서 정동쪽에 위치한 곳에 정동진이 있는 것

처럼 정남쪽에 정남진이 있다는 설명이었다. 물론 실제 지명이 정남진은 아니었다. 전라남도 장흥군 관산읍 신동3리 모래미 마을이 행정구역상의 지명인데, 얼마 전에 방위를 측정한 해당 지방자치단체에서 그곳을 정남진이라고 선포한 모양이었다.

그녀는 정남진에 대해 알게 된 사정을 이야기했다. 중학교 동창 모임에 참석한 한 사진작가가 자기 고향 이야기를 했다. 그가 서울로 전학을 오기 전 초등학교 6학년까지 살던 고향집이 돌담 하나로 바다와 경계를 이루는 바닷가에 있었다. 바닷가에서 돌을 주워 담을 쌓았는데, 파도가 자주 그 돌들을 원래 있던 자리로 돌려놓고는 했다. 그때마다 사람들은 다시 돌들을 주워 담을 쌓고, 바다는 다시 파도를 몰고와 담을 헐어내고는 했다. 사진작가는 파도가 돌담을 핥을 때는 사르락거리는 소리가 났다고 회고했다. 그녀에게는 10년쯤 선배가 되는 그 사진작가는 물과 돌이 애무를 할 때는 사르락거리는 소리가 나는 법이거든, 하고 마치 자기만 아는 성에 대한 정보를 제공하는 열몇살짜리 소년처럼 우쭐댔다고 그녀는 말했다. 파도는 길고 날렵한 팔을 돌담 위로 뻗어 마당까지 넘실대기도 했다. 폭풍우를 몰고 오는 날은 문에 발린 창호지를 적셨다. 한사리 때는 바닷물이 모래밭 위로 난 길까지 덮어버렸기 때문에 바지를 걷고 신발을 벗고 걸어가야 했다.

듣고 있던 누군가가 촌놈이 출세했군, 하고 농담을 건네자 그 사진작가가 정색을 하고 받았다. "암, 출세했지. 그런데 나만 출세한 게 아니야. 우리 고향마을도 출세를 했어. 알 수 없는 게 운명이라더니, 장흥군 관산읍 신동3리 모래미 마을, 여기가 글쎄, 요즘 제법 매스컴을 타고 있는데, 너희들 모르나? 매스컴의 혜택도 제대로 못 받으며 지내는 너희 같은 진짜 촌놈들은 아직 잘 모르는 모양인데, 내가 신발

벗고 바지 걷고 건너던 그 바닷가가 바로 정남진이란다, 정남진. 그 지역 출신 화가가 기념 조형물을 만들어 내가 돌 주워 담 쌓던 자리에다 세워놓았더라. 그 일대에 공원도 조성한다고 한다. 횟집이랑 까페, 모텔 같은 것도 만들 모양이고. 군에서는 정동진처럼 관광지로 이름이 나서 사람들이 찾아오기를 바라는 모양이야. 뭐, 거기 바다나 산이나 길이 특별하다고는 말하지 않겠다. 거기보다 경치 좋은 데는 물론 많지. 중요한 건 산천이 아니라 산천에 부여된 상징이라는 거, 그게 내가 말하고자 하는 요점이다. 거기가 말하자면 정남진, 한반도의 정남쪽이란 말이다. 한반도가 큰 나무라면 수분을 공급받기 위해 뿌리 내리고 있는 물이 그곳 바다인 셈이지. 존경하는 선배, 동료, 후배 여러분, 이 놀라운 상징을 찾아 한번쯤 차 몰고 갔다올 만하지 않은가."
그러면서 사진작가는 자기가 찍어온 몇장의 사진을 꺼내놓았는데, 바다에 떠 있는 낡은 목선과 모래밭에 불을 피우고 막 잡은 망둥이를 구워먹는 천진한 아이들의 미소와 정남진 바다가 한눈에 내려다보이는 천관산의 넓은 억새밭과 바다에 떠 있는 여러 척의 큰 배처럼 보이는 참한 모양의 섬들, 그리고 그 사이로 떠오르는 붉은 태양이 그럴듯하더라고 그녀는 말했다. 그러고는 우리도 정남진 바다 보러 가자고, 정남진 바닷길을 한바퀴 돌며 바닷바람 마시고 해수탕에 들어가 목욕하고 바다가 내려다보이는 근사한 모텔에 들어가 하룻밤 자고 오자고 요구했다. 처음엔 그냥 한번 해본 말인 줄 알고 무시했는데, 의외로 끈질기게 졸라댔다.
　그러나 나는 마음이 움직이지 않았다. 우선 거리가 너무 멀었다. 차를 몰고 고속도로와 국도를 다섯 시간이나 달려야 한다는 생각을 하자 울컥 거부반응이 일어났다. 주말을 이용해서 갔다온다고 해도 다

음날 출근 걱정을 해야 했다. 거리가 너무 멀고 시간이 많이 걸리는
건 내가 여행을 좋아하지 않고 자동차 운전 역시 싫어하는 것에 비하
면 그다지 중요한 이유라고 할 수 없었다. 여행에서 무슨 대단한 인생
의 교훈이라도 발견하는 것처럼 호들갑을 떨어대고 부추기는 자들을
나는 이해할 수 없을 뿐 아니라 신뢰하지 못할 종자들이라고 치부해
오고 있는 터이다. 그것은 인생을 유람으로 착각하는 자의 허풍이거
나 인생을 유람처럼 살고 있는 자의 어수룩한 자기합리화에 지나지
않는다는 것이 나의 소신이다. 그녀에 대한 나의 감정이 시들해진 것
도 무시하기 힘든 요인이었다. 혹시 그것이 결정적인 요인이 아니냐
고 비난기를 섞어 물을 사람이 있을지 모르겠는데, 분명히 말하지만
여행을 싫어하는 것 이상은 아니었다.

그녀가 내 아파트를 드나들기 시작한 지 1년이 넘은 싯점이었다.
나는 그녀와의 관계가 그렇게까지 발전할 줄 몰랐고, 그렇게 발전하
기를 원하지도 않았다. 술에 취해 몸을 가누지 못하는 여자를 내버려
두지 못했던 어느 여름밤의 엉뚱한 친절을 가끔 원망하곤 한다. 집으
로 들어가는 공터에 그녀는 웅크린 채 쓰러져 있었다. 나는 길거리를
떠도는 노숙자인 모양이라고 짐작하고 그냥 지나치려고 했다. 그러나
원피스에 하이힐, 팔에 끼고 있는 핸드백까지 차림새가 노숙자처럼은
보이지 않았기 때문에 멈춰서서 그 사람의 몸을 흔들었다. 뜻밖에도
젊은 여자였다. 팔을 휘저으며 무슨 말인가를 하는데, 발음이 정확하
지 않았고 술냄새도 풍겼다. 그대로 두고 가면 무슨 일이 생길지 모르
겠다는 생각이 들어서 집이 이 근처인지 묻고, 전화번호를 알려주면
연락해주겠다고 했다. 그러나 횡설수설 늘어놓는 여자의 말을 알아듣
기가 힘들었다. 나는 공연히 친절한 척 말을 붙인 걸 후회했지만 그러

나 기왕 말을 건넨 이상 내버려두고 갈 수가 없어서 난감해하고 있었다. 성가신 일을 자초하다니, 평소의 나답지 않은 처사였다. 나는 잠깐 망설이다가 112에 신고전화를 했다. 젊은 여자가 술에 취해 쓰러져 있다고 알려주고 위치를 설명한 다음 집으로 돌아왔다. 옷을 갈아입고 몸을 씻고 차가운 물을 한잔 마시고 쏘파에 앉은 시간이 열한시 삼십분이었다. 텔레비전을 틀었는데 이상하게 공터에 두고 온 여자 생각이 났다. 신고를 했으니 경찰이 파출소로 데리고 들어가 보호를 잘하겠지 하고 생각을 밀어냈지만, 만일에 그렇지 않다면 젊은 여자가 그런 곳에 쓰러져 있다가 무슨 일을 당할지 모른다는 걱정이 더 세게 밀고 올라왔다. 나는 슬리퍼를 끌고 공터로 나가보았다. 우려한 대로 여자가 그 자리에 그대로 있었다. 나는 다시 경찰을 부르려고 했지만 반바지 주머니에는 핸드폰이 들어 있지 않았다. 여자의 전화기를 쓰려고 두리번거리는데 아까 팔에 끼고 있던 핸드백이 보이지 않았다. 누군가 여자의 소지품을 들고 간 것이 틀림없다는 데 생각이 미치자 망설임이 사라졌다. 나는 여자를 등에 업고 집으로 들어왔다. 그렇게 된 것이다.

다음날, 일찍 출근을 해야 했으므로 나는 메모지에 지난밤의 사정을 간단히 적어놓고 집을 나갔다. 여벌의 열쇠를 탁자 위에 올려놓고, 문을 잠근 다음 열쇠를 우유투입구에 넣어두라는 당부와 함께. 그녀가 내 당부대로 하고 집을 나갔다면, 그리고 다시 보지 않았다면 아무 일도 일어나지 않았을 것이다. 조금 섭섭한 마음이 들었을까. 어쩌면 그랬을 수도 있다. 그래도 그 편이 나았을 거라는 생각을, 그녀가 정남진에 대해 이야기하기 전부터 하고 있었다.

퇴근하고 들어와서 혼자 맥주를 한잔 마시고 있는데 여자가 초인종을 눌렀다. 길게 기른 머리카락을 단정하게 묶은 그녀가 한손에 과일 봉지를 들고 문밖에 서 있었다. 어떻게 고맙다는 인사를 해야 할지…… 하며 고개를 숙이는데 블라우스 깃 사이로 엿보이는 목덜미가 유난히 희었다. 나는 뭘 그런 걸…… 하며 뒷머리를 긁적거렸다. 같이 술을 마신 사람들이 택시를 태워준 것까지는 기억나는데, 그다음은 깜깜해요, 택시에 타는 순간 술기운이 확 퍼졌었나봐요, 택시기사가 둔촌동을 등촌동이라고 알아들은 모양이에요, 엉뚱한 데 내려준 거지요, 하며 큰 과오라도 저질러서 용서를 구하는 사람마냥 주절주절 늘어놓는 그녀를 문밖에 세워놓을 수가 없었다. 글쎄, 그녀의 이야기를 더 들을 마음이 어쩌자고 생겼는지는 나도 모르겠다. 블라우스 깃 사이의 흰 목덜미를 목도한 사실과 아무 상관이 없다고는 말하지 못하겠다. 나는 문을 활짝 열며 들어와서 차를 한잔 하라고 했다. 인사말 정도로 듣고 거절할 수도 있는 일인데 그녀는 그럴까요, 하며 안으로 들어왔다. 그렇게 된 일이다.

그녀는 2년제 대학을 나와 유치원 교사를 6년째 하고 있었고, 원장이 되어 직접 유치원을 운영하는 것이 꿈인 스물여덟살 먹은 여자였다. 그렇지만 마음에 드는 남자가 나타나면 후딱 시집가서 집 안에 들어앉아버릴지도 몰라요, 하며 웃었다. 서울에는 연고가 없어 혼자 방을 얻어 살고 있다고 했다. 그 점은 나와 비슷했지만 그런 정도의 공통점을 무슨 대단한 인연인 양 엮으려고 한다는 인상을 주는 것이 싫었으므로 말하지 않았다. 그녀가 차를 마시고 돌아간 다음 식탁 위에 두고 간 과일 봉지를 열다가 나는 그녀가 열쇠를 돌려주지 않은 사실을 깨달았다. 열쇠를 돌려받을 길이 없었다. 나는 둔촌동에 산다는 것만 알 뿐 그녀의 주소와 전화번호를 알지 못했다. 만일의 경우를 대비해서 자물쇠를 바꿔야 하는 게 아닐까 궁리하며 일주일을 보냈다.

일주일째 되는 날 회사에서 야근을 마치고 자정 무렵 들어왔는데 그녀가 내 아파트의 쏘파에 앉아 꾸벅꾸벅 졸고 있었다. 문을 따고 들어가는 나에게 눈을 비비며 왜 이렇게 늦었어요, 하는 그녀의 목소리가 어찌나 자연스럽던지 나는 황당한 기분을 표현하지도 못했다. 주인인 나보다 더 주인 같았다고 할까. 이상하긴 했지만, 무엇 때문인지 견딜 수 없을 정도는 아니었다. 은근히 그런 예감이나 기대를 하고 있었던 것 같은 생각도 들었는데, 이를테면 그녀 옆에 앉으며, 하루만 늦었어도 못 들어왔을 거예요, 왜냐하면 내일은 자물쇠를 바꿀 작정이었거든요, 하고 느물거린 것이 그 증거라고 할 수 있다. 실제로 다음날 열쇠를 바꿀 작정을 했었는지는 확실치 않다. 그녀와의 이른바 연애라는 것이 그런 식으로 시작된 셈이다. 데이트도 없고, 가끔 내 방에 와서 자고 가는 것이 전부인 그런 걸 연애라고 할 수 있을지는 모르겠지만 말이다.

그녀는 달랐겠지만 나는 그런 정도의 인간관계가 편했다. 내가 끔찍이 싫어하는 것이 애인의 비위를 맞추기 위해 마땅찮아하면서도 주말여행을 가거나 내키지 않는 영화를 하품을 하며 보거나 찻집에 앉아 멀거니 마주보다가 지루함을 덜기 위해 퍼즐 맞추기나 숨은그림찾기 같은 한심한 놀이를 하는 위인들이다. 내 눈에는 순전히 시간 때우기로밖에 보이지 않는 그런 짓을 하면서 그 바보들은 자기들이 사랑을 하고 있다고 착각한다. 보통 어처구니없는 일이 아니다. 감정과 책임의 최소화, 그것이 내가 우정이든 애정이든 사람들과 관계를 맺으면서 자신의 독립성을 잃지 않는 길이라고 내세우는 방법이다. 그리고 그것이 내가 비인간적이고 이기적이라고 비난받는 이유이기도 하다. 그런 비난은 나를 자극하지 않는다. 나는 내가 그런 사람이라는 걸 알고 있고, 그런 사람이라는 사실에 일종의 자부심까지 느끼고 있기 때문이다. 함께 쇼핑하자는 제안과 기차를 타고 교외로 나가자는 제안을 거부했을 때도 순순히 받아들이던 그녀가 생일날 꽃선물을 요구했다가 거절당하자 얼굴을 일그러뜨리고 그 말을 했다. "당신은 참 비인간적이고 이기적인 인간이야." 나는 부인하지 않았고 자극도 받지 않았다. 그런데도 그녀와 나의 연애가, 시시껄렁한 채로나마, 지속될 수 있었던 것은 그녀가 인간적이고 이타적이었기 때문일 것이다. 아니, 어쩌면 그녀 역시 비인간적이고 이기적이었기 때문일지 모른다는 생각을 나는 가끔 한다. 그녀는 나의 비인간성과 이기주의를 견디는 척했지만, 어쩌면 그것의 다른 측면, 그러니까 불간섭과 자유를 즐기고 있었는지 모른다. 예컨대 무관심은 견디기 힘들지만 불간섭은 그렇지 않은 것이다. 관심이 간섭의 근거, 심지어는 간섭을 위한 구실이라는 건 새삼스럽게 말할 필요가 없다. 나는 무관심했지만 간섭도 하지 않았다. 그녀가 나의 무관심을 짜증스러워했을지 모르지만 불간섭은 반겼을 거라고 생각하면 불편하지 않다. 가령 그녀는 며칠씩 내 방에 머물기도 했지만, 한 달이 다 되도록 전화 한통 걸어오지 않은 적도 있었다. 이 역시 이기주의자의 자기합리화 내지 억지라는 지적 또한 나는 받아들인다.

그녀와 나 사이의 관계라는 것이 얼추 그러하였으므로 다섯 시간도 더 걸린다는 남쪽 끝 바다를 보러 가자는 그녀의 제안은 자연스러운 것이 아니었다. 그만큼 간절하다는 뜻일 수도 있지만(그런데 무엇 때문에 그렇게 간절하지?), 안될 줄 알면서 그냥 푸념 삼아 해본 말일 수도 있었다. 혹시 나를 시험해보겠다는 의미였다면, 물론 그런 가능성도 완전히 배제하긴 어렵지만, 그녀는 둔하거나 끈질기거나 둘 중 하나라고 말할 수밖에 없다. '여태' 시험하는 중이라면 둔한 것이고, '그럼에도 불구하고' 미련이 남아 그러는 것이라면 끈질긴 것이라고 할 수밖에. 나로서는 못 들은 척하는 것이 상책이라고 판단했다. 그것이 그녀에게 각인된 평소의 내 성격에 부합하는 반응이었다. 그녀는 사진작가가 찍어서 보여주었다는 사진에 대한 설명을 꽤 길게 했지만 내 마음은 한결같이 무덤덤했다. 그 사진들 중에 바다에 떠 있는 쌍봉낙타의 등을 연상시키는 조그만 돌섬이 있었다. 그 섬 이름이 '가슴앓이'라고 한다는 말을 듣는 순간 나는, 에이 설마하니 섬 이름이 가슴앓이일라고…… 하며 비웃듯이 웃었다. 그러게, 나도 그랬지만 다른 사람들도 농담하지 말라는 반응을 보이긴 했어, 하고 그녀가 이야기를 계속했다. 동창들이 섬 이름에 끼어든 농담기를 빌미로 이제까지 그가 한 모든 이야기를 불신하겠다는 의중을 드러내자 사진작가는 그 어느 때보다 진지한 표정을 지으며, 자기도 무슨 섬 이름이 가슴앓이일까 싶었다고, 그렇지만 사실인 걸 어떡하느냐고 되받았다. "어렸을 때 어른들이 부르는 대로 아무렇지도 않게 가슴앓이라고 불렀어. 가슴앓이로 놀러 갔을걸요, 안개가 많이 끼어서 가슴앓이가 통 안 보이네, 하는 식으로…… 그러면서도 이상하다는 생각을 하지 않았는데, 웬만큼 큰 다음에 문득 그게 이상하게 여겨지긴 하더라. 가슴앓이라니, 섬에 어떻게 저런 이름이 붙었을까……" 그런 비범한 이름이 붙여진 데 어떤 사연이 있을 것 같아 고향 친척어른들에게 물어보았지만 누구 한 사람 시원스럽게 대답해주지 않았다고 했다. 글쎄, 내가 아주 어릴 때부터 그렇게 불렀으니까, 하거나 여자 가슴처럼 생겼잖아, 볼록한 봉우리가 두 개고…… 정도였다. 둥그스름하고 볼록한 모양이 여자 가슴을 연상시키긴 했지만 그렇다고 가슴앓이라고 이름 붙였을 거라는 가정은 무리가 있었다. 여자 가슴은 형상이지만, 가슴앓이는 증상인 것이다. 그런데 이번에 그곳을 정남진으로 조성하면서 그 지역 문화단체 회원들이 가슴앓이섬 이름에 얽힌 내력을 탐구하고 있다고 했다. 나는, 기껏해야 꼭 데리러 오겠다는 약속을 하고 배를 타고 떠난 사내를 기다리는 가련한 여자가 한명 등장하겠지, 하고 속으로 이죽거렸다. 그 외롭고 가련한 여자가 바다만 바라보며 남자를 기다리다가 가슴에 병이 생겨 죽었다는 껄렁한 전설이나 하나 건져내겠지. 그런 거야 흔하지 않은가…… 그 지겨운 통속, 하고 속으로 비아냥거리고 있는데, 그녀가 정남진 바다에 떠 있는 그 기묘한 이름의 돌섬을 보러 혼자서라도 가겠다고 유난스레 고집을 부렸다. 그러거나 말거나 나는 대꾸하지 않았다. 그녀는 그냥 해본 소리가 아니라는 걸 증명이라도 하려는 듯 이튿날은 여행가방을 들고 나타났다. 나는 여행을 갈 마음이 없기도 했거니와 일박이일짜리 국내여행에 무슨 여행용 가방이란 말인가, 짜증이 났다. 만사가 귀찮다는 생각도 들었다. 그녀는 자기 옷가지가 들어 있는 가방에 내 옷을 챙겨넣었다. 그 모습이 마치 시위를 하는 것 같았지만 나는 웃기만 했다.

"말해봐. 그때 우리가 헤어지지 않았으면 정남진에 같이 갔을까. 말해봐." 그녀는 우울한 목소리로 그렇게 물었다. 연기를 하는 것 같지는 않았다. 그렇다면 기억이 안 난다는 뜻인가. 말해보라니. 뭘 말해보라는 말인가. 정남진에 가는 문제가 발단이 되어 아슬아슬하게 이어져오던 껄렁한 연애를 끝냈던 것인데, 헤어지지 않았다면 정남진에 같이 갔을까,라는 의문문이 어떻게 성립할 수 있는가. 원인과 결과를 뒤집어놓은 문장이 아닌가. 정남진 이야기를 꺼내지 않았다면 우리가 아직 헤어지지 않았을까, 하고 묻는 것은 가능하다. 그런 물음에 대답하기 위해 진지하게 고민해야 하는지는 모르겠지만, 어쨌든 질문의 형식적 요건은 갖추었다고 할 수 있다. 그렇지만 헤어지지 않았으면 정남진에 같이 갔을까,는 옳은 문장이 아니다. 나는 통화를 하면서 버릴 책들을 책장에서 빼내어 박스에 넣는 작업을 계속했는데, 어떤 대꾸를 해야 할지 몰라 잠자코 듣기만 했다. 그녀는 그녀답지 않게 정남진 여행에 집착했었다. 혼자라도 가겠다는 호언은 그야말로 호언이었고, 틈만 나면 정남진과 가슴앓이를 노래부르며 같이 여행가자고 졸라댔다. 그런 종류의 엉겨붙음에 내가 심한 거부반응을 보인다는 걸 누구보다 잘 아는 그녀가 그런 태도를 보였다는 건 다분히 고의적이라고 할 수밖에 없는데, 지금 생각해보면 그 여행을 어떤 전환점으로 삼고 싶었던 것이 아닌가 하는 생각이 든다. 이를테면 지금까지의 연애의 방식을 바꾸는 어떤 계기 같은 것. 여차하면 돌을 던질 각오를 하고, 혹은 돌을 던질 기회를 잡기 위해 부러 결정적인 위기를 자초하는 불리한 바둑기사와 유사한 심리상태에 있지 않았을까. 파국을 맞이하더라도 더이상 현재의 상태를 감당하지는 않겠다는 의지. 그리하여 파국이 왔다. 그러나 돌을 던진 사람이 그녀였는지 나였는지는 잘 모르겠다. 나는 엉겨붙고 칭얼거리는 관계를 원치 않는다고 차갑게 말했고, 누구의 강요도 간섭도 받지 않겠다고 선언했고, 더이상 내 방에 찾아오지 않기를 바란다고 통보했다. 그녀는 온힘을 다해 내 뺨을 때리고 울면서 나갔다. 나는 다음날 바로 현관의 자물쇠를 바꿔버렸다. 그것이 3년 전의 일이었다.

그런데 불쑥 다시 전화를 걸어서 정남진에 가자고 한다. 3년 전에 그랬던 것처럼. 3년의 시간을 맥주캔처럼 찌그러뜨리고 아무 일도 없었다는 듯이. 내가 어떻게 할 수 있을까. "그곳에 가면 살 수 있을 것 같아. 그곳에 가서……" 그녀의 목소리가 턱없이 간절해지려고 했기 때문에 나는 전화기를 귀에서 떼고 가만히 폴더를 닫았다. 그리고 하던 일을 계속했다.

2

영안실에 가서 직접 향 피우고 두 번 절하고 돌아왔는데, 바로 그 사람, 이미 죽은 사람인 영정의 주인 이름이 핸드폰 액정에 발신자로 뜬다면 어떤 기분일지 생각해본 적이 있는가. 경험해본 사람은 알겠지만 뭐라고 말할 수 없는 기묘한 감정상태에 한동안 빠져 있게 된다. 더구나 전화가 걸려온 시간이 바로 매장이나 화장을 한 날 밤이라면 어떻겠는가. 죽은 사람이 저승 가는 길이 심심하니 말동무라도 하자고 불러낸 것 같은 섬뜩함에 머리카락이 곤두서지 않을까.

전화벨이 울렸을 때 나는 날이 밝으면 이사를 해야 했으므로 늦게까지 버릴 짐과 가지고 갈 짐에 대한 분류를 마치고 슬그머니 잠 속으로 빠져들려는 참이었다. 무심코 전화를 받기 위해 폴더를 열다 말고 송장처럼 굳어졌다. 슬그머니 잡아당기던 잠이 놀라서 화닥닥 달아나는 듯했다. 실수라면 전화기 내의 전화번호부에서 망자의 이름을 지우지 않은 것이다. 전화번호부야 언제든 지울 수 있는 것이지만, 장례를 치른 당일은 아니라고 나는 생각한다. 그러니까 내가 실수했다고 할 수도 없다. 나는 전화벨이 열 번 이상 울릴 때까지 그 이름을 멀거니 바라보고 있었다. 망자의 이름은 어서 오라고 재촉이라도 하듯 부르르 몸을 떨며 떠올랐다가 사그라지고 그랬다가 다시 떠오르고 했다. 겨우 폴더를 열고 전화기를 귀에 가져다대었는데 흐느낌 소리가 들려왔다. 나는 침을 삼키고 숨을 몰아쉬었다. "그 사람, 내가 죽였어요. 내가 죽인 거예요. 내가 죽인 거나 마찬가지예요." 흐느낌에 섞여 들린 목소리를 나는 기억해냈다. 그러나 죽은 사람의 핸드폰을 이용해 전화를 걸어온 작자의 파렴치함에 먼저 분개하는 마음이 생겼기 때문에 그의 격앙된 감정이나 자책하는 말의 내용에 신경쓸 겨를이 없었다. 시계를 보니 새벽 한시 이십분이었다.

이틀 전 그녀의 죽음을 알려준 사람이 그 남자였다. 모르는 사람이었다. 정남진에 데려다달라고 전화를 걸어온 것이 며칠 전인데 죽었다니, 믿어지지 않았다. 나는 장난전화일 거라고 단정하고 그냥 끊어버리려다가 그녀의 이름을 알고 있다는 게 걸려서 떠보는 기분으로 왜 어떻게 죽었다는 건지 물었다. "혈압이 높았습니다." 착 가라앉은 남자의 음성은 언뜻 매우 사무적으로 들렸는데, 감정을 힘들게 억누르고 있는 것 같기도 했다. 그녀의 혈압이 높다는 것은 모르고 있었다. 하기야 그녀에 대해 아는 게 별로 없긴 했다. 거기다가 3년 전에 헤어진 여자였다. 나는 좀 어이가 없어서 혈압이 높다고 사람이 죽느냐고 물었다. 남자는 돌연사였습니다, 하고 짧게 대답했다. 아닐 수도 있지만, 긴 대화를 피하고 싶어한다는 인상을 주었다. 하긴 부음을 전하면서 쓸데없이 길게 통화를 할 까닭이 없었다. 나는 그녀와 어떤 사이인지 묻지 않았고, 나를 어떻게 알고 연락을 하느냐고도 묻지 않았다. 그녀였다면 자기의 죽음을 나에게 알려왔을까, 하는 생각을 잠깐 하긴 했다. 그럴 것도 같고 그러지 않을 것도 같았다. 대답이 쉽게 나오지 않았다. 통화를 끝낸 뒤 나는 또 그녀가 누워 있는 영안실에 찾아갈 것인지 말 것인지를 꽤 심각하게 고민했다. 그 역시 대답이 쉽게 나오지 않았다. 그녀의 영정 앞에 고개 숙이고 있는 내 모습이 여간 어색하게 느껴지지 않았다. 무엇 때문에 갑자기 죽어가지고 사람을 이렇게 고민스럽게 하는가, 하고 투덜거리기도 했지만, 사실 가당찮은 투정이라는 건 나도 모르지 않았다.

이삿짐을 싸는 작업을 하면서 오랫동안 들여다본 적 없는 침대 밑으로 머리를 집어넣지 않았다면, 거기서 붉은색 줄무늬의 여행용 가방을 발견하지 않았다면, 그 가방을 열어보지 않았다면, 그 속에서 잘 개켜진 그녀의 옷들, 청바지와 셔츠, 그리고 몇벌의 속옷을 보지 않았다면, 그리고 그 순간 정남진에 데려다달라는 그녀의 목소리가 여러 차례 반복해서 쟁쟁하게 들리지 않았다면 아마 그녀의 빈소에 가지 않고 버텼을 것이다. 그러나 가지 않고 버틸 수 없었으므로 그녀가 누워 있는 영안실로 찾아가 향 피우고 두 번 절했다. 고개를 들어 웃고 있는 그녀의 사진을 보았다. 3년 전과 다름없는 얼굴이었다. 나는 알 수 없는 자괴감에 내몰려 서둘러 고개를 돌렸다. 영안실 안은 쓸쓸할 정도로 썰렁했다. 탈진한 모습으로 앉아 있던 검은 상복의 남자가 내가 들어가자 조용히 일어나 고개를 숙일 뿐이었다. 푹 꺼진 볼과 가느다란 턱선과 윤기없는 얼굴이 전체적으로 초췌한 인상을 풍기는 남자였다. 눈가의 주름은 삼십대 후반 정도로 어림하게 했다. 무엇 때문인지 모르겠지만, 나에게 전화를 걸어 그녀의 부음을 알려준 남자일 거라는 생각이 들었다. 역시 무엇 때문인지 모르겠지만, 남자도 내가 누구인지 알고 있을 거라는 생각이 들었다. 그런 생각 때문인지 조용한 표정의 안쪽에서 눈을 날카롭게 뜨고 나를 노려보는 것 같기도 했다. 그러나 그것이 전부였다. 나는 되도록 빨리 영안실을 벗어나 속도를

내며 달리는 자동차들로 시끄럽고 간판 불빛들로 현란한 세상 속으로
들어갔다. 계단을 올라갈 때 그 남자가 쫓아와 나를 불러세울 것 같은
예감이 들었지만 그런 일은 일어나지 않았다. 무엇 때문인지 마음이
불편해서 곧장 집으로 가지 못하고 거리를 쏘다니다가 몇잔의 소주를
안주도 없이 혼자 마시고 들어가 쓰러져 잠들었다.

  그리고 고작 이틀이 지났다. 그녀의 몸은 어딘가에 묻혔거나 납골
당에 안치되었을 것이다. 새벽 한시가 넘은 시간에 전화를 걸어서 이
작자는 도대체 무슨 이야기를 하는 것인가. 무엇보다 이제 이 세상에
없는 사람의 전화기를 사용해서 전화를 건 작자의 태도가 못마땅했
다. 그것은 그녀에게나 나에게나 무례하고 부주의한 태도였다. 나는
그가 잠깐 호흡을 가다듬느라 흐느낌을 멈춘 틈을 비집고 그 사실을
지적했다. 나는 그녀의 전화기도 같이 묻거나 불에 태웠어야 한다고
까지는 말하지 않았다. 하지만 고인의 목소리가 수도 없이 담겨 있을
전화기를 사용하는 것은 신중하지 않은 것 같다는 내 말은 상대방에
게 신중하게 들리지 않았다. 그는 자기 감정에 잠겨 있었다. 내가 죽
였어요, 내가 죽인 거나 마찬가지예요,를 되풀이하는 남자는 술을 마
신 것이 틀림없었다. 이 남자가 그녀의 애인이거나 남편이라면, 그녀
가 어떤 식으로 죽었든, 남겨진 자가 느끼는 모종의 자책과 회한으로
부터 자유로울 수 없으리라는 건 이해가 갔다. 너무나 뻔한 이야기.
아무리 훌륭한 산 사람도 훌륭하지 않은 죽은 사람에게 떳떳할 수 없
다. 그러나 그것은 어쩔 수 없는 것이다. 어쩔 수 없는 것은 어떻게 해
도 어쩔 수 없다. 그러니까 그 남자는 그냥 흐느껴야 하고, 나는 그냥
내버려두어야 한다. 내가 그의 넋두리 상대가 된 것은 공교로운 일이
고, 그것조차 어쩔 수 없는 일이라고 할 수는 없지만, 비록 시시하고

늘 삐걱거리는 연애였다 하더라도 그녀와의 1년 남짓한 인연을 감안하면 이 정도는 감당해야 한다고 나는 마음을 다잡아먹었다. 남자가 쏟아낼 번잡한 사연 속에 휘말리지 않고 내 무신경을 보호하려는 나름의 속셈이 그런 식으로 이타주의의 껍데기를 불러내고 있었다. 나는 매우 형식적으로 마음이 괴로울 줄 안다고 한마디했다. 나는 위로가 받아들여지면서 동시에 나의 형식적인 태도도 읽히기를 바랐다. 나의 형식적인 인사가 남자의 넋두리를 줄이는 쪽으로 작용하기를 기대했다. 그러나 나의 기대는 충족되지 않았다. 내 말이 끝나기 무섭게 남자가 알긴 뭘 알아, 하고 일갈하는 바람에 정신이 번쩍 들었다. 사실 그의 말이 맞기는 했다. 그렇다고 맞습니다, 실은 모릅니다, 할 수는 없는 일이었으므로, 그리고 약간은 언짢은 기분이 들었으므로 나는 대꾸하지 않고 가만히 있었다. 조금만 참고 더 들어주자. 그런 심정이었다. "그 사람이 정남진에 같이 가자고 당신에게 전화했지. 아니면 당신이 전화를 한 건가." 남자는 마치 이를 가는 것처럼 말했다. 나는 대꾸하지 않았다. "아니지, 당신이 요구한 게 아니야. 그 사람이 요구했는데 당신이 거절했지. 당신이 어떻게 거절할 수 있지?" 남자가 몸을 부르르 떠는 모습이 눈앞에 보이는 듯했다. 나는 심상치 않은 기운을 느꼈다. 무슨 이유인지는 모르지만, 나에게 원한을 품고 있는지 모르겠다는 생각이 들었고, 만일 그렇다면 그 원한은 빗나간 것이라는 생각이 이어서 들었다. 나는 대꾸하지 않았다. "그 사람은 정남진 바다를 보고 싶어했지. 몸이 약해지고 우울증에 시달리면서 더 그랬어. 어떨 때는 가슴이 아프다고 하고 어떨 때는 복통이 너무 심하다고 하고 어떨 때는 머리가 부서질 것 같다고 했어. 아픈 데가 거의 날마다 여기저기로 옮겨다녔어. 자주 체하고 걸핏하면 토하기도 했지. 병원에서는 뾰족한 처방을 내놓지 못했어. 우울증부터 치료해야 합니다, 그 정도였어. 그 사람은 바다를 보고 싶다고 했어. 모르지, 정말로 보고 싶어했던 것이 바다인지 아니면 다른 무엇인지. 당신은 정남진 바다를 보고 싶지 않았던 모양이군." 남자는 이제 울먹이지 않았다. 이를 가는 것 같지도, 몸을 떠는 것 같지도 않았다. 그가 하는 말이 한결 선명하게 전달되었다. 나는 남자가 의식의 균형을 찾아가는 것 같아 불안했다. 그 대신 내가 의식의 균형을 잃게 될까봐 걱정스러웠다. "중요한 것은 그 사람이 당신과 함께 그곳에 가고 싶어했다는 거지. 다른 누구도 아니고 바로 당신. 나를 견딜 수 없게 한 건 그 사람이 바다를 보러 가자고 당신에게 전화한 일이 아니야. 그렇게 거기에 가고 싶으면 내가 데려다주겠다는데도 그 사람이 거부한 거지. 나는 화를 냈어. 참을 수 없었으니까. 나를 거부하다니…… 당신이 어떻게 나를, 당신이 어떻게 나를…… 내가 그 사람에게 어떻게 했는지 공치사를 늘어놓을 생각은 없어. 그거야말로 치졸하고 창피한 일이지. 나는 그저 그 사람을 누구보다, 심지어 나 자신보다 사랑했던 것뿐이야. 그것만은 말하고 싶어. 그런데도 그 순간에는 그 사람을 이해할 수도 없고 용서할 수도 없을 것 같았어. 산책을 하고 들어오는 길이었는데 화가 난 나는 이성을 잃고 그 작자에게 가버리라고 소리질렀어. 그러고는 골목길에 그녀를 내버려두고 먼저 집으로 들어와버렸지. 아마 욕도 했었던 것 같아. 그때는 내가 화를 내는 것이 당연하고 마땅하다고 생각했어." 남자의 목소리는 다시 균형을 잃어갔다. 버럭 소리를 질렀다가 긴 한숨을 내쉬었다가 속으로 잦아들어가는 소리를 냈다. 곧 울먹임이 가세할 거라는 예감이 들었다. 남자가 다시금 의식의 균형을 잃어가는데도 내 속의 불안은 사라지지 않았고, 내 의식이 균형을 잃을지 모른다는 걱정도 해소되지 않았다. 나는 조마조마하게 버티고 있었다. 몇번인가 그냥 전화기의 폴더를 닫아버릴까 고민했지만 액정에 떠 있을 그녀의 이름이 그러지 못하게 했다. "그 사람은 따라들어오지 않았어. 평소에도 혼자서 산책을 하거나 찻집에 멀거니 앉아 있는 걸 좋아했으니까 신경쓰지 않았지. 그러거나 말거나 하는 심사이기도 했고. 그런데 조금 시간이 지나니까 마음이 편하지 않아. 불길한 예감도 들고. 그때까지 당연하고 마땅하다고, 심지어 의롭다고까지 생각했던 내 분노가 갑자기 부당하고 불의하게 여겨져서 견딜 수 없었지. 그길로 뛰어나갔는데……" 남자의 목소리에 마침내 울먹임이 섞였다. 나는 그가 쏟아내는 감정의 아귀에 붙잡히지 않으려고 애쓰면서 주변을 둘러보았다. 걸려들면 안된다. 감정과 책임의 최소화. 안정감있는 거리의 유지. 나는 나에게 주문을 걸었다.

 방 안은 엉망이었다. 침대가 있는 공간만 빼놓고 자질구레한 짐들이 여기저기 어지럽게 널려 있었다. 저것들이 다 어느 구석에 처박혀 있었던 것일까. 정리한다고 꺼내놓으니까 어디에 있었는지도 모를 물건들이 방 안을 가득 채워서 발을 옮기기도 힘들었다. 버린다고 버렸는데도 그랬다. 그 순간, 무심을 가장한 내 눈길에 하필이면 그 붉은 줄무늬 여행가방이 들어왔다. 가방은 벽에 기대 쌓아놓은 책더미와 무엇이 들었는지 짐작할 수 없는 라면박스와 녹색 유리판이 덮인 탁자 사이에 버려진 아이처럼 웅크리고 있었다. 나는 보면 안될 것을 본 사람처럼 재빨리 고개를 돌렸지만, 그러나 나의 시선은 이미 자유로울 수 없는 상태였다. 나는 그 안에 무엇이 들어 있는지 보아버린 터였다. 이틀 동안 꽤 많은 물건들을 내다버리면서 나는 그 가방을 어떻게 할 것인지 꽤 심각하게 고민했다. 다른 물건들을 내다버리기 위해 밖으로 나갈 때마다 한번씩 여행가방에 눈길을 주었다. 짐을 버리고 올라오면서는 다음번에는 가방을 들고 내려가야지 하고 마음을 먹었다. 그러나 번번이 한참 동안 노려보다가 그냥 돌아서기만 했다. 그렇다고 다른 이삿짐들과 함께 새집으로 가지고 들어갈 수도 없는 노릇이었다. 그러면 안될 것 같았고 그러고 싶지도 않았다. 3년 전에 그녀가 싸둔 여행용 가방은 버릴 수도 없고 가지고 갈 수도 없는 애물단지가 되어 있었다. "쓰러지면서 돌부리에 부딪혀 뇌혈관이 터졌다고 하데. 지나가던 사람이 신고를 해서 구급차가 왔는데 살아나지 못했어. 내가 죽인 거지. 내가 죽게 한 거지. 정남진이 어떻고 가슴앓이가 어떻고 하며 애매하게 돌려 말하지 말고, 그 작자에게 가버리라고 소리지르고 욕을 하고 상처를 주었지. 그 사람은 늘 저만큼 멀리 있었어. 눈을 보면 알 수 있지. 다른 생각을 하고 있다는 걸. 그 사람을 안을 때도 껍데기를 안고 있다는 생각을 떨쳐버리지 못했어. 그럴 때마다 마음이 찢어지는 것 같았지. 그 사람은 나를 사랑했을까…… 그런데 당신은 왜 정남진 바다가 보고 싶지 않았지? 어떻게 보고 싶지 않을 수가 있었지? 어떻게 그 사람의 청을 거절할 수가 있었지?" 남자의 말은 흐느낌에 파묻혀서 잘 전달되지 않았다. 그리고 나는 이미 그 남자의 말을 듣고 있지 않았다. 아니, 더이상 그 남자의 말로 듣고 있지 않았다고 해야 옳을 것 같다. 내 안에서 우러나오는 목소리이거나 그녀의 목소리이거나. 어쨌든 그 남자의 목소리는 아니었다.

우려하던 일이 일어났다. 오랫동안 잘 유지해오던 견고한 비인간성과 튼튼한 이기주의의 댐이 넘실대는 물결을 막아내지 못했다. 나는 뚜렷한 근거도 없이, 그 물결은 정남진 바다에서 출렁이는 그 물결이라고 단정했다. 나는 내가 무슨 일을 해야 할지 잘 알고 있다는 걸 알았다. 지체할 이유가 없다는 것도. 전화기를 침대 위에 내려놓은 채 붉은 줄무늬 여행가방과 자동차 키를 들고 집을 나섰다. 남자는 계속해서 무슨 말인가를 흐느낌 속에 섞어넣고 있었다.

자동차 문을 열고 운전석 옆에 가방을 내려놓았다. 가방에서 청바지와 셔츠 한 벌을 꺼내 그 위에 올려놓았다. 실내등을 켠 다음 지도를 핸들 위에 놓고 들여다보았다. 정남진이라는 지명은 눈에 띄지 않았다. 기억 속을 휘젓자 전남 장흥군까지 떠올랐다. 나는 볼펜으로 장흥군에 동그라미 표시를 했다. 안전벨트를 매고 시동을 걸었다. 계기판 옆의 시계가 한시 사십오분을 가리키고 있었다.

풍장
——정남진행2

그 사내를 바닷가에서 다시 만나게 되리라고는 생각하지 않았다. 한 시간 뒤에나 버스가 있다고 해서 읍내 거리를 어슬렁거리고 있는데, 서울 번호판을 단 승용차가 내 앞에 와 멈춰섰다. 젊은 남자의 얼굴이 유리문 밖으로 나오더니 정남진 가는 길을 아느냐고 물었다. 나는 고개를 저었다. 그 지명은 낯설었다. 읍소재지에서 오 킬로미터나 떨어진 바닷가 마을에서 열세살까지 살았을 뿐인 나에게 읍내는 물론 읍내의 다른 마을도 낯설긴 마찬가지였다. 더구나 몇십년 만의 고향 길이니 누구에게 길을 묻는다면 모를까 가르쳐줄 처지가 아니었다. 나는 사내가 그런 나의 입장을 이해하고 다른 길안내자를 찾아 떠나기를 기대했다. 그런데 어쩐 일인지, 혹시 내 얼굴에 그 지역 사람 특유의 어떤 표정이 어려 있었는지, 만일 그렇다면 도시에서 보낸 그 긴 세월이 출생지의 흔적을 바꾸지 못했다는 뜻이고, 그것은 정말 끔찍한 일이지만, 그 사람은 한술 더 떠서 반으로 접힌 커다란 지도를 유리문 밖으로 내보이며 한 지점을 짚었다. 그러나 나는 이미 외지인에게 길을 가르쳐줄 입장이 아니라는 사실을 스스로 확인한 다음이었고, 따지자면 나 역시 외지인에 다름아니었고, 따라서 더이상 무의미한 접촉을 지속할 이유가 없다고 판단했으므로 사내가 내미는 지도를 보지도 않고 손을 저어버렸다. 상대는 좀 무안해하며 유리문을 올렸는데, 그때 살짝 스쳐본 그의 얼굴이 꽤나 심란했다. 순간 가슴 한쪽이 뜨끔했다. 무엇 때문인지 모르겠으나 내 얼굴이 그 사람의 목 위에 붙어 있는 것을 본 듯했다. 알 수 없는 힘에 무기력하게 끌려 그곳까지 간 심사가 아무렇지 않을 수 없었다. 도저히 저항할 수 없거나 저항할 방법을 모르겠는 것이 아니라, 어디에 저항해야 하는지 알 수 없다는 쪽이었다. 사내의 상태도 나와 같았을까.

"네 아버지 계신 데를 알아봐라." 어머니는 그렇게 말했다. 여러 날 소화가 안돼 토하기만 하다가 병원에 입원한 지 사흘째 되는 날 저녁이었다. 부쩍 기력이 쇠해지긴 했지만, 그래도 그렇지 어떻게 헛말을 하는가 싶어 덜컥 겁이 났다는 게 그 순간의 솔직한 심정이었다. 아버지라니. 믿을 수가 없어서 뭐라고 했느냐고 머뭇머뭇 묻는데, 어머니는 그사이에 두 눈을 꼭 감고 침묵 속으로 들어가버렸다. 더는 할말이 없다는 듯. 아니면 더 말하지 않아도 이미 알아듣지 않았느냐는 듯. 나는 미심쩍은 마음을 가라앉히며 병실을 나왔다. 다음날 다시 그 말을 하지 않았다면 어머니가 헛소리를 한 게 틀림없다고 치부해버렸을 것이다. "네 아버지 계신 자리 말이다⋯⋯" 이번에도 발음이 또렷했고, 그러나 이번에는 말을 끝내놓고도, 눈을 사선으로 비껴뜨긴 했지만 감지는 않았다. 아버지요? 하고, 마치 그런 단어를 처음 듣는다는 듯 의심이 가득한 눈빛을 짓고 바라보자, 그래, 네 아버지 말이다, 하고 확인까지 시켰다. 네 아버지,라는 말을 들을 때 팔뚝에 돋아나기 시작한 소름이 온몸으로 빠르게 퍼져나갔다. 아무렇지도 않은 얼굴을 하고 있는 어머니를 이해하기가 힘들었다.

한 시간을 기다려 올라탄 버스 안에서는 그 사내를 잊어버렸다. 버스에는 장터에 갔다오는 차림의 아낙들과 중학생으로 보이는 학생들 몇명이 타고 있었다. 그럴 리가 없다고 생각하면서도 나는 누가 알은체를 하며 말을 붙여올까봐 누구와도 눈을 맞추지 않고 마치 골똘히 생각할 일이 있는 사람처럼 창밖만 바라보았다. 중학생들은 무시해도 되었지만, 시골 아낙들이 쓸데없이 호기심을 내비칠까봐 몹시 신경이 쓰였다. 혹시라도 아무개 아니냐고 물어오기라도 한다면 난처한 일이 아닐 수 없었다. 나는 그런 질문에 대답할 말을 준비하고 있지 않았다. 다행히 아낙들은 자기들끼리 주고받을 이야기들이 많은지 삼십분 동안 쉴새없이 수다를 떨어댔다.

버스는 삼거리에 나와 두 명의 여자를 떨어뜨리고 그 자리에서 몸을 돌리더니 시동을 끄지 않은 채 부르릉거리고 서 있었다. 아마 읍내로 나갈 손님을 기다리는 모양이었다. 아낙들은 잘 가소, 하고 서로 인사를 주고받은 다음 각자 다른 길을 택해 걸어갔다. 돌판 위에 흰 페인트로 각도기처럼 펼쳐 그려진 화살표가 이정표 노릇을 하고 있었다. 화살표 끝에는 각각 동두머리와 모래미라는 이름이 적혀 있었는데, 씌어진 지 오래된 듯 흐릿했다. 큼지막한 비닐봉지를 양손에 하나씩 든, 얼굴이 온통 주름투성이인 여자는 도포 자락을 활짝 펼친 모양의 산 아래 오순도순 모여 있는 몇십 가구의 마을을 향해 휘적휘적 걸어갔고, 보따리를 머리에 인 다른 한명은 모래미를 가리키고 있는 화살표 쪽 야트막한 언덕길을 향해 느릿느릿 걸었다. 저 언덕을 넘어가면 바다가 한눈에 펼쳐질 것이다, 그사이에 지각변동이 일어나지 않았다면, 하고 나는 여자의 뒷모습을 바라보며 속으로 중얼거렸다. 그리고 여자의 모습이 보이지 않을 때까지 기다렸다가 터벅터벅 따라 걸었다.

언덕을 넘어서자마자 깜짝쇼를 하듯 눈앞에 바다가 나타났다. 그러나 기대하고 있던 쇼였으므로 깜짝 놀랄 필요는 없었다. 언제 방파제를 쌓았는지 뱀 모양이던 해안선이 매끈해져 있긴 했지만 예전의 그 바다였다. 바다는 반짝이는 비늘을 가진 희고 큰 물고기처럼 보였다. 물고기는 여유있게 몸을 움직이며 해안선을 향해 느릿느릿 다가왔다. 느리지만 꾸준한 뒤척거림으로 곧 해안에 상륙할 것 같다가도 눈을 한번 감았다가 떠서 다시 보면 본래의 자리로 돌아가 여전히 꿈틀거림만 계속하고 있었다. 수십년 전부터 지금까지 그 물고기는 여태 느리지만 꾸준히 해안선을 향해 다가오고 있는, 다가오고 있지 않는 중이었다. 해안에 닿기를 간절히 원하는데도 닿을 수 없는 것인지, 원하지 않으면서도 속내를 감춘 채 닿기를 바라는 양 허세를 부리는지 모를 일이었다.

한참 바라보고 서 있자니 눈이 시려오면서 오래된 기억 속에서 알싸한 기운이 일어나려고 했다. 나는 그 기운으로부터 달아나기 위해 허겁지겁 바다에서 눈을 돌렸는데, 저만치 방파제 앞에 쭈그리고 앉은 한 남자의 모습이 그 눈길에 걸렸다. 둥글게 웅크린 몸이 흡사 비치볼과 같아서 살짝 손만 대도 바닷속으로 데굴데굴 굴러갈 것 같았다. 바다 쪽을 향하고 있긴 했지만 무엇을 보고 있는지는 가늠하기 어려웠다. 발밑의 출렁이는 물결에 눈을 박고 있는 것도 같고 아득히 먼

수평선에 눈을 주고 있는 것도 같고, 여자의 젖무덤처럼 생긴 맞은편의 돌섬을 건너다보고 있는 것도 같았다. 어떤 예감이 눈을 돌리지 못하게 했다. 제법 거리가 떨어져 있긴 했지만, 귀가 드러나게 자른 단정한 머리모양과 양복을 받쳐입은 행색으로 보아 이곳 마을 사람 같진 않았다. 그러나 그 때문은 아니었다. 굳이 말하자면 어딘가 위태로워 보였다. 바다로 굴러들어가는 둥근 공이 머릿속에 그려졌기 때문에 나는 얼른 고개를 저었다.

"이거, 혹시 완배 아닌가." 목소리에 조심스러움을 덧칠하긴 했지만 실제로는 전혀 조심스럽게 느껴지지 않는 번듯한 얼굴의 한 사내가 내 곁을 스쳐지나가다가 말을 붙여왔다. 나를 알아보는 사람이 없을 거라고는 생각하지 않았다. 그렇지만 이렇게 빨리 내 이름을 입에 올리는 사람을 만나게 될 줄은 몰랐다. 모래미에 도착한 지 고작 십분이 지난 시간이 아닌가. 정확히 37년 만의 귀향이었다. 거기다가 이곳을 떠날 때 나는 열세살 어린애였다. 모래미의 바다는 변하지 않은 채 그대로지만 열세살 얼굴이 그대로일 리 만무했다. 37년이 십분 만에 간파당했다는 게 믿어지지 않았다. 억울한 마음도 들었다. 나는 누군가 나를 알아보았다는 사실을 부정하고 싶어졌다. 이자가 술수를 쓰고 있거나 헛소리를 하고 있는 거라고 우기고 싶어졌다…… 물론 억지였다. 그 사람은 내가 어렸을 때 쓰던 이름을 불렀다. 지금 다른 이름으로 불린다고 해서 완배가 아닌 것은 아니었다. 내가 뭐라고 응수해야 할지 몰라 불안한 표정을 지으며 머뭇거리자 사내가 확신에 차서 손을 내밀었다. 엉겁결에 내민 내 손을 붙잡고 다른 손으로 내 어깨를 툭툭 치면서, 이게 얼마 만이냐, 살아 있으니까 만나는구나, 금방 알아보겠더라, 어쩌고 너스레를 떨어댔다. 사내가 흔드는 데 따라 흔들리면서 나는 그를 되도록 빨리 기억해내든지 알은체하며 얼렁뚱땅 대꾸해주고 서둘러 자리를 피하든지 해야 한다는 강박증에 사로잡혔다. 손을 놓기 전에 결정을 해야 했다. 그렇지만 금방 알아보겠더라는 그의 말만 머릿속에서 뱅글뱅글 돌았다. 그는 금방 알아보겠다고 했지만, 나는 도무지 알아볼 수가 없었다. "내가 누군지 모르겠는 모양이구나. 이거 좀 섭섭한데. 난 금방 알아보았는데…… 나야, 상철이." 얼굴을 보고 기억나지 않다가도 이름을 들으면 기억이 나는 경우가 있고, 이름을 듣고 기억나지 않다가도 얼굴을 보면 기억이 나는 경우가 있는데, 유감스럽게도 둘다 아니었다. 기억을 불러일으키는 더 좋은 방법은 공유했던 과거의 사연을 재생하는 것이다. 이름을 떠올리지 못한다고 해도 그 시절의 인상은 불러내는 것이 과거의 사연이다. 얼굴은 떠올리지 못할지라도 처지는 확인시키는 것이 사연이다. 내가 어리어리한 표정을 거두지 않자 상대는 그 방법을 사용했다. "저기 저 바닷가에서 우리 어머니가 점방을 했었는데…… 그리고 완배 너, 우리집에서 얼마간 머슴으로 살았잖아." 문장이 마무리될 즈음에 공연한 말을 했다는 생각이 들었는지 조금 겸연쩍은 표정을 지었지만 문장을 꺼낼 때는 약간 짜증스럽다는 듯 미간에 주름을 지어 보였다. 그 방법은 확실히 효과를 냈다. 그는 그 한마디로 단번에 그 시절의 인상과 처지를 불러냈다.

 열두살 무렵부터 이 집 저 집을 옮겨다니며 밥과 잠을 신세졌다. 어느 집에서는 겨울을 나고 어느 집에서는 여름 한철을 지냈다. 언 손을 녹여가며 김을 쪼고 널던 겨울 새벽의 매운바람과 키보다 큰 바지게에 퇴비를 지고 뒤뚱거리며 산비탈을 오르던 여름 한낮의 따가운 뙤약볕이 당연한 권리를 주장하듯 스스럼없이 떠올랐다. 바닷가 점방

집에서도 몇달을 지냈던 기억이 났다. 그의 친절한 어머니는 가끔 내 손을 잡고 불쌍한 것, 에미 애비를 잘못 만나서, 하며 눈물을 흘렸다. 밥과 잠을 얻기 위해 열두살의 내가 제공해야 했던 힘에 겨운 노동보다 더 견디기 어려웠던 것이 나를 대하는, 점방집 여자 같은 사람들의 시선이었다. 나는 사람들과 눈을 마주치지 않기 위해 거의 언제나 시선을 내리깔고 다녔다. 그는 그때의 나의 처지를 머슴으로 규정했다. 옳은 말이다. 밥과 잠자리를 얻기 위해 남의 집에 가서 일을 해주는 사람을 마을에서는 머슴이라고 불렀다. 말이 쉽게 나온 것은 그런 인식이 그만큼 자연스러웠기 때문일 것이다. 내가 그것을 인정하느냐 마느냐는 전혀 중요하지 않았다. 규정당하는 자에게는 권리가 없다. 나는 슬그머니 그의 손을 빼냈다.

　바다가 쏘는 흰빛에 눈이 부셨다. 나는 두 눈을 꼭 감았다가 떴다. 눈앞이 어질어질했다. 다시 눈을 감고 싶었지만 내 앞에는 눈을 똑바로 뜨고 나를 바라보고 있는, 상철이라고 자기 이름을 밝힌 어린시절의 점방집 아들이 있었다. 그는 바지 뒷주머니에서 지갑을 꺼내더니 명함을 내밀었다. '득량건설 대표 박상철'이라는 금박글씨가 눈에 들어왔다. 나는 묻지 않았고 또 물을 생각도 하지 않았는데, 그는 마치 질문을 받기라도 한 것처럼, 도시로 나가 건설현장을 10여년 쫓아다니다가 얼마 전부터 집 지어 파는 장사를 하고 있다며 부연설명을 보탰다. 회사 사무실은 읍내에 있지만, 요즘은 여기 내려와 살다시피 한다고, 여기 땅값이 좀 들썩거리는 중이라 점방 하던 자리에 집을 짓고 있다고, 횟집과 모텔과 까페가 세워지면 그럴듯해질 거라고, 벌써 횟집은 영업을 하고 있는데 소문 듣고 찾아오는 관광객들이 없지 않다고 주절주절 늘어놓았다.

216

나는 그의 말에 귀기울이지 않았다. 그를 벗어날 궁리만 하고 있는데 야트막한 언덕을 끼고 돌아가는 길을 가리키며 가슴앓이섬이 마주 보이고 천관산을 올려다볼 수 있는 경치 좋은 갈대밭 앞이 모텔이 들어설 자리라고 설명했다. 그가 가리키는 쪽을 바라보니 굴착기가 시끄러운 소리를 내며 흙을 파내고 있고, 그 옆에는 뼈대가 앙상한 콘크리트 구조물이 세워지고 있었다. 몇명의 인부들이 왔다갔다하는 모습도 보였다. 횟집에 모텔에 까페라니, 그것들이 볼 것 하나 없는 평범한 바닷가 마을에 불과한 이 모래미와 어울리기나 한단 말인가. 나는 한때 점방집 아들이었던 건축업자의 무모한 의욕을 이해할 수 없었다. 내 비웃음을 눈치챘는지 그는 지난 정초에는 해돋이를 보러 온 사람들로 이 바닷가가 북적거렸다고, 그게 다 정남진으로 지정된 덕이라고, 정남진 표지석이 자기가 짓는 건물 가까운 곳에 세워져 있다고 자랑스럽게 떠벌렸다.

그의 입에서 두 번 발음된 '정남진'이 그와의 대화 속으로 미끄러져 들어가게 했다. 정남진이 뭐냐? 하고 물었을 것이다. 그리고 그 질문을 하는 순간, 그 단어를 이미 한번 들은 적이 있다는 사실을 곧바로 떠올렸고, 이어서 읍내에서 나에게 길을 물었던 서울 번호판의 자동차를 탄 남자를 떠올렸다. "이 친구, 이거 애향심이 너무 없는 거 아냐. 여기가 서울 광화문에서 정확히 남쪽에 있다잖냐. 정동쪽에 있는 지명이 정동진. 그러니까 여기가 정남진. 이래봬도 요새 여기 분위기 괜찮다. 내가 여기다 모텔에 까페 지을 생각을 그냥 했겠냐." 그렇게 말함으로써 머리가 반쯤 벗어진 검은 피부의 득량건설 대표는 이재에 밝은 자신의 수완을 과시했다. 자신의 이재 수완을 과시하는 건 상관없지만 나의 애향심을 지적하는 건 타당하지 않다고 나는 생각했다.

더구나 은연중에 자신의 이재 수완을 애향심의 발로와 연결하는 것은 분별있는 태도라고 할 수 없었다. 나는 이 애향심을 앞세운 수완가를 피해 달아날 기회를 노리기 시작했다.

그때 마침 그의 핸드폰이 요란하게 울었다. 애향심을 앞세운 수완 가로부터 달아날 틈을 엿보고 있던 나에게는 놓칠 수 없는 기회였다. 그가 호주머니에서 전화기를 꺼내 큰 소리로 통화를 하는 동안 슬그 머니 그 자리를 벗어났다. "아따, 형님. 그렇게 말하면 안되지. 내가 한턱 크게 쏠 테니까 신경 좀 써주쇼. 내가 헛말하는 거 봤습니까? 그 럼, 그럼……" 걸쭉한 목소리가 뒤에서 힐끔거렸다. 나는 방파제 쪽 을 향해 걸음을 빨리했다. 쭈그리고 앉아 있는 남자의 모습이 다시 눈 에 들어왔다. 그는 아직 굴러가지 않은 채, 그러나 곧 굴러갈 것 같은 기왕의 자세를 그대로 유지한 채 그 자리에 있었다. 흰 와이셔츠와 남 색 재킷이 바다에서 반사된 빛을 되쏘고 있었다. 읍내에서 나에게 길 을 물었던 남자일 거라는 생각이 들었다. 그렇다고 하더라도 그에게 다가가 정남진이 이곳이라고 뒤늦게 친절을 베풀 이유는 없었다. 그 는 이미 정남진에 와 있으므로.

일의 순서를 따지자면, 바닷가 쪽이 아니라 집들이 모여 있는 산 아 래 동두머리를 찾아가는 것이 마땅했다. 아버지에 대해 말해줄 수 있 는 누군가가 그곳에 아직 살고 있을 거라고 짐작한 사람은 내가 아니 라 어머니였다. 가까운 친척은 아니더라도 누군가 동두머리에 살고 있지 않겠느냐, 하고 어머니는 말했다. 근거가 허약한 그 짐작에 대해 나는 뭐라고 이의를 달지 않았다. 그때만 해도 거기 누가 살든 말든 무슨 상관이란 말인가, 하는 여유가 있었다. 어머니의 말을 신중하게 받아들이지 않은 것은 그만큼 어머니의 의중을 잘 헤아리지 못했기 때문이다. 말하자면 나는 고향에 발걸음을 하는 일이 정말로 나에게 일어날 거라고는 차마 생각하지 않았던 것이다. 아버지 있는 데로 가려고 하다니. 그럴 수는 없는 일이었다. 어머니의 평생은, 내가 이해하는 한 오로지 아버지와 아버지의 공간인 이 바닷가 마을을 자신의 삶에서 들어내는 데 바쳐졌다. 그러기 위해 어머니는 당신이 할 수 있는 한 가장 먼 곳으로 달아났다. 속초에 터를 잡고 정착한 것이 우연이라고 생각하지 않는다. 또다른, 더 적극적인 어머니의 방법은 철저한 침묵이었다. 어머니는 마치 자신의 기억 속에 그런 것이 흔적으로도 묻어 있지 않다는 듯 희미한 힌트가 되는 말조차 입에 올리려 하지 않았다.

딱 한번 정색을 하고 자신의 속내를 내비친 적이 있긴 했다. 그러나 그것도 애초의 침묵을 철저하게 하기 위한 방편이었지 그 반대는 아니었다. 결혼할 여자를 데리고 가서 인사를 시키고 난 날 저녁이었다. 어머니는 아내 될 처자에게 아버지에 대해 어떻게 설명했느냐고 조심스럽게 물었다. 나는 뭐, 그냥, 돌아가셨다고 했지요, 하며 더듬거리다가 이내 더듬거릴 까닭이 없다는 걸 깨닫고는 사실이잖아요, 하고 항변하듯 덧붙였다. 누가 뭐라고 했느냐는 듯한 눈빛으로 가만히 바라보던 어머니는, 너도 이제 어미 입에서 나오는 이야기를 듣고 싶을 거다, 짐작은 하고 있을 거다만, 하고 전제한 다음 그곳을 떠날 수밖에 없었던 사정을 이야기했다. "밖에서 계집질하는 건 모른 체할 수 있었다. 그렇지만 그 여자를 집으로 데리고 와서 같이 살자고 하는 건 용납이 안되더라. 그것은 벌거벗은 채 벌건 해 아래 서 있는 것처럼 수치스러운 일이었다. 나는 그렇게는 살 수 없다고 했다. 네 아버지는 그렇게 살 수 없다는 나를 이해하지 않으려고 했다. 치욕을 견디느니 차라리 내가 나가겠다고 하는데도 그것조차 허락하지 않았다." 대강은 알고 있었는데도 막상 어머니가 직접 하는 이야기를 듣자 가슴이 철렁 내려앉으며 마음이 불편했다. 어머니, 그만 하세요. 나는 속으로 소리치고 있었다. 어머니는 다시 아버지 이야기를 꺼내지 않았다.

그녀는 모래미에서 3년 반을 살았고, 아들을 하나 낳았다. 3년 반 전부는 아니라고 하더라도, 모래미에서의 당신의 삶은 한숨과 눈물로 채워졌다. 아들을 버려두고 그곳을 떠난 것을 자랑스럽게 회고한 적은 없었지만 그러나 자신의 선택을 후회하지도 않았다. 그리고 50년 가까이를 혼자서 살아냈다. 50년은 긴 세월이었다. 무슨 변화든 일어날 수 있는 세월이지만, 한편으로는 그만한 세월 동안 굳어서 딱딱해진 마음을 바꾸는 게 보통 어렵지 않다는 것도 진실이었다. 50년 동안 굳은 마음이니 오죽 딱딱하겠는가. 그렇게 딱딱한 것이 어떻게 그렇게 쉽게 풀어질 수 있단 말인가. 아들인 나는 믿을 수 없었고 받아들일 수도 없었다. "그걸 나도 모르겠다. 똑부러지게 설명할 수 없는 게 사람의 마음 아니냐. 마음이 어디 정해진 길로만 가더냐." 갑작스러운 변심을 이해하지 못하겠다고 했을 때 어머니가 한 말이었다. 물론 아무 설명도 하지 않은 것은 아니었다. 설명하기 힘든 것을 설명해야 하는 일의 곤혹스러움을 어색한 표정에 담고서 어머니는 자기가 왜 그렇게 달아나기만 했던 그 지긋지긋한 땅, 그 끔찍한 아버지 곁으로 가려고 하는지 말했다. 똑부러지게 설명할 수 없다는 말은 어쩌면 그것에 대해 어떤 설명인가를 하고 있는 자신을 납득하기가 어렵다는 토로였을 것이다. 그런 것이 이유가 될 수 있단 말인가, 하고 스스로 묻고 있는 듯 보이기도 했다.

"하나님이 이제 곧 나를 불러갈 것이다." 나는, 왜 그런 말을 하세요, 하고 말하지도 못했다. 왜냐하면 그 문장 역시 처음 발음되었으니까. 나에게 어머니는 아주 강한 사람이었다. 어렸을 때부터 강했고, 어른이 되어서도 강했다. 어머니는 노간주나무의 가지를 잘라 만든 매로 아들의 종아리와 허벅지를 하루가 멀다 하고 때렸다. 소의 코뚜레를 만드는 데 쓸 정도로 튼튼하고 탄력있는 노간주나무가 내 종아리와 허벅지에 퍼런 줄을 만드는 내내 매를 든 어머니는 거의 항상 울었다. 서방 복 없는 년, 자식 복도 없다는 말이 하나 틀리지 않구나, 하며 울었고, 어떻게 살려고 이 모양이냐, 세상이 그렇게 만만한 줄 아느냐, 하며 때렸다. 종아리와 허벅지가 불이 날 정도로 화끈거렸지만, 그러나 어머니가 먼저 울었기 때문에 나는 매번 울지도 못했다. 어머니의 울음은 노간주나무 회초리보다 더 아팠다. 연고 없는 도시에서 여자 혼자 아들을 키우며 살아가기 위해 길러야 했던 어머니의 발톱은 모래미와 아버지에 대한 기억에 의해 날카로워졌다. 그 발톱은 아들을 가장 자주 가장 심하게 할퀴었다. 어머니가 유일하게 발톱을 감추고 고개를 숙인 대상은 하나님이었다. 사십을 넘어가는 나이에 고단한 영혼을 의지해보겠다며 교회에 나가기 시작하더니 어느 순간부터 하루도 빼놓지 않고 새벽기도회를 나가는 열성신자가 되었다. 하나님에게만 고개 숙임으로써 역설적으로 세상을 향한 그녀의 발톱은 더욱 날카로워졌다. 발톱을 더욱 날카롭게 하기 위해 하나님에게만 고개 숙이는 편을 택했다는 게 진실에 가까울지 모르겠다.

독기도 세월이라는 연마기에 갈리면 반질반질해지는가. 내 시간이 얼마 남지 않았다, 너도 짐작하고 있겠지만, 무엇보다 내가 잘 안다, 하나님 다음으로 내가 잘 안다, 하고 말하며 어머니가 희미하게 웃을 때 나의 마음속에는 황사바람 같은 것이 일었다. 세월에 연마된 어머니의 반질반질해진 마음을 받아들이기 힘들었고, 또 받아들이고 싶지도 않았다. 어머니는 아들의 그런 몰이해를 이해했을까. 그리고 아들을 이해시키기로 마음먹었던 것일까. 어느날 가슴속에 묻어 가지고 있던 오래된 기억 하나를 조심스럽게 꺼내놓았다. 병원 침대에 누워 내가 사가지고 간 녹두죽을 겨우 세 숟갈 정도 떠먹고 난 다음이었다. "네 아버지가 이곳으로 찾아온 적이 있었다. 오래전 일이다. 그 사람, 병이 깊을 대로 깊어 세상 떠날 준비를 하던 무렵이었을 것이다. 이 여편네한테도 하직인사를 해야겠다는 생각이 들었던 모양이다. 어떻게 알아냈는지 내 주소를 들고 혼자 속초까지 찾아왔더라. 그때 국밥집을 하고 있지 않았나. 거반 송장이 다 된 사람이 국밥집 바닥에 무릎꿇고 앉아 꺼이꺼이 우는데, 한눈에 보기에도 병색이 완연하더라만, 내 마음이 얼마나 딱딱하게 굳어 있었는지, 도무지 측은한 마음이 생기지 않더라. 오히려 그동안 잠재워놓고 있던 억울한 감정이 일깨워지니까 화가 나더라. 차라리 번듯한 모습으로 나타났다면 비참하지는 않았을 것이다. 그 잘난 위인이 그 꼴이 뭐란 말이냐. 네 아버지가 그러더라. 자기가 죄를 지었다고, 용서해달라는 말도 못하겠다고. 자기는 곧 죽을 건데, 아마 허락하지 않겠지만, 혹시 허락한다면, 죽은 후에는 나란히 누워 있고 싶다고. 그렇지만 차마 그런 요구를 하지는 못하겠다고 하더라. 분통이 터지더라. 내 인생이 얼마나 기가 막히고 서럽고 분하던지 막말을 해서 쫓아버렸다. 그런 일이 있었다. 그 일이 있고 두 달인가 있다가 세상을 떠났다고 하더라. 면목이 없어서 그랬겠지만, 나한테는 연락도 오지 않았다. 나중에 들으니까 그 사람이 병들어 고생하는 동안 데리고 들어왔던 여자도 떠나버리고 동네 친척들 고생시키다가 불쌍하게 죽었다고 하더라. 그 인생이 뭐냐…… 그런데, 여태 아무렇지도 않았는데, 생각도 하지 않고 잘 살아왔는데, 참 알 수 없는 노릇이다. 얼마 전부터 식당 바닥에 무릎꿇은 그때 그 초라한 그 사람 모습이 자꾸만 눈앞에 어른거리지 뭐냐. 쫓아내려고 자꾸 고개를 저어도 잘 안되는구나. 어떨 땐 잠도 못 자고, 잠들었다가 놀라 깨어 일어나기도 한다. 몹쓸 사람 같으니라고. 자기가 죽기 전에 불쑥 나타나서 내 속을 뒤집어놓더니만 이제는 나 죽을 때가 된 걸 또 어떻게 알고 눈앞에 어른거려서 정신을 사납게 한다니." 이야기를 마치고 나서 어머니는 오랫동안 침묵했다. 나는 그때 어머니의 청을 거부할 수 없다는 걸 알았다.

그러나 문제가 완전히 해결된 것은 아니었다. 사정이 그렇게 간단하지가 않았다. 어머니는 50년 가까이 쌓아두었던 걸림돌을 치웠는지 모르지만, 나는 아직 걸림돌을 치울 준비가 되어 있지 않았다. 나는 여지껏 고향에 대한 부담과 적대감을 겉으로 표현하지 않은 채 어머니 뒤에 숨어 지내왔다는 걸 알아차렸다. 어머니의 부담감과 적대감 뒤에 숨어 있으면 되었기 때문에 나는 나의 그것을 표현하지 않고 견딜 수 있었다. 사실 아버지와 고향은 내게는 너무 벅찬 상대였다. 어머니가 그것을 내려놓는 순간 그 부담과 적대감이 내 어깨에 고스란히 올려져 있다는 사실을 깨달아야 했다. 의도한 것이 아니라고 할지라도 어쨌든 어머니는 나에게 그것을 떠넘긴 셈이었다.

어머니가 고향을 떠났을 때 나는 겨우 세살이었다. 세살 이후, 어머니가 사라진 모래미에는 살아내야 할 내 삶이 있었다. 아니, 이 진술은 진실을 온전히 드러낸다고 할 수 없다. 세살에 나를 떠난 누군가가 있고, 그 사람이 나의 어머니였다는 사실을 나는 오랫동안 알지 못했다.

“자네도 갈 거지?” 언제 다시 나타났는지 득량건설의 대표가 핸드폰을 손가락으로 빙글빙글 돌리면서 물어왔다. 먼 친척이 살고 있을 거라고 어머니가 추측한, 그러나 확실하지는 않은 동두머리를 향해 걸음을 재촉했어야 했는데 그러지 못한 것은 그쪽으로도 마음이 흔쾌하게 움직이지 않은 탓이었다. 어쩌면 나는 친척을 만나지 못할까봐 걱정한 것이 아니라 친척을 만날까봐 걱정하고 있었는지 모르겠다. 어느 쪽인지 확인하는 일을 어떻게든 늦춰보려는 무의식적인 욕구가 방파제 근처를 어슬렁거리게 했을 것이다. 금방 바닷속으로 굴러들어가버릴 것 같은 인상을 주는 외지 사내에 대한 호기심은 구실에 지나지 않았을 수 있다.

그사이에 득량건설 대표는 걸쭉한 입심을 과시하며 통화를 끝낸 뒤 철근 콘크리트가 올라가고 있는 작업장에 가서 무슨 지시인가를 하고 이쪽으로 돌아온 모양이었다. 어쩌면 내 안의 어떤 존재가, 누군가 선택해야 한다면, 친척보다는 동창 쪽이 낫다고 우기고 있었던 것 같기도 하다. 그렇지만 그의 질문은 요령부득이었다. 자네도 갈 거지,라니? 나는 혹시 하고 주변을 둘러보았다. 젊은 남자와 여자가 승용차에서 내려 바닷바람을 들이마시며 무슨 이야기인가를 나누고 있었지만 그들에게 말을 걸었을 리는 없었다. 그렇다고 저만치 떨어져 있는 사내일 리도 없었다. “어딜?” 나는 무슨 뜻인지 모르겠다는 표정을 지어 보였다. “저기 저 남자 말이야……” 방파제 끝에 쭈그리고 앉은 남자를 가리키며 그가 말했다. “무슨 사연이 있긴 한 모양인데, 자세한 건 잘 모르겠고, 거의 한 시간이나 저 자세로 바다만 바라보고 있기에 다가가서 말을 붙였더니 저 섬 이름이 가슴앓이냐고 묻더군. 그렇다고 하니까 데려다줄 수 있느냐고 하는 거야. 곤란하다고 했는데, 자네가 왔으니까 뭐…… 자네, 거길 갈 거 아닌가?" 나는 몇걸음이면 건너갈 듯 가까운 데 떠 있는 돌섬을 바라보았다. 여자의 젖무덤 같은 두 개의 봉우리를 햇빛이 더듬고 있었다. 한쪽 젖무덤은 봉긋하지만 다른 쪽은 찌그러진 모양 그대로였다. 사람도 살지 않는 조그만 돌섬에 가려고 하는 남자의 사연이 궁금하기도 했지만, 그보다 그 친구가 왜 내가 그곳에 갈 거라고 단정하는지가 더 의아스러웠다. 나에 대해 나보다 아는 것이 많은 것처럼 행세하는 그가 신경쓰였다. 그는 잠깐 스치는 눈길로 나를 기억해냈다. 놀라운 일이 아닐 수 없었다. 거기다가 이번에는 섬에 갈 거 아니냐고, 익히 알고 있는 사실을 확인하는 것 같은 어투로 말했다. 그럴 리가 없는데도, 나를 그곳으로 몰고 가는 느낌이 들었다. 어째서 내가 저 섬에 갈 거라고 단정하느냐고 의문을 표시하려고 하는데 그가 어쩐지 부산스러운 동작으로 배가 올 때까지 저 사람이랑 술이나 한잔 하자며 내 팔을 잡아끌었다. 내 의사는 묻지 않은 채 그는 어디론가 전화를 걸어 방파제 끝으로 소주 몇병하고 안주를 가져다달라고 주문했다.

가까이에서 본 사내는 얼굴선이 뚜렷하고 눈이 깊고 턱이 뾰족했다. 서른서너살쯤 되었을까? 은색 안경테 때문인지 차가운 인상을 주었다. 조금 피곤해 보이기도 했다. 옆에는 여행가방이 눕혀져 있었다. 바닷바람을 맞으며 방파제 위에 놓여 있는 붉은 줄무늬 여행가방은 어딘가 어색했다. 그것이 방파제와 어울리지 않기 때문인지 그 남자와 어울리지 않기 때문인지는 분간하기가 쉽지 않았다. 사람이 가까이 다가가도 몸을 돌리지 않던 남자는 득량건설의 대표가 바다를 벌써 몇번은 건너갔다 왔겠소, 어쩌고 너스레를 떨며 주저앉자 눈인사를 건네왔다. 나에게는 인사를 하지 않았다. "배는 두 시간쯤 기다리면 탈 수 있을 거요." 득량건설의 대표가 선심쓰듯 말했다. 고맙다고 인사를 하는데 어쩐지 건성으로 대꾸한다는 인상을 풍겼다. 이 사람이 정말로 섬에 가고 싶어하는지 의심스러울 정도였다. 아마도 조금더 혼자 있고 싶어하는 모양이라고 나는 생각했다. 그러나 득량건설대표는 그렇게 생각하지 않은 듯했다. 그는 누군가에게 무슨 이야기인가를 들려주고 누군가로부터 무슨 이야기인가를 끄집어내는 것이인생에서 아주 중요한 일이라는 모토라도 가진 사람처럼 굴었다. 예컨대 그는 나를 가리키면서 수십년 만에 고향을 찾아온 친구라고 소개하고는 함께 배를 타고 가슴앓이로 건너갈 거라고 덧붙였다. "사실은 이 친구 때문에 배를 띄우는 겁니다. 운좋은 줄 아세요." 나는 쓸데없을 뿐 아니라 정확하지도 않은 말을 하는 그가 몹시 불만스러웠지만 일일이 이의를 다는 일이 피곤하다고 생각하며 잠자코 있었다.

건설회사 대표는 특유의 붙임성을 발휘하여 외지 사람인 것 같은데저 섬에는 왜 건너가려고 하느냐고 물었다. 나는 그 질문에 남자가 난처해하지는 않는다고 하더라도 그다지 반기지는 않을 거라고 짐작했고, 그럼에도 불구하고 대답을 피하지는 않을 거라고 속으로 생각했다. 남자는 붉은색 줄무늬 여행가방을 그윽한 눈빛으로 내려다보았다. 쓰다듬는 것 같은 눈빛이었다. 눈빛이 바뀔 때까지 기다려줘야 할것 같은 예감이 들었다. 너스레를 떨던 건설회사 대표도 같은 느낌을받았는지 입을 닫고 남자의 눈빛을 따라갔다. 그러나 남자의 눈빛은좀처럼 바뀔 기미를 보이지 않았다.

득량건설 대표가 그 야릇한 정적을 견디기가 어려웠는지 허리를 펴고 일어서며, 이놈의 여편네, 양조장으로 술을 받으러 갔나, 왜 이리늦어, 어쩌고 군소리를 하더니 전화기를 꺼내들었다. 왜 소주를 안 가

지고 오느냐는 재촉을 하는데, 부르릉거리며 오토바이 한대가 다가왔
다. "굼벵이 같으니. 이제야 오는구면." 그는 곧바로 전화를 끊고는 오
토바이를 향해 손을 흔들었다. 머리카락이 더부룩한 작업복 차림의
사내가 한손에 들고 온 비닐봉지를 내려놓았다. 비닐봉지 안에서 일
회용 쟁반에 담긴 전어회무침과 소주 두 병과 나무젓가락과 종이컵이
나왔다. "자, 한잔합시다. 요새 전어가 맛이 제대로 들었습니다." 득량
건설 대표가 소주병의 마개를 손으로 비틀어 땄다. 남자는 피곤해 보
이는 표정을 바꾸지는 않았지만, 두 손으로 공손히 술잔을 받았다. 내
잔에도 술이 부어졌다. 건설회사 대표의 제안에 따라 잔을 부딪쳤다.
퍼석퍼석한 세 사람 사이를 대변하듯 종이컵은 아무 소리도 내지 않
았다. 그 대신 방파제의 밑동을 끈기있게 건드리는 잔물결이 찰싹찰
싹 소리를 냈다. 물빛이 깊어지면서 비늘들의 반짝거림이 둔해지고
있었다. 무엇 때문인지 가슴이 두근거리고 마음이 어두워졌다. 쫓기
듯 소주를 목 안에 털어넣었다. 흐릿하다가 서서히 선명해지려고 하
는 영상을 떨쳐내고자 눈을 질끈 감는데 자갈 위에 엉덩이를 붙이고
앉아 물빛이 깊어져가는 바다를 안타까운 눈빛으로 바라보는 어린아
이의 모습이 불쑥 떠올랐다. 바다의 표면이 반짝거림의 횟수를 줄이
고 광채를 조금씩 잃어가다가 마침내 양탄자처럼 두꺼워지는 시간이
면 나는 자주 자갈밭에 앉아 바다를 바라보곤 했다. 물결이 발밑에서
찰싹거리는 소리를 냈다. 어둠이 내리면 낮 동안 반짝거리는 비늘이
었던 바다는 찰싹거리는 소리로 변했다. 반짝거리는 것은 견딜 수 있
었으나 찰싹거리는 것은 견디기가 어려웠다. 나는 가끔 파도소리에
내 조용한 울음을 묻곤 했다.
　네 에미가 저 건너 섬에서 한 달 반을 살았다, 하고 알려준 사람이

누구였는지 생각나지 않는다. 혹시 가슴앓이섬에서부터 밀려온 파도가 아니었는지 모르겠다. 먹을 것도 없고 물도 없는 데로 들어갔는데 그게 어디 살려고 그랬겠느냐, 하고 누군가 말해줬다. 여자를 데리고 들어와서 본처를 시녀 부리듯 하니 그 꼴을 보고 있을 사람이 어디 있겠느냐, 자기 하자는 대로 안한다고 걸핏하면 매질까지 해댔으니 그걸 어떻게 견딘다든, 하고 누군지 모르는 누군가 말해줬다. 네 어미가 어떤 사람인데, 전쟁이 나는 바람에 중간에서 그만두긴 했다만 도시에 나가 고등교육까지 받았지 않냐, 자존심이 어찌나 센지 친정으로 돌아갈 생각도 안하더라, 하고 누군가 말해줬다. 그러니까 네 엄마가 저기로 들어간 것은 저 섬의 돌들 가운데 하나가 될 생각으로 그런 거지, 거기서 살려고 그런 게 아니다, 하고 누군가 말해줬다.

그 누군가가 누구인지 왜 생각나지 않는지, 왜 그저 바다로부터 들은 것으로만 기억되는지 어렴풋이 떠올랐다. 그것은 너무 많은 사람들로부터 비슷한 이야기를 너무 자주 들었기 때문이다. 여러 사람이 겹치는 이야기를 반복적으로 들려주었기 때문에 누구에게 들었다고 말할 수 없었다. 어떤 사람은 지나가듯 짧게 말하고 어떤 사람은 넋두리를 늘어놓듯 길게 말했다. 공통적인 점은 모두들 쯧쯧, 혀를 차거나 탄식을 늘어놓았다는 것. 더러는 눈물을 훔치기도 했다. 특히 저 친구의 어머니인 점방집 여자가 그랬다. 수협 조합장이던 아버지가 뇌물수수 혐의로 재판을 받고 수감생활을 하던 시절이었다. 아버지의 옥바라지를 한다는 명목으로 목포에 집을 얻은 새엄마는 초등학교에 다니던 나를 마을에 버려두었다. 두 군데를 오가겠다고 했지만 내 기억으로는 마을에 나타난 적이 없었다. 보호자 없이 버려진 나는 밥과 잠을 얻기 위해 이 집 저 집 오가며 밭일과 김 작업을 해야 했다. 바닷물

이 두꺼운 양탄자처럼 변해갈 때, 가슴앓이섬에서 건너온 파도가 발
밑에서 찰싹거릴 때, 나는 문득 그 양탄자를 밟고 어머니가 한 달 반
을 살았다는 그 돌섬까지 갈 수 있을 것 같다는 생각을 하곤 했다. 간
혹은 어머니가 아직 그곳에 살고 있을 것 같다는 생각을 했던 것 같
다. 파도를 타고 섬이 해안으로 밀려오는 환영을 보기도 했다. 그러나
날이 밝아서 보면 섬은 까마득하고 바닷물은 다시금 비늘이 되어 반
짝거렸다.

"이 가방 때문입니다." 술은 마시지 않고 술잔을 손가락으로 뱅글뱅
글 돌리기만 하던 사내가 불쑥 내뱉은 말이 기억 속의 영상으로부터
나를 건져냈다. 자신의 말이 뜬금없다고 생각했는지 그는 저 섬에 왜
가려고 하는지 묻지 않았습니까? 하고 되물었다. "그랬지, 그런데 그
가방 때문이라니, 그게 무슨 말이에요?" 득량건설 대표인 상철이 물
었다. 전어를 된장에 찍어 막 입에 넣은 참이라 발음이 부정확했다.
여기 오고 싶어한 여자가 있었어요, 하고 사내가 우울한 목소리로 입
을 열었다. "가슴앓이섬 이야기를 전해주면서 나더러 같이 가자고 했
는데 무시했어요. 제가 여행을 싫어하거든요. 물론 그게 전부는 아니
었지요. 그녀는 나를 비인간적이고 이기적이라고 비난하며 떠났어요.
그 말이 맞아요. 나는 비인간적이고 이기적이에요…… 이 가방이 궁
금하지요? 그녀의 가방이에요. 3년 전에 정남진에 가자며 싸둔 가방.
3년 동안, 한번도 열리지 않은 채 내 방에 있었는데 나는 그것을 까맣
게 몰랐어요. 그 여자, 떠난 지 3년 만에 전화를 걸어서 다시 정남진
이야기를 꺼내지 뭡니까? 정남진에 데려다달라고…… 황당했지요.
3년 전에도 가지 않았던 여행을 남남이 된 처지에 왜 가겠어요?" 사내
는 비로소 술잔을 비웠다. 상철이 얼른 빈 잔에 술을 부으며, 그런데

어째서 왔소, 혼자? 하고 물었다. 나도 같은 질문이 떠올랐지만 무엇 때문인지 물으면 안될 것 같은 생각이 들었으므로 잠자코 있었다. 남자는 무릎 사이에 머리를 집어넣었다. 웅크린 몸이 몹시 옹색해 보였다. 파도는 방파제 밑동을 끊임없이 핥았다. 혼자 올 수밖에 없었으니까요, 남자가 고개를 숙인 채 말하고는, 혼자 올 수밖에 없는 상황이 아니었으면 오지 않았을 거예요, 하고 덧붙였다. 그러더니 잠시 후에 자기 말을 번복했다. "아니, 가방만 발견되지 않았더라도 여기 오는 일은 없었을 거예요. 이사를 가려고 짐을 싸는데 침대 밑에서 저 가방이 나오지 않겠어요. 아니, 그것도 아니에요. 그 남자, 나에게 그녀의 부음을 전해준 남자가 있었거든요, 네, 죽었어요, 그녀가 죽은 걸 알려주면서, 그 남자가 그러더군요. 정남진에 왜 가지 않았느냐고, 그렇게 원하는데 어떻게 그럴 수 있었느냐고. 어떻게 그럴 수 있었느냐는 말이 귓속에서 맴도는데 견딜 수가 없더군요." 조금 후에 남자는 다시 자기 말을 번복하고 나섰다. 그는 갈피를 잡지 못하고 있었다. "아무래도 이 가방 때문일 거예요. 가방을 어떻게 처리해야 할지 모르겠더라고요. 마치 그녀의 유골이 들어 있는 함처럼 느껴져서요. 3년이나 유골과 함께 먹고 자고 했던 셈이잖아요. 만일 그렇다면, 그녀는 그 가방을 싸놓고 내 방을 나간 3년 전 그날 죽은 거나 마찬가지일 테고요. 그러니 어떻게 하겠어요. 아무 데나 버리고 갈 수도 없고 그렇다고 이사가는 새집으로 들고 들어갈 수도 없고…… 그녀가 무엇을 원할지 생각했지요. 내가 어떻게 하기를 바랄까, 그녀는…… 어렵지 않게 답이 나오더군요. 그 답을 모른 척할 수 없었어요. 그래서 가방 속에 들어 있던 그녀의 옷을 꺼내 옆자리에 태우고 지도를 보며 여기로 내려온 거예요. 저 섬에 데려다주려고요……"

남자의 표정이 흐릿했다. 나는 그가 눈물을 보이지 않기를 속으로 바랐다. 제발 당신의 감정을 겉으로 드러내지는 마라. 내 속의 기원은 의외로 간절했다. 차를 몰고 여기까지 왔으면 피곤할 텐데, 방에 가서 눈을 좀 붙이겠소? 하고 물은 걸 보면 상철도 나와 같은 우려를 하고 있었는지 모르겠다. 남자는 고개를 저으며 새벽에 휴게소에 차를 세우고 한참 자고 와서 괜찮다고 대답했다. 사실 어디 따뜻한 방에 몸을 눕히고 싶은 사람은 나였다. 내막은 다르지만 그와 나 사이에는 공통점이 있었다. 나는 남자에 의해 내 처지가 사실 이상으로 심각하게 만들어지지 않을까 적이 걱정스러웠다. 아까부터 신경줄이 빳빳해지고 근육이 긴장해 있는 것은 그 때문이었다.

남자는 도착시간을 지연시켰지만, 나는 할 수 있는 데까지 출발시간을 지연시켰다. 오지 않을 수만 있다면 오지 않으려고 했다. 아버지 곁에 눕겠다는 어머니의 소망을 도무지 이해할 수 없었고, 이해하고 싶지도 않았기 때문이다. 어머니는 한번은 갔다왔느냐, 하고 물었고, 한번은 언제 갈 거냐, 하고 물었다. 나는 한번은 회사 핑계를 댔고 한번은 날씨 핑계를 댔다. 왜 용서하셨어요, 어머니, 어떻게 그렇게 관대해질 수가 있어요, 어머니, 하는 말은 마음속에서만 울렸다. 눈빛으로 거듭 재촉하던 어머니가 통장을 내놓으며, 내 장례비용으로 쓰려고 모아둔 돈이다, 아버지 옆에 자리를 마련해봐라, 했을 때 나는 더 이상 미룰 수 없다는 사실을 깨달았다.

거참, 저 섬 이름이 괜히 가슴앓이가 아니라니까…… 상철이 병을 기울여 마지막 잔을 채우며 말끝을 흐렸다. 마지막 소주가 그의 목을 타고 넘어갔다. 술이 떨어진 게 못내 아쉬운지 종이컵이 그의 입에서 한동안 떨어지지 않았다. 술을 더 하겠소? 하고 묻고 그는 사내와 나의 대답을 들을 생각도 하지 않고 핸드폰을 빼들었다. 내가 손을 저었다. 남자도 그만 하겠다고 했다. 상철은 모처럼 술맛 나는데, 하며 아쉬움을 드러냈다. 그러나 더 권하지는 않고 새로운 제안을 했다. 발동선을 구하려고 해질 무렵까지 기다리라고 한 건데, 이제 생각해보니까 굳이 발동선일 필요가 없겠다는 생각이 든다는 것이었다. 목선을 타고 노를 저어 가도 이십분이면 닿을 거리니까 그의 말이 맞았다. 내가 어렸을 때 사람들은 노 젓는 배를 타고 가슴앓이섬보다 훨씬 멀리까지 나가 그물을 던지거나 김을 채취하거나 했다. 물결이 잔잔하니까 위험할 일도 없었다. 남자는 동의했다.

"완배, 너는 어떠냐?" 상철이 나를 보았다. 내가 그 섬에 갈 거라고 단정해서 말하는 그가 아까부터 여간 거북하지 않았다. 나에 대해 다 알고 있다는 식의 암시를 되풀이하는 그의 저의가 의심스럽기도 했다. 만나는 순간 나를 알아보았을 뿐 아니라 머슴살이 경력을 입에 올리더니 이제 가슴앓이섬에 갈 거라고 단정함으로써 이 친구는 나의 어머니가 그곳에서 보낸 한 달 반의 시간에 대해 나보다 더 잘 알고 있다는 사실을 과시하려고 하는 것일까. 그런 정도의 생각을 꼼지락거렸다. 그렇지만 무엇 때문에? 나는 불편한 마음을 숨기지 않고 섬에 건너간다는 의사를 표명한 적이 없다고 퉁명스럽게 말했다. 그는 얼떨떨한 표정으로 나를 보았다. 그러면 여기는 왜 왔는데? 하고 묻는 것 같은 표정이었다. 나는 그의 그런 반응이 낯설었다. "동두머리에 갈 거야." 내 입에서 불쑥 튀어나온 말이 나를 놀라게 했다. 그는 이번에도 얼떨떨한 표정을 지으며 거긴 왜? 하고 되물었다. 나는 일일이 대꾸하는 게 짜증스러웠지만, 그로부터 벗어나기 위해서는 다른 방법이 없다고 판단했기 때문에 누굴 좀 만날 일이 있다고 대답했다.

그는 잠깐 아무 말도 하지 않았다. 얼떨떨하던 그의 표정이 서서히 측은함으로 바뀌었다. 나는 무언가 잘못한 것 같은 느낌이 들었고, 그러나 무엇을 잘못했는지는 알 수 없었고, 그래서 그런 느낌에 빠지게 한 그가 못마땅했다. "영봉이 아저씨 말이냐? 동두머리 떠난 지 오래되었다. 그 아저씨 만나려고 하는 이유가 뭔지는 모르겠다만, 아버지는 뵈어야 할 거 아니냐. 아버지 뵈려고 여기 온 거 아니었냐?" 그가 추궁하듯 물었다. 나는 궁지로 몰리고 있다는 생각이 들었다. 그 순간, 어쩌면 그에게서 벗어나는 일을 포기해야 할지 모른다는 예감이 스쳤다. "완배 너, 아버지가 저 섬에 계시는 걸 모르는 거냐." 상철이 그 말을 하고 내 얼굴을 살피더니, 모르는구나, 하긴 그때 떠나고 처음일 테니…… 하고 덧붙였다. 나는 처음으로 아버지가 어디 잠들어 있는지도 모르는 나 자신에 대해 부끄러움을 느꼈고, 부끄러움을 느끼는 나 자신에 대해 부끄러움을 느꼈다.

이 집 저 집 옮겨다니며 밥과 잠자리를 해결하던 열두살 소년의 구차한 삶 속으로 구원처럼 어머니가 나타났다. 전혀 기억에 없는 얼굴인데도 그녀가 내 앞에 나타났을 때 나는 어머니를 알아보았다. 공연히 눈물이 났다. 그러나 달려가거나 품에 안기지는 않았다. 어머니도 그러지 않았다. 화난 사람처럼 보이던 어머니의 굳은 표정이 지금도 생생하다. 어머니의 표정 안쪽의 감정을 읽을 능력이 그때도 없었고, 지금도 없다. 어머니는 말없이 다가와서 내 손을 쥐고 마을을 떠났다. 마을 사람들이 뭐라고 말을 붙이고 손을 뻗어 몸을 만지려고 했지만 가만히 고개만 숙였을 뿐 한마디 말도 하지 않았고 가면을 쓴 것 같은 얼굴도 바꾸지 않았다. 가면 같은 얼굴로 마을 사람들이 드러낼지도 모르는 감정을 미리 차단했다. 그것이 자기연민의 감정으로부터 자기를 지키려는 어머니의 독한 수단이었다. 마을 사람들은 내밀었던 손을 거두어들였고, 뒤에서 수군거리기만 했다. 마을을 다 벗어날 때까지 어머니는 내 손을 잡고 걸었다. 나는 어머니의 흰 손에 잡힌 내 더러운 손과 땟국 흐르는 얼굴, 여기저기 해진 옷과 냄새나는 몸이 부끄러웠다. 마을을 벗어나자 비로소 어머니는 손을 놓았다. 나는 반발짝 뒤에서 어머니를 따라갔다. 어머니는 가끔 뒤를 돌아보았지만, 그러나 별말은 하지 않았다. 버스를 몇번이나 갈아타고 속초까지 가는 내내 나는 줄곧 잠을 잤다.

그것이 거의 40년쯤 전의 일이었다. 그사이에 고향에서 무슨 일이 있었는지 나는 알지 못했고, 알고 싶지 않았고, 몰라도 아무렇지 않았다. 아버지가 돌아가셨다는 소식은 내게 전해지지 않았다. 그러니 어디에 묻혀 있는지도 모르는 것이 당연했다. 아버지의 묘가 저 돌섬에 만들어져 있단 말인가. 여자의 젖무덤을 연상시키는 저 가슴앓이에. 그 말을 하고 있는 것일까, 이 친구는.

여행가방을 품에 끌어안은 남자가 호기심과 의아함이 반반씩 섞인 눈으로 상철과 나를 번갈아보았다. 나는 물빛이 상당히 깊어진 바다 위에 덩그러니 떠 있는 섬을 망연히 바라보았다. 섬이 어리어리하게 보였다. 두 개의 봉우리가 겹쳐졌다가 떨어졌다가 했다. 물결을 따라 이리저리 흔들리는 것 같기도 했다. 상철이 내 어깨를 툭툭 치면서 가자, 하고 나서 외지 남자를 향해 배에 오르세요, 했다. 그러고는 먼저 몸을 일으키더니 방파제 한쪽에 묶여 있는 목선의 줄을 끌렀다. 소주를 꽤 마셨을 텐데도 걸음걸이가 흔들리지 않았다. 여행가방을 감싸안고 몸을 일으킨 남자가 안 가요? 하는 눈빛으로 나를 내려다보았다. 상철이 배를 방파제에 붙여놓고 이쪽을 돌아보았다. 나는, 가지요, 하고 말하며 몸을 일으켰다. 내 목소리에 체념기가 묻어 있는 것 같아서가 아니라 내 목소리에 묻어 있는 체념기를 그 남자가 눈치챌 것 같아서 나는 조금 당황했다.

노는 삐걱거리는 소리를 내며 물살을 갈랐다. 노가 삐걱거리며 물살을 가를 때마다 바다는 푸드득 소리를 냈고, 그 소리는 큰 물고기가 지느러미로 물을 때리는 모습을 연상하게 했고, 배는 기우뚱거리며 조금씩 앞으로 나아갔다. 배가 기우뚱거릴 때마다 무게를 분산하기 위해 양쪽에 떨어져 앉은 남자와 나의 몸이 좌우로 흔들렸다. 배는 이내 가속도가 붙었고, 그러자 삐걱거리는 소리가 잦아들었고, 기우뚱거림과 흔들림도 현저하게 줄어들었다. 물이 배에 타고 있는 사람을 둥글게 말아올리는 듯한 느낌이 들었다. 배 안에는 잠시 거북한 정적이 감돌았다. 그것은 상철이 입을 다물어버렸기 때문이었다. 노를 젓는 데 집중하느라고 그러는 것 같지만은 않았다. 무언가를 골똘히 생각하는 듯한 그의 얼굴은 무엇 때문인지 나를 불안하게 했다.

나를 보자마자 어떻게 그렇게 금방 알아볼 수 있었지? 하고 물은 것은 아까부터 그것이 퍽 궁금했기 때문이기도 하지만, 그 야릇한 정적, 그리고 그것이 만들어내는 쓸데없이 심각한 기운을 어떻게 해서든 몰아내야 한다는 강박증이 작용한 연유가 더 컸다. 그는 빙그레 웃었다. 처음엔 넌 줄 몰랐지, 하고 나서 의아해하는 나를 향해, 네 아버지가 나타난 줄 알았지, 하고 덧붙였다. "그렇지만 죽은 양반이 살아 돌아올 수는 없는 일, 곧 완배구나, 했지. 돌아가실 무렵에 그 어른 나이가 지금 우리 정도 되셨던가. 아마 그랬을 거다. 그 양반이랑 너무 똑같더라." 누구에게서도 들어본 적 없는 말이었지만, 누구에게서 듣고 싶거나 듣게 되리라고 기대해본 적도 없는 말이었다. 내 마음속의 미세한 파동에 대해 그는 관심이 없었다.

배가 물 위의 길을 찾아냈다고 생각했는지 노를 한쪽 손으로 까딱까딱 움직이면서 비로소 허리를 편 상철이 아버지 무덤이 어떻게 저곳에 있는지 궁금하겠구나, 하고 물었다. 나는 당연히 고개를 끄덕여야 했음에도 불구하고 윤곽이 점점 뚜렷해지고 있는 섬을 망연히 바라보기만 했다. 두 개의 봉우리는 대칭이 아니었다. 왼쪽 봉우리는 봉긋 솟은 데 비해 오른쪽 봉우리는 바깥쪽으로 느슨하게 퍼지면서 물속으로 흘러내리는 모양을 하고 있었다. 하기야 그런 가슴도 있을 테지, 하며 엉뚱한 상상을 하는 자신을 향해 스스로 쓴웃음을 짓는데, 장 내시경을 마친 어머니의 흐트러진 옷자락 사이로 드러나 보이던 완만하게 늘어진 젖가슴이 떠올랐다. 마취에서 깨어나는 과정이 녹록지 않은지 어머니는 부정확한 발음으로 몇차례 매스껍다고 했고 침대에서 몸을 일으키려다가 도로 누웠다. 그러고는 시트 위로 팔을 떨어뜨렸는데 옷자락이 벌어지면서 한쪽 젖가슴이 드러났다. 워낙 몸가짐이 깔끔하고 자기통제가 철저하던 분이라 그런 모습을 보인 건 처음이었다. 어린시절부터 지금까지 어머니의 젖가슴을 본 적이 없었다. 가슴을 만진 것은 말할 것도 없고 살을 맞대본 기억도 없었다. 함께 계단을 내려가면서도 걸음이 부자연스러운 어머니를 부축하는 것이 꺼려질 정도의 낯가림이 어머니와 나 사이에 존재했다. 홀어머니와 외아들 사이의 그런 거리를 이해할 수 있는 사람이 많지 않으리라는 걸 나는 안다. 그 거리는 세상을 생존을 건 싸움터로 인식한 어머니에 의해 만들어진 것이다. 경계를 늦추면 어디서 뭐가 날아올지 모르기 때문에 언제나 긴장하고 살아야 한다는 것이 어머니의 지론이었다. 아들 앞에서조차 겉옷을 벗지 않는 어머니의 그런 삶의 태도는 아들로 하여금 어머니 앞에서까지, 아니, 어머니 앞에서는 유독 긴장을 늦추지 못하게 만들었다. 나는 처음으로 목도한 어머니의 늙은 젖가슴을 망연자실 바라보기만 할 뿐 옷을 매만져줄 생각도 하지 못했다. 뒤늦게 나타난 간호사가 뭐 이런 사람이 있어, 하는 시선으로 나를 흘겨보고는 시트를 끌어올려 어머니의 몸을 덮었다.

섬의 한쪽 봉우리가 그때 보았던 어머니의 젖가슴처럼 아래쪽으로 느슨하게 흘러내리는 모양이었다. 어쩌면 내가 보지 못한 어머니의 다른 쪽 가슴은 가슴앓이섬의 다른 쪽 봉우리처럼 봉긋 솟아 있을지 모른다는 생각을 했다. 설마 그럴라고? 하는 반문이 터져나왔지만, 그러지 말란 법도 없지 않느냐고 우기고 싶은 심정이었다.

"어느날 네 아버지가 점방에 찾아오셨다고 하더라. 그때도 우리집은 점방을 하고 있었다." 상철이 내 시선을 따라 돌섬의 처진 젖가슴에 눈길을 주며 말했다. 병이 깊어지면서 바깥출입을 통 하지 않을 땐데, 양복을 잘 차려입고 나타나서는 바닷가 모래밭에 오랫동안 쭈그리고 앉아 있더라고 했다. 해거름이 되도록 그 자리를 떠나지 않기에 걱정이 된 상철 어머니가 다가가 저녁바람이 몸에 좋지 않으니 그만 돌아가 쉬라고 했다. 그랬더니 가슴앓이섬에 데려다줄 수 있겠느냐고 묻더란다, 하고 상철이 가만가만 말했다. 바다의 길을 알아낸 배는 바람을 받아 저절로 천천히 움직였고, 물 위에 떨어지는 석양은 나긋나긋했다. 그의 목소리도 저절로 천천히 움직였고, 나긋나긋해졌다. 그 양반이 어째서 그런 요구를 하는지 이해할 수 없지만, 그러나 왠지 거부하지 못하겠다면서 그의 어머니는 아들에게 배를 띄우라고 했다. 상철도 물론 이해할 수는 없었지만 거부할 수도 없었다고 회고했다. "지금은 어렴풋하게나마 짐작을 하게 되었다만…… 그때는 어두워

지는 시간에 거길 가겠다는 그 양반이나 나에게 노를 저으라는 어머
니나 그 속셈을 통 모르겠더라." 그러니까 아버지를 섬에 데려다준 사
람이 상철이었다. 이 친구가 처음부터 나에 대해 모르는 게 없는 것처
럼 행동한 연유가 그것이었던가. 나는 그가 또 무슨 이야기를 털어놓
을지 몰라 불안했다. 바다가 몸을 뒤집으며 솟구치는 것 같은 현기증
이 갑자기 일어났다. 나는 어지럼증을 몰아내기 위해 눈을 감았다가
떴다. 섬의 몸뚱이가 꽤 불어나 있었다.

배를 타고 가면서 아버지는 한마디도 하지 않았다고 한다. 언제 모
시러 올까요? 하고 물었지만, 돌아오는 대답이 없었다. 한 시간 후에
그가 섬으로 갔을 때 아버지는 바람이 잘 불어오는 쪽 평평한 바위 위
에 하늘을 보고 누워 있었다. 바닷바람이 은백의 가느다란 머리카락
을 날렸다. 상철이 가까이 다가가 어두워졌는데, 어르신, 이제 그만
가시죠, 하고 말을 붙였다. 그냥 가게, 하는 대답이 돌아왔다. 밤이 되
면 기온도 떨어지고 바람도 세차지기 때문에 위험하다고 설득했지만,
자기 걱정은 하지 말고 돌아가라는 말만 되풀이했다. 그는 별수없이
혼자 배를 타고 섬을 떠났다. 그에게서 사정 이야기를 들은 그의 어머
니는 한숨을 몰아쉬고 혀를 끌끌 찬 다음, 내버려두는 게 좋겠다고 했
다. 괜찮을까요? 하는 걱정스러운 물음에는 괜찮아도 어쩔 수 없고
괜찮지 않아도 어쩔 수 없는 일 아니냐, 하고 애매하게 대답했다. 그
래도 무슨 사고라도 생기면 어떻게 하느냐며 안절부절못하자 그의 어
머니가 혼잣말처럼 덧붙였다. "아마 저 양반, 자기 의지로 거기 간 거
아닐 거다. 제 힘으로 어찌할 수 없는 무언가가 그 양반을 불렀을 거
다. 그러니 자기 의지로 나오지 못하는 게 당연하겠지. 사람은 인생의
마무리를 지어야 하는 순간이 언제인지를 용케 안다고 하더라. 내버

려둬라."

　말은 그렇게 했으면서도 그녀는 이튿날 날이 밝기 무섭게 먹을 것을 챙겨서 섬으로 갔다. 직접 노를 저었다고 했다. 집으로 돌아가자고 권유해도 아버지는 바위에 누운 채 묵묵부답이었다. 이 양반아, 그러다 죽어요, 했더니 자기가 어디서 죽어야 할지 안다고 대꾸했다는 말이 나중에 전해졌다. 그녀는 음식을 남겨두고 떠날 수밖에 없었다. 물론 그는 그녀가 두고 간 음식에는 손도 대지 않았다. 그런 일이 몇차례 반복되었다.

　"그 양반, 음식을 통 먹지 않았다고 한다. 시한을 받아둔 상태이긴 했지만 음식물 섭취를 거부함으로써 시간을 앞당긴 셈이지. 우리 어머니가 얼마 후에 다시 섬에 갔는데, 바위 위에 반듯이 누운 채 숨을 쉬지 않았다고 하더라. 그의 몸을 받치고 있는 평평한 돌판이 흡사 관속에 깔아둔 칠성판처럼 보이더라고, 그런데도 뭐가 만족스러운지 지극히 편안한 표정을 짓고 있더라고 하더라." 상철이 배를 정박하려고 닻을 내리면서 말했다.

　네 엄마를 저 섬에다 가둬두고 굶겨 죽이려고 했다, 하고 알려준 사람이 누구였는지 생각나지 않는다. 혹시 가슴앓이섬에서부터 밀려온 파도가 아니었는지 모르겠다. 네 에미가 저 건너 섬에서 한 달 반을 살았다, 하고 누군가 말해줬다. 먹을 것도 없고 물도 없는 데로 들어간 게 어디 살려고 그랬겠느냐, 하고 누군가 말해줬다. 그 조합장 어른, 참 독한 양반이지, 네 엄마를 저 섬에다 가둬두고 굶겨 죽이려고 했다, 첩하고 한집에서 사는 걸 거부했다고, 세상에 그런 악질이 어디 있다든, 하고 누군가 말해줬다. 먹을 것을 갖다주는 것도 막고, 접근도 못하게 했다, 근처에만 가도 혼쭐을 냈다, 조합장 위세가 얼마나 대단했는지, 아무도 거역을 할 수 없었다, 하고 누군가 말해줬다. 어떻게 소식을 들었는지 친정오빠가 찾아와서 한바탕 난리를 쳤다, 그러지 않았으면 저 섬이 네 엄마 무덤이 되었을 거다, 하고 누군가 말해줬다. 하기야 네 엄마도 저 섬의 돌들 가운데 하나가 되어버릴 생각을 했던 거겠지, 그렇게 사느니 차라리 그 편을 택하겠다고 마음먹었겠지, 그러지 않고서야 한 달 반을 물도 안 마시고 버텼겠냐, 나올 때 보니까 송장이 따로 없더라, 하고 알려준 사람이 누구였는지 생각나지 않는다.

여행가방을 가슴에 끌어안은 사내가 먼저 내렸다. 상철이 그 사람에게 줄을 던지며 끌어당기라고 했다. 사내가 줄을 잡아당기자 폴짝 뛰어서 건너가더니 돌출된 큰 바위에 줄을 감았다. 안 내려? 그때까지 배 안에 앉아 있는 나를 향해 그가 물었다. 나는 몸을 일으켰다. 아니, 일으키려고 했다. 그 순간 하늘이 한꺼번에 와르르 쏟아져내리고 바다가 솟구쳐올랐다. 배가 흔들리면서 몸이 뒤뚱거리고 머리가 어질어질했다. 속이 매스껍고 가슴이 두근거리고 식은땀도 났다. 나는 중심을 잃고 비틀거리다가 겨우 배의 난간을 붙잡고 주저앉았다. 내 발이 섬에 닿기를 꺼리는지 섬이 내 발이 닿는 것을 꺼리는지 알 수 없었다. "이런 촌놈, 다 와서 무슨 배멀미냐? 자, 내가 잡고 있을 테니까 빨리 뛰어내려." 상철이 줄을 잡아당기며 소리쳤다. 나는 다시 몸을 일으키려고 했지만 발이 부들부들 떨려서 일어날 수가 없었다. 세상이 까맣다가 하얗다가 했다. 하늘과 바다가 뒤섞여 빙글빙글 돌았다. 나는 손을 내저었다. 이런 촌놈, 소리를 연발하며 상철이 배 안으로 훌쩍 뛰어들어와 나를 들쳐업었다.

그는 나를 업은 채 바위투성이의 섬을 가로질러 걸어갔다. 나는 내려달라고 했지만 그는 내 의사를 무시했다. 배를 댄 곳은 두 개의 젖무덤 모양의 봉우리에 의해 형성된 골짜기 부근이었는데, 그는 경사가 완만한, 내가 잠깐 어머니의 처진 젖가슴을 떠올렸던 오른쪽 봉우리를 향해 걸어가고 있었다. 여행가방을 든 채 먼저 배에서 내린 외지 사내가 울음인지 비명인지 모를 괴성을 질렀다. 누군가의 이름을 부르는 것 같았지만 확실하지는 않았다. 바다는 그의 목소리를 삼켰다. 상철이 멈춰서서 사내가 하는 양을 가만히 지켜보았다. 내 눈에도 남자가 가방을 열고 그 속에 들어 있던 옷들을 꺼내 하나씩 바위 위에 펼쳐놓는 모습이 보였다. 블라우스와 청바지와 셔츠와 속옷이 바위 위에 널렸다. 무슨 의식을 거행하는 것처럼 보이는 동작이었지만 어쩐지 계속 바라보고 있기가 거북해서 나는 고개를 돌려버렸다.

상철이 다시 걸음을 옮겨 디디며, 너의 아버지 몸은 저 바위덩어리 위에서 바닷바람을 맞으며 말라갔다, 하고 메마른 목소리로 말했다. 그의 목소리가 성대를 빠져나오는 순간 바닷바람이 빠르게 낚아채갔기 때문에 여간 주의깊게 듣지 않으면 내용을 파악하기가 어려웠다. 그런데도 나는 전혀 답답하지 않았는데, 내용이 파악되든 말든 상관없어서가 아니라 들리든 들리지 않든 내용을 파악하는 데 아무런 장애를 느끼지 않았기 때문이었다. 어떻게 된 영문인지 나에게 말하고 있는 사람이 상철이라는 생각도 들지 않았다. 섬이 무슨 이야기인가를 하며 웅웅거리고 있는 것 같은 의식의 도착은 급기야 섬이 무슨 이야기인가를 들려주기 위해 여태 나를 기다려온 거라는 생각까지 하게 했다. "그것이 그 양반의 마지막 소원이었다. 우리 어머니는 고인의 뜻을 존중해주자고 제안했고, 마을 사람들이 동의했다. 바닷바람에 수분을 내준 그 어른의 몸은 돌처럼 딱딱해져갔다고 한다. 장사지내기 위해 돌판 위에서 떼어내려고 했지만 떨어지지 않았다. 바위에 붙어 바위의 일부가 되어버린 것이지. 그러니까 이 봉우리가 네 아버지의 무덤인 셈이다. 그 이후 오랫동안 마을 사람들은 이 섬에 접근하지 않았다. 전에는 일을 하다 잠시 배를 대고 올라와 새참을 먹거나 낮잠을 자거나 했지. 젊은 애들이 밤중에 데이트 장소로 이용하기도 했고. 그러나 이 섬이 네 아버지 무덤이 된 뒤로는 그런 일이 없어졌다. 누가 억지로 막거나 무슨 규칙을 정한 것도 아닌데, 저절로 그렇게 되었다. 마을 사람들은 영토 일부를 잃어버린 셈인데도 아무도 불평하거나 아쉬워하지 않았다. 그럴 수 없었다. 이 섬을 이루고 있는 돌덩이들의 일부가 됨으로써 네 아버지는 이곳이 자신의 영토임을 선언한 셈이니까." 상철이 잠깐 멈춰서서 등에 업은 나를 추켜올렸다. 나는 상철이 나를 내려놓기를 바라면서도 내려놓을까봐 겁먹고 있었다. 진실은 언제나 참혹한 법이다. 나의 아버지는 내 안의 한데에서 부는 바람에 살가죽이 쭈그러지고 말라 형체를 잃어갔던 것이다. "사람들은 네 아버지가 이 섬을 떠돌고 있다고 생각했다. 그 때문에 여기에 범접하지 못한 것이다. 모르긴 해도 그 양반이 여기를 떠돌고 있다는 마을 어른들의 믿음이 맞다면, 그것은 그 양반이 생애의 마지막에 이 땅에서 희구하던 것을 얻지 못하고 떠났기 때문일 것이다. 우리 어머니는 그것을 용서라고 했다. 네가 고향을 찾아온 사연이 무엇인지, 너나 어머님의 마음이 어떤지 알 길이 없지만, 어쨌든 이것만은 분명하다. 네 아버지, 참 오래 기다리고 있었다." 어느새 꼭대기에 이르러 있었다. 여기다, 하며 상철이 나를 땅에 내려놓을 때 내 안에서 다시금 하늘이 곤두박질치고 바다가 솟구쳤다. 발이 땅에 닿기 무섭게 휘청하며 몸이 구부러졌다. 섬 전체가 흔들리는 것 같았다. 누가 주저앉히기라도 하는 것처럼 다리가 휘청했고, 몸이 힘없이 무너져내렸다. 내 몸은 평평한 바위 위에 하늘을 바라보며 눕혀졌다. 아마도 아버지가 누운 채자신의 육신을 말렸던 그 바위일 거라고, 가물가물한 의식 속에서 나는 겨우 생각했다. 석양이 바다 위에 피륙처럼 덮이고 있었다. 바다에서 불어온 바람이 얼굴을 어루만지며 지나갔다. 아버지…… 내 입에서 바람소리 같은 목소리가 새어나왔다.

M에게 알렙에 대해 최초로 이야기해준 사람은 떠돌이 악사였다. 공교롭게도 악사는 M의 부모가 내준 방에서 숨을 거두었다. 마을에 나타날 때부터 병이 깊었던 떠돌이는 음악을 듣기 위해 몰려든 마을 사람들에게 「봄을 부르는 노래」를 한곡 힘들게 연주하고는 주저앉아 버렸다. 피리소리는 너무 약해서 귀를 기울여야 겨우 들릴 정도였다. 봄이 왔다가 도로 돌아가겠다고 누군가 투덜거렸다. 몸이 어찌나 말 랐는지 악사가 피리를 부는 것이 아니라 피리가 악사를 부는 것 같았 다고 M은 나중에 그 순간을 회고했다. 어떤 사람은 혀를 차고 어떤 사람은 투덜거리며 각자의 집으로 돌아갔다. M의 부모는 손님들을 위해 마련해놓은 문간방에 산송장이나 마찬가지인 떠돌이 악사를 묵 게 했다.

식구들이 모두 잠든 시간에 문간방에 몰래 들어간 M은 시체처럼 누워 있는 악사의 얼굴을 가만히 내려다보았다. 문틈으로 비쳐든 달빛이 악사의 얼굴 위에 어른거리는데, 어디선가 아련하게 피리소리가 들려오는 것 같았다. 가만히 숨을 죽이고 있자니 문틈으로 들어온 달빛이 떠돌이의 몸속으로 스며들었다가 새어나오며 음악소리를 내는 게 느껴졌다. 그 음악소리 역시 귀를 기울이지 않으면 들리지 않을 정도로 은밀했지만, 은밀한 만큼 간절하기도 했다. M은 음악소리가 귓속으로 스며드는 것이 아니라 온몸의 숨구멍을 타고 들어온다고 느꼈다. 그의 피부가 도톨도톨 부풀어오른 것은 아마 그 때문이었을 것이다. 어느 순간 악사가 눈을 뜨고 그를 바라보는 것이 느껴졌다. 그는 깜짝 놀랐지만, 죽었기 때문이 아니라 깨어났기 때문에 놀란다는 걸 알면 악사가 언짢아할 것 같아서 애써 태연한 척 말을 붙였다. 그 사람이 깨어나면 무슨 말을 해야겠다는 작정을 하고 있지 않던 터라, 아니 깨어날 거라는 기대조차 하지 않고 있던 터라 M은 자기 입에서 무슨 말이 나오는지도 몰랐다. 집이 어디예요? 하는 물음은 그 상황에 어울리는 것 같기도 하고 어울리지 않는 것 같기도 했다. 악사는 알렙…… 하고 발음했다. 악사의 목소리가 너무 작았기 때문에 M은 악사의 입 가까이 귀를 가져다대야 했다. 악사의 메마른 입술이 그의 귓불에 닿을 때 그는 자기가 그 사람의 악기가 된 것 같은 느낌을 받았다. 알렙, 신전, 우주의 기원과 본질을 사유할 수 있는 이미지를 보여준다고 하지. 귀를 기울이지 않으면 들을 수 없을 정도로 은밀하던 기왕의 음악소리가 순간 천둥처럼 장엄하게 울려퍼지며 방 안을 가득 채웠고, 방 안을 빠져나갔고, 공중에 충만했다. 숨을 거두기 전에 악사가 그의 몸속으로 있는 힘을 다해 숨을 불어넣었고, 그것이 말하자면 그 떠돌이 악사의 마지막 연주였다는 걸 M은 니중에 알았다. 그러나 그 연주가 무엇을 뜻하는지, 자기가 왜 악사의 마지막 악기가 되어야 했는지는 이해할 수 없었다.

떠돌이 악사가 남긴 세 개의 크고작은 피리는 M의 차지가 되었다. 악기 다루는 법을 가르쳐주는 사람이 없었지만 그는 피리를 불었다. 그가 입을 가져다대면 피리가 소리를 냈다. 그는 마음이 적적하거나 알 수 없는 공허에 사로잡힐 때 피리를 꺼내 불곤 했는데, 종류에 따라 묵직하고 우렁찬 소리를 내는가 하면 가늘고 경쾌한 소리를 내기도 했다. 대지를 두드리는 빗소리를 내기도 하고 대기를 간지럼 태우며 희롱하는 달빛을 불러내기도 하고 흙의 표피를 살짝 들어올리며 움트는 새싹을 노래하기도 했다. 잠자리의 날갯짓, 호수에 던져진 돌멩이가 일으키는 파문, 숲속의 나무들을 태우며 솟구치는 불, 바위틈으로 스며드는 뱀의 날름거리는 혀, 하늘을 두 쪽으로 쪼개며 떨어지는 번개와 천둥, 애타게 짝을 찾는 짐승들의 울음, 갓 구워낸 빵의 향긋한 냄새, 살갗에 닿는 솜이불의 부드러운 감촉…… 피리 안에 그런 것들이 들어 있었다. 피리 안에 그가 상상할 수 있는 세상의 모든 것이 다 들어 있는 것 같았다. 그러나 그 속에는 그가 상상할 수 없는 것들도 들어 있었는데 그것은 전혀 이상한 일이 아니었다. 왜냐하면 그 속에 들어 있는 것은 떠돌이 악사가 평생 동안 떠돌며 보고 듣고 노래한 세상이므로. 그는 피리가 들려주는 알 수 없는 소리에 귀기울이며 풀밭에 앉아 먼 하늘을 오랫동안 쳐다보곤 했다. 둥글고 아득하고 먼 하늘은 그에게 형언할 수 없는 허기를 더했다. 허기는 그의 손에 피리를 쥐여주었고, 피리소리는 그를 더 깊은 허기 속으로 빠뜨렸다.

그리고 스무살이 되었을 때 M은 떠돌이가 되었다. M은 마을에 찾아왔던 떠돌이 악사가 그랬던 것처럼 피리를 들고 세상을 향해 떠났다. 떠돌며 만난 세상은, 그의 피리가 세상의 모든 것을 소리로 바꿔 저장하고 있다는 사실을 알게 했다. 그리하여 무엇을 나타내는지 상상할 수 없는 소리들이 점점 줄어들었다.

해안가에 있는 어느 도시에 이르렀을 때 M은 우주의 기원과 본질에 관해 활발하게 토론하는 사람들을 만났다. 통나무로 만든 사각의 탁자가 여섯 개 있는 조그만 술집이었는데, 술집 이름이 '향연'이었다. 사람들은 큰 유리잔에 흰 거품이 나는 황금빛 술을 마시고 있었다. 그 가운데는 머리가 하얀 노인도 있고, 아직 수염도 나지 않은 젊은이도 있었다. M은 '향연'에서 피리를 불었다. 그가 연주를 하는 동안에도 토론은 중단되지 않았다. 연주가 끝나자 그들 가운데 한명이 M에게 술을 권하며 자리에 합류하라고 권했다. 그는 마침 갈증이 나던 참이라 흰 거품이 유리잔 위에 왕관처럼 얹힌 술을 벌컥벌컥 들이켜고 의자에 앉았다. 토론이 계속 이어지고 있었다. 우주의 본질이 원이라고 주장하는 사람과 불이라고 주장하는 사람 사이의 논쟁이었다. 원이라고 주장하는 사람은 태양과 지구와 달과 태아를 담고 있는 여자의 배와 하늘과 바다를 언급했다. 불이라고 주장하는 사람은 빛과 열과 에너지에 대한 이론을 길게 늘어놓았다. M은 자기 몸이 피리소리를 내는 듯한 환각상태에 빠져서 그들의 대화를 들었다. 그들은 꽤 진지하게 나름의 논리를 펴고 있었지만, 목소리는 거의 들려오지 않았다. 그 대신 어린시절 떠돌이 악사가 지상에서 한 마지막 말이 문득 떠올라 귓가에서 수런거렸다. 알렙, 신전, 우주의 기원과 본질을 사유할 수 있는 이미지를 보여준다고 하지. 무엇 때문인지 조금 당황한 그는 그 목소리를 몰아내기 위해 흰 거품을 입술에 묻혀가며 술을 마셨다. 그 자리에 앉아 있는 사람은 열 명가량이었는데, 실제로 논쟁을 하고 있는 사람은 두 명이었다. 나머지는 논쟁에 끼어들지 않고 조용히 듣고만 있었다. M이 그 사실을 지적하자 처음 그에게 술을 권했던, 머리가 반쯤 벗어진 흰 피부의 남자가 그것은 우주의 본질에 대해 주장하는 바가 모두 다르기 때문이라고 설명했다. 원이냐 불이냐,에 끼어들려면 그 어느 한쪽 주장에 동조해야 하는데, 누구도 그렇지 않기 때문에 끼어들 수가 없다는 것이었다. 그러면 당신은? 하고 묻자 그 사람은 아주 은근한 목소리로, 나는 우주의 본질이 꽃이라고 믿지, 하며 손으로 꽃 그림을 그려 보였다. 입문자에게 자기들의 강령을 설명하는 즐거움에 빠진 그 사람은, 저기 저 안경 쓴 친구는 숫자 7, 그리고 그 옆의 매부리코는 공기라고 떠드는데, 황당하기 짝이 없지 뭐, 하며 웃었다.

그 사람의 말은 그 자리의 토론이라고 하는 것이 일종의 유희에 다름아니라는 판단을 하게 했는데, 그 판단과는 무관하게, 어떤 의식이 작용한 것인지 설명하기가 쉽지 않지만, 그 순간 M은, 자기가 집과 혈육을 떠나 세상을 떠돌아다닌 것이 오로지 알렙에 이르기 위해서였다는 깨달음과 만났다. 막연하지만 피리──피리의 기억이 그를 그곳으로 인도해갈 거라는 믿음을 무의식 속에 품고 있었던 거라고, 피리를 불며 떠돈 것은 그 믿음 때문이었다고 그 깨달음은 알려주었다. '향연'이라는 술집의 사뭇 진지하면서 동시에 희극적인 토론 모임의 참석자 가운데 가장 연장자로 보이는 흰 수염의 노인이 그가 가지고 있는 세 개의 피리를 알아보고서 피리의 주인은 어떻게 되었느냐고 꽤 진지하게 물어왔을 때, 그는 자신에게 주어진 운명의 길이 어디로나 있는지 똑똑히 보아버렸다. 떠돌이 악사는 언젠가 이 도시를 지나간 적이 있는 모양이었다. 노인은 오래전에 악사가 '향연'의 대화에 참여했었다고 기억해냈다. 그 악사가 무슨 신전 이야기를 했지 아마. 신전의 천장이 까마득하게 높은데, 천장에 둥근 창문이 있다던데. 해가 하늘 한가운데 멈춰 있을 때 그 창문 아래 똑바로 서서 위를 바라보면 우주의 기원을 볼 수 있다고 하던가. 우주의 본질을 사유할 수 있는 이미지를 얻게 된다고 하던가. 그걸 만다라라고 부른다고 하던데. 거기가 어디라고 하더라. 무슨 사막이라고 했는데…… 사막의 이름을 기억해내려는 노력을 조금 하는 듯하다가 이내 포기하고 노인은 흰 거품의 황금빛 술을 거푸 마셨다. M은 알렙, 하고 속으로만 읊조렸다. 떠돌이 악사가 어떻게 되었는지, 그 사람의 피리를 그가 어떻게 소유하게 되었는지 자세히 대답해주려고 준비하고 있었는데 아무도 물어오지 않았다.

M은 그 자리에 더 있을 이유가 없었으므로 술집을 나왔고, 도시를 떠났고, 사막을 찾아나섰다. 피리소리, 더 분명하게는 피리소리에 의해 불러내지는 떠돌이 악사의 영혼이 그 길을 안내할 거라는 믿음은 운명과도 같았다. 그러나 그 운명의 길은, 예상한 대로 길고 고단했다. 알렙이라는 사막을 아는 사람이 없었다. 어떤 도시에서 파는 지도에도 그런 이름을 가진 사막은 나타나 있지 않았다. 도착한 다음에야 알게 된 바에 의하면, 그것은 알렙이 사막이 아니라 신전의 이름이기 때문이었다. 알렙 신전이 있는 사막의 이름은 짐멜이었다. 그러니까 짐멜 사막에 있는 알렙 신전을 찾아야 했던 것이다. 수많은 골짜기와 봉우리, 물과 뭍과 긴 세월을 지나 마침내 M이 그곳에 이르렀을 때 그의 이마와 얼굴에는 칼로 새긴 것 같은 굵은 주름이 생겨 있었고, 몸은 수분이 깡그리 빠져나가서 바짝 마른 장작처럼 변해 있었다. 성냥을 그어 대면 불이 붙을 것 같은 그의 몸은 어린시절 그의 마을에

찾아왔던 떠돌이 악사와 너무나 흡사했다.

　바람은 동쪽에서 서쪽으로 불었고, 미세한 모래먼지들이 눈과 입과 귀 속으로 스며들어왔다. 사막을 가로지르는 한줄기 도로 위로 가끔씩 자동차가 지나갔다. 대개는 관광객을 실어나르는 버스들이었다. 관광객들은 한때 번성했지만 이제는 폐허가 되어버린 고도의 유적들을 건성으로 훑어보고 얼굴에 달라붙는 모래먼지들을 피해 서둘러 버스에 올랐다. 가이드는 인류에게 최초로 허락된 완전한 정원이었으며 몇세기 전까지도 여러 도시문명이 교대로 일어나고 주저앉기를 반복하다가 알 수 없는 이유로 급격히 진행된 사막화에 의해 오늘날과 같이 황폐해진 짐멜에 대해 주로 버스 안이나 유적지 입구에서 간단히 설명했다. M에게는 가이드가 없었지만, 신전이 올려다보이는 계단 앞에서 마스크로 얼굴 전체를 거의 가리고 눈을 보호하기 위해 썬글라스를 낀 일군의 관광객들을 상대로 설명하는 키가 작은 남자 가이드의 입을 통해 대강의 이야기를 들을 수 있었다. 그러나 피부색이 희고 머리카락이 곱슬곱슬하며 대체로 키가 작은 편인 단체관광객들의 언어에 익숙하지 않았기 때문에 M이 알아들을 수 있는 단어는 몇개 되지 않았다. 그는 모자이크, 기도, 하늘, 폐허, 무덤 같은 명사와 위험하다, 사라지다, 깨닫다, 올라가다, 그리다 같은 용언, 그리고 거의, 말하자면, 매우, 결코, 아마 같은 부사어를 들었다. 물론 그 단어들을 조합해서 문장을 만들어볼 수는 있지만, 그런다고 해도 조악하고 부정확한 문장에 지나지 않을 터이므로, 그는 그것이 부질없다고 생각하고 귓등으로 흘려보냈다.
　M의 목표는 너무나 확고했기 때문에 머뭇거릴 이유가 없었다. 피

부색이 희고 머리카락이 곱슬곱슬하며 대체로 키가 작은 편인 관광객들이 계단 아래 서서 가이드의 설명을 듣고 있는 동안 그는 계단을 걸어올라갔다. 신전은 가파른 계단 위에 세워져 있었으므로 그곳에 들어가기 위해서는 계단을 올라가야 했다. 따가운 햇살이 등 위에 떨어지고 있었다. 칠십도 정도의 경사를 유지하며 만들어진, 폭이 좁은 돌계단은 까마득히 높아 보였다. 그는 계단을 딛고 올라가면서 가장 오래되고 가장 신성한 세계, 우주의 기원과 본질을 품고 있는 특별한 공간 속으로 들어간다고 스스로에게 속삭였다. 긴장 때문인지 그의 발걸음은 조금 떨렸다. 아니, 긴장 때문만은 아니었다. 그는 계단 수를 헤아리면서 한칸씩 조심스럽게 올라갔는데, 108까지 헤아린 뒤 가슴이 터질 것처럼 부풀어오르고 다리가 후들후들 떨렸기 때문에 폭이 좁은 돌판 위에 주저앉아 한참 동안 쉬어야 했다. 가파른 경사도 문제지만 계단 위에 수북이 쌓여 자꾸만 발을 미끄러뜨리는 모래가 더 문제였다. 두번째 쉴 때 그는 197을 입속에서 우물거렸고, 목이 타들어가는 것 같았고, 회오리바람에 허깨비 같은 몸이 날아갈 뻔한 상태였다. 197번째 계단에서는 108번째 계단에서보다 조금 더 오래 쉬었다. 그리고 278번째 계단에서 한번 더, 조금 더 오래 쉬었고, 357번째 계단에서 다시, 조금 더 오래 쉬었다. 그리고 402, 475, 553, 606, 678, 737, 798, 847이라는 숫자를 지나갔다. 숫자는 999에서 멈췄다. 거의 반나절이 지나 있었고, 대지에는 석양이 깔리고 있었고, 그의 얼굴은 모래먼지를 뒤집어써서 분장한 것처럼 되었고, 가슴이 찢어질 듯 아팠고, 몸속의 기운이 다 빠져나가서 곧 쓰러질 것만 같았다. 실제로 그는 돌판 위에 마른 몸을 누이고 하늘을 향해 가쁜 숨을 몰아쉬었다. 그러나 가장 오래되고 가장 신성한 세계 속으로 들어가 우주의 기원과 본질을 사유할 수 있는 이미지와 대면하고자 하는 욕망이 곧 그의 몸을 일으켜세웠다.

신전으로 들어가기 전에 M은 자기가 올라온 계단 아래쪽을 한번 내려다보았다. 사람들이 땅 위를 꾸물꾸물 기어다니는 벌레들처럼 보였다. 몇사람이 그가 그랬던 것처럼 가파른 계단을 힘겹게 올라오고 있었는데, 그들 역시 벌레처럼 보이기는 마찬가지였다.

신전 입구에서 M은 몸을 통째로 집어넣을 수 있는 자루처럼 생긴 회색의 수도사복 차림을 한 노인에게 제지당했다. 흡사 신전의 유물처럼 보이는 노인이었다. 어쩌면 신전이 생길 때부터 그 자리에 앉아 있었을지 모른다는 생각이 들 정도였다. 삐걱거리는 의자에 앉아 꾸벅꾸벅 졸고 있던 노인이 그가 안으로 들어가려고 하자 들고 있던 지팡이로 바닥을 탁탁 두 번 쳤다. 그는 종아리라도 얻어맞은 것처럼 화들짝 놀라 몸을 돌려세웠다. 노인이 투명한 유리로 만들어진, 연보함처럼 생긴 상자를 지팡이로 가리켰다. 그는 돈을 가지고 있지 않았기 때문에 당황했다. M은 이곳저곳 떠돌면서 음악을 연주해주고 그 댓가로 밥과 잠자리를 얻었다. 그것이 말하자면 떠돌이 악사인 그의 삶의 방식이었다. 간혹 여비 명목으로 돈을 받기도 했지만 그것은 늘 충분하지 않았다. 수도사 복장의, 수도사인지 아닌지 알 수 없는, 그러나 수도사가 아니라고 하더라도 신전의 유물임에는 틀림없어 보이는 노인이 그에게 입장료를 요구하고 있다는 짐작은 어렵지 않게 할 수 있었지만, 그것은 그에게는 아주 벅찬 요구였다. 벅차지만 무시할 수 없다는 데 그의 고민이 있었다. 왜냐하면 노인의 권위가 노인이 속해 있는 신전으로부터 나온다는 사실을 이미 인정한 다음이었던 것이다. 그는 돈을 가지고 있지 않다고 사실대로 말했다. 그러고는 곧이어서 아주 먼 곳에서 여기까지 왔다고 말했다. 여기까지 오는 데 거의 평생이 걸렸다고 덧붙였다. M은 노인이 그의 진심을 헤아려주기를 바랐다. 그러나 수도사 복장의 노인은 눈빛 하나 바꾸지 않고 물끄러미 그를 바라보기만 했다. 말하는 사람을 무안하게 만드는 무연한 시선이었다. 그는 늘 해왔던 대로 젊어지고 있던 바랑에서 피리를 하나 꺼내 입에 물었다. 가장 아련하고 섬세한 소리를 내는 피리였다. 손가락이 열고 닫아야 할 구멍을 찾아 스스로 움직였다. 소리는 사막의 모래먼지를 오래된 신전에 흩뿌리며 저절로 깊어졌다. 그가 연주하는 동안 동쪽에서 서쪽으로 불던 바람이 신전을 휘감아올릴 기세로 회오리를 일으켰다. 그러나 수도사 복장을 한, 수도사인지 아닌지 알 수 없는 노인의 표정에는 흔들림이 없었다. 표정에 어린 침묵과 고요가 너무나 완강해서 새삼 그 노인이 신전의 일부와 같다는 생각을 저작하다 말고 그는 돌연 노인이 소리를 듣지 못하는 게 아닌가 하는 의심을 하기에 이르렀다. 말로 설명할 수는 없지만, 떠돌이 악사에게는 자기의 연주를 듣는 사람들의 표정을 읽을 수 있는 감각이 발달해 있었다. 그의 연주를 들으면서 마치 듣지 않는 것처럼 아무 표정도 짓지 않는다는 게 불가능하다고 그의 경험은 알려주었다. 그 감각에 의하면, 노인은 그의 피리소리를 듣지 못하거나 듣지 않고 있었다. 듣는 사람에게 들을 귀가 없다면, 그의 피리소리는 아무 소리도 내지 않은 것과 같다. 듣는 사람이 듣지 못한다면, 그는 피리를 불지 않은 것과 같다. 그러니까 그는 아무것도 하지 않은 것이 된다. 그는 피리소리를 듣고 반응을 보일 수 있는 누군가를 주변에서 찾았다. 그러나 주변에는 신전의 유물처럼 보이는 노인 말고는 없었다. 노인은 그가 어떻게 하는지 지켜보겠다는 듯 파인 구멍과도 같은 눈으로 노려보기만 했다. M은 잠깐 망설인 끝에 입장료로 받아주기를 바라며 들고 있던 피리를 노인의 무릎 위에 내려놓고 신전 입구를 향해 재빨리 몸을 돌렸다. 언제 다시 노인의 지팡이가 땅을 내리칠지 모른다는 긴장감이 그의 온 신경을 뒤통수로 몰리게 했다. 다행히 그가 신전의 문을 밀 때까지 지팡이 소리는 들려오지 않았다. 그는 세 개나 되는 문을 하나씩 차례로 열고 빠르게 걸어들어갔다.

신전의 내부는 어두웠다. 바닥은 두 변이 기다란 이등변삼각형 모양을 하고 있었는데, 삼각뿔 지점에 나선형의 계단이 보였다. 천장은 까마득히 높았다. 어둠 때문인지 내부의 적막감 때문인지 동굴 속으로 들어가는 것 같은 기분이 느껴졌다. 벽에는 길쭉한 유리창이 몇개 있었지만, 여러 모양의 조각유리를 색칠해 붙여놓아 바깥의 빛이 온전하게 안으로 스며드는 걸 방해하고 있었다. 돌을 쌓아 만든 건물은 바람이 새어들어올 틈이 없을 정도로 단단해서 마치 이 지역이 사막이 될 것을 처음부터 예상하고 지은 것이 아닌가 하는 생각을 하게 했다. M은 위를 올려다보았다. 해가 하늘 한복판에 있을 때 천장에 만들어진 둥근 유리창을 바라보면 우주의 본질과 만날 수 있다고 했다. 우주의 본질을 사유하게 하는 이미지, 만다라…… 그러나 둥근 유리창이 어디 있는지 확인할 수 없었다. 그는 천장에 눈을 준 채 삼각뿔을 향해 한걸음씩 옮겨 디뎠다. 그 순간 가까운 곳에서 귀에 익은 지팡이 소리가 들렸다. 딱딱, 바닥을 때리는 지팡이 소리가 벽과 천장에 반사되어 튀어나오며 몸피를 잔뜩 부풀렸다. 지팡이 소리가 그 큰 몸뚱이를 채 감추지 못하고 어물쩍거리는 모습을 흘겨보다가 그는 몸을 돌렸다. 노인이 그의 뒤에 바짝 붙어 서 있었다. 수도사 복장의, 신전 입구 의자에 앉아 있던, 수도사인지 아닌지 알 수 없는, 그러나 수도

사가 아니라고 하더라도 신전의 유물임에는 틀림없어 보이는 노인이 걸음을 걸을 수 있을 거라는 생각을 하지 않았기 때문에 그는 조금 당황했고, 하마터면 걸을 수 있느냐고 질문할 뻔했다. 걸을 수 있다면 들을 수도 있는 게 아닐까, 하는 의문이 밑도끝도없이 생겼다가 피식 소리를 내며 까라졌다.

　노인의 지팡이가 M이 서 있는 바닥을 가리켰다. 그가 가리키는 곳에 네모반듯한 표지판 같은 것이 누워 있었고, 거기에 글자가 적혀 있었다. 그는 어떻게 하란 말입니까? 하고 항의하듯 물었다. 노인이 피리소리를 들을 귀는 없더라도 사람의 목소리를 들을 귀는 가지고 있을 거라고 생각한 것은 물론 아니었다. 그는 듣지 못하는 사람과 의사소통하는 방법을 터득하지 못했기 때문에 자기 의사를 전달하기 위해 그 자신의 방법을 쓸 수밖에 없었다. 노인도 마찬가지로 자신의 방법을 고수했다. 지팡이로 바닥 내리치기가 그것이었다. 그는 곧 노인의 지팡이 소리에 묻어 있는 감정을 읽을 수 있을 것 같은 생각이 들었다. 그가 이번 지팡이 소리에서 읽은 것은 일종의 나무람이었다. 거기에 조급함이 덧붙여졌다. 그러니까 노인은 경우에 맞지 않는 어떤 행동을 하는 상대로 하여금 그 행동을 그치거나 바꾸도록 다급하게 경고를 하는 참이었다. 문제는 노인이 그치거나 바꾸라고 요구하는 것이 무엇인지 알 길이 없다는 것이었다. M은 그 자리에 쭈그려앉아 바닥에 적힌 글자를 읽으려고 했다. 그렇지만 실내가 너무 어두웠기 때문에 판독하는 게 여간 어렵지 않았다. 노인이 이번에는 더욱 다급한 심정을 담아서 지팡이를 빠르게 세 번 내리쳤다. 의도한 것이었는지 아니면 단순한 실수였는지는 알 수 없지만, 그 가운데 한번은 쭈그려앉은 그의 등짝을 스치고 지나갔다. 통증을 느낄 정도는 아니었으나 위협을 느끼기에는 충분했다. 경배할 것을 요구하는지 모른다는 생각이 위협감과 함께 왔고, 그러자 그런 요구가 당연하다는 생각이 이어졌고, 그래서 그는 그 네모반듯한 돌판 위에 무릎을 꿇었다. 조금 전에 자신이 실수한 게 아니란 것을 증명이라도 하려는 듯 노인이 지팡이로 그의 목덜미를 내리쳤다. 그는 비명을 지르며 그 자리에 고꾸라졌다. 노인은 그 일격으로 M이 느낀 위협이 공연한 것이 아니었다는 사실까지 증명했다. 어쩌란 말이야, 어쩌란 말이냐고…… M은 소리질렀지만, 그의 목소리는 비명 속으로 흡수되고 말았다. 노인도 더이상 인내할 수만은 없다고 판단했는지, 혹은 이 한심한 외부인의 눈치 없음에 질렸는지, 자루 같은 옷 속으로 손을 집어넣어 짧고 둥근 막대 같은 것을 꺼냈다. 노인이 막대의 끝부분을 살짝 돌리자 거기서 환한 빛이 새어나왔다. 노인이 글자판에 빛을 쏘았다. 목덜미를 두 손으로 싸쥐고 무릎을 꿇은 자세로 M은 글자판에 적힌 글자를 읽었다. '성 조슈아, 여기 잠들다'라는 글자와 아마도 성 조슈아의 생몰연대를 표시한 것으로 추정되는 여러 개의 숫자를 읽을 수 있었다. 그러나 숫자는 너무나 조그맣게 씌어져 있어서 정확히 읽는 게 불가능했다. 그리고 사실 그에게는 성 조슈아의 생몰연대는 전혀 중요하지 않았다. 글자 옆에 관 모양의 도형이 새겨진 것으로 보아 그곳이 무덤이라는 짐작을 어렵지 않게 할 수 있었다. 그리고 지팡이로 매질을 한 노인의 의중도 알 것 같았다. M은 얼른 몸을 일으켜 다른 자리로 피했다. 신전 안에 무덤이 만들어져 있다는 사실이 이해되지 않았지만 이해되지 않는 일은 그것 말고도 많았으므로 그는 의혹을 눌러두기로 했다.

그러나 노인이 지팡이로 그의 등허리나 목덜미를 후려치는 일은 그 이후에도 몇번이나 더 일어났다. 공교롭게도 그가 멈춰선 곳마다 누

군가의 무덤이었다. 아니, 신전 내부가 아예 공동묘지라고 해도 좋을
정도였다. 그는 노인이 비춰주는 전짓불 아래서 성 짐멜과 성 추세츠
와 성 바람과 성 오르묵의 이름과 또 성 누군가의 이름을 읽었다. 그
러니까 그곳은 죽은 사람들의 집이었다. 산 사람은 죽은 사람이 미리
차지한 자리를 피해 조심스럽게 걸어다녀야 했다. 그렇지 않으면 징
벌의 매가 목덜미에, 등허리에 떨어졌다. 나름대로 조심한다고 했지
만 죽은 사람들의 이름표가 붙여진 집이 워낙 많았으므로 노인의 지
팡이를 피하는 게 여의치 않았다. 항의는 통하지 않았다. 노인의 지팡
이가 무서워서 나중에는 저절로 움찔움찔했고 걸음을 떼어놓기도 겁
이 났다. 여러차례 얻어맞은 자리는 불이 붙은 것마냥 화끈거리고 쓰
라렸다. 성 골드윅이 잠든 자리에서 노인의 지팡이는 M의 머리를 가
격했다. 그가 머리를 싸쥐고 쓰러지는데 삐걱 소리를 내며 신전의 문
이 열렸다. 목소리로 보아 남자와 여자가 섞인 몇명의 관광객이 신전
안으로 들어온 듯했다. 그들은 조금 소란스러웠다. 머리를 싸쥐고 신
음소리를 내면서도, M은 그 사람들에게 이곳은 죽은 사람들의 집이
므로 함부로 아무데나 밟으면 안된다는 사실을 알려주어야 한다는 의
무감을 느꼈다. 그러나 그럴 필요가 없었다. 수도사인지 아닌지 알 수
없는, 그러나 수도사가 아니라고 하더라도 신전의 유물임에는 틀림없
어 보이는 노인이 바닥에 딱딱, 지팡이를 내리쳤기 때문이다. 천장과
벽에 부딪쳤다가 튀어나온 지팡이 소리가 신전 안을 쾅쾅 울렸다. 노
인의 지팡이는 분노의 감정을 표시하고 있었다.

　그에게는 잘된 일이었다. 노인이 지팡이를 내리치며 새로 들어온
관광객들 쪽으로 움직였기 때문에 M은 생각할 겨를도 없이 삼각뿔
지점을 향해 내달렸다. 달리는 동안 중심을 잡지 못하고 두 번 넘어질

뻔했다. 그는 가쁜 숨을 몰아쉬며 신전의 내부가 턱없이 넓다는 생각을 했다. 막연하긴 했지만, 그는 하늘을 향해 뚫린 천장의 유리창을 삼각뿔 지점에서 관찰할 수 있을 거라고 짐작하고 있었다. 뾰족하게 솟은 천장의 한가운데가 둥근 모양으로 되어 있는 건 맞았다. 그러나 하늘은 보이지 않았고, 그 둥근 모양이 유리창인지도 확인하기가 어려웠다. 그는 서 있는 자리가 잘못되었을 수 있다고 생각하고 위치를 바꿔보았다. 방향도 바꿔보았다. 그러나 마찬가지로 하늘은 보이지 않았고 둥근 유리창도 확인되지 않았다. 같은 자리를 몇번 맴돌다가 해가 기울고 있을 시간이라는 데 생각이 미쳤으므로, M은 곧 까마득히 먼 곳에 있는 사물이 식별되지 않는 건 이상한 일이 아니라고 스스로를 위로했다. 필요한 것은 자리를 잘 잡는 것이었다. 하늘이 보이는 둥근 유리창 바로 아래 똑바로 서는 것이 중요했다. 해가 하늘 한가운데 있을 때 하늘을 향해 뚫린 유리창은 우주의 기원과 본질을 사유할 수 있는 이미지를 보여준다고 했다. 꽃이거나 불이거나 원이거나 숫자 7이거나, M은 우주의 본질인 만다라에 대해 어떤 관념도 가지고 있지 않았다. 아니, 꽃이나 불이나 원이나 숫자 7과는 상관없을 거라는 정도가 그가 가지고 있는 관념이라면 관념이었다.

　하늘을 볼 수 없는 것이 어둠 때문이라고 단정을 내린 그는 여러차례 가늠하고 궁리하며 옮겨 서본 끝에 하늘을 올려다볼 수 있는 이상적인 지점이라고 추측되는 곳에 자리를 잡고 앉았다. 거기 앉아 날이 밝고 해가 떠오르고 떠오른 해가 하늘의 정중앙에 위치할 때까지 기다릴 작정이었다. M은 가부좌를 틀고 앉았다. M의 유일한 걱정거리는 수도사인지 아닌지 알 수 없는 노인의 지팡이였다. 노인이 지팡이를 들고 쫓아와 그를 쫓아내려고 할 경우 어떻게 할 것인지가 문제였

다. 그는 궁리 끝에 바랑 속에 들어 있는 피리 가운데 하나를 더 건네
줄 수 있다고 마음먹었다. 들을 귀가 없는 노인에게는 피리가 하찮은
물건에 지나지 않을 수 있지만, 떠돌이 악사인 그에게는 자신의 삶의
전부와도 같았다. 그렇지만 그는 하늘이 올려다보이는, 그러나 아직
보이지는 않는 원형의 유리창이 있는 신전 바닥에 앉아서, 피리는 이
곳으로 그를 안내했으며, 그러니까 그가 피리를 분 것은 이곳에 오기
위해서였으며, 그러니까 이제는 피리를 불지 않아도 되며, 따라서 피
리는 없어져도 된다는 생각을 하기에 이르렀다. 그 물건으로 노인의
마음을 살 수 있을지가 미지수이긴 했다.

　다행히 어둠이 조금 더 깊어졌다고 느끼고 있는데 신전의 문을 닫
는 소리가 들렸다. 신전의 문은 크고 무거워서 닫히는 데도 시간이 많
이 걸렸다. 특히 맨 바깥쪽 문이 닫힐 때는 사막이 우는 것 같은 소리
를 냈다. 이어서 빗장을 거는 소리가 들리고 이내 무덤 속 같은 적막
이 찾아왔다. 그제서야 안도하는 마음이 생기면서 비로소 몸의 불편
이 감지되었다. 수없이 얻어맞은 등허리와 목덜미의 화끈거림은 웬만
큼 견딜 만했다. 참기 힘든 것은 아까부터 찾아온 으슬으슬한 한기와
부서질 것 같은 머리의 통증이었다. 몸이 덜덜 떨리고 이마에서는 식
은땀이 났다. M은 옆으로 누워서 새우처럼 몸을 구부리고 눈을 감았
다. 그는 여러 명의 성자들이 누워 있는 무덤들 사이에 그 사람들 가
운데 한사람처럼 누웠다. 그는 빨리 해가 떴으면 하고 바라다가 얼른
잠이 들게 해달라고 성자들에게 빌었다. 마음 한쪽에는 잠에서 깨어
나지 말았으면 하는 바람도 있었다. 어디선가 아련하게 피리소리가
들렸다.

눈을 떴을 때 벽면의 길쭉한 유리창에 장식된 꽃무늬 사이로 햇살이 희미하게 스며들고 있었다. M은 눈을 비비고 일어나며 자신의 기도를 듣고 잠을 잘 수 있게 해준 신전 안의 성자들에게 먼저 감사의 인사를 했다. 두통도 참을 만했고 으스스한 한기도 덜해진 것 같았다. 밤새 사나운 꿈을 지나오긴 했다. 거미들과 쥐들이 우글거리는 동굴 속에 잠에 취해 누워 있는 자신을 꿈속에서 보았다. 거미들이 얼굴에 거미줄을 치고 쥐들이 살을 파먹는 것을 알면서도, 얼른 잠에서 깨어 일어나 거미줄을 걷어내고 쥐들을 쫓아야 한다고 생각하면서도 꼼짝하지 못했다. 그 장면이 너무 선명해서 꿈을 꾼 것이 아니라 실제로 잠을 자는 동안 그의 몸이 거미들의 놀이터가 되고 쥐들의 먹이가 되었던 것은 아닌가 의심스러울 정도였다.

M은 원형의 유리창 아래 똑바로 앉아 해가 하늘 한가운데 떠오르기를 기다렸다. 신전의 내부는 여전히 무덤 속 같은 적막에 싸여 있었으므로 그는 간혹 자신을 죽은 자로 인식했다. 신전의 문은 한낮이 되도록 열리지 않았고 수도사 복장의 노인도 모습을 보이지 않았다. 무엇 때문인지 더이상 노인이 그를 방해하는 일은 없을 거라는 확신이 생겼는데, 그것은 자기를 죽은 자로 인식하는 심리상태와 어느정도 연관이 있었다. 죽은 자는 단속할 수 없으니까, 하고 중얼거리고는 누가 보고 있기라도 한 것처럼 멋쩍게 웃었다.

해가 하늘의 한복판에 이르렀을 거라고 추측되는 시간부터 줄곧 천장을 향해 고개를 들고 있었지만 우주의 기원과 본질을 사유할 어떤 이미지도 나타나지 않았다. 아니, 아예 하늘조차 보이지 않았고 그곳으로부터는 희미한 빛도 스며들지 않았다. 그것은 이해할 수 없는 일이었다. 천장에 붙어 있는 둥근 모형이 유리창이 맞다면 이런 낮시간에 빛을 한줌도 들여보내지 않는다는 건 이치에 맞지 않는 일이라고 자기 안의 누군가에게 항변하는 순간인데, 자기 안의 누군가가 항변에 응답하듯 문득, 사막의 한가운데 세워진 신전과 신전이 세워진 짐멜 사막에 불고 있는 바람과 바람에 날리고 있는 모래를 떠오르게 했다. 사막화가 진행되기 시작한 때부터 지금까지 그 오랜 세월 동안 모래는 신전의 지붕에 켜켜이 쌓여왔을 것이다. 모래가 원형의 유리창만을 피하지는 않았을 것이다. 쌓인 모래 위에 모래가 쌓이고, 그 위에 또 모래가 쌓였을 것이다. 그리하여 어느 순간부터인가 신전에서 우주의 본질은커녕 하늘을 보는 일조차 불가능해졌을 것이다. 만다라는 모래 속에 매장되어버렸을 것이다. M은 주변이 사막화되면서 신전이 황폐해진 것이 아니라 신전이 하늘을 보여주지 못하게 되면서, 즉 신전의 황폐화가 먼저 이루어지고 나서 주변의 사막화가 진행되었을지 모른다는 생각에 사로잡혔다. 잦아들었던 두통이 다시 엄습했고, 참기 힘든 한기가 다시 찾아와 그를 쓰러뜨리려고 했다. 몸이 삶은 달걀처럼 뜨거워지는 게 느껴졌다. 몸속의 열기는 그의 앙상한 몸을 덜덜 떨게 하다가 바닥에 머리를 쿵쿵 찧게 하다가 자기 얼굴을 몇 차례나 세게 때리게 했다. 그리고 그는 떠돌이 악사가 죽던 날 들었던, 천둥처럼 장엄하게 울려퍼지며 방 안을 가득 채우던 그 음악소리를 들었다. 거부할 수 없는 힘이 그의 몸을 일으켰고, 말로 설명할 수 없는 사명감이 그의 정신을 사로잡았고, 그는 할 수만 있으면 이 잔을 피하게 해주십시오, 하고 성자들에게 기도했고, 그러나 그것이 피할 수 없는 잔이라는 걸 곧 깨달았다.

휘청거리면서 몸을 일으킨 M은 나선형으로 뻗어올라간 계단을 손으로 만져보았다. 계단 전체가 흔들거렸다. 계단은 고정되어 있지 않

고 허공에 떠 있었다. 그러니까 그것은 계단이라기보다 사다리라고
해야 했다. 어디에 닿아 있는지 고개를 들어 살폈지만 넝쿨식물처럼
빙글빙글 돌며 감아올라가는 사다리의 끝이 어찌나 아득한지 눈이 가
닿지 않았다. M은 난간을 잡고 사다리의 한칸에 발을 올려놓았다. 그
순간 세상이 빙그르르 도는 듯하더니 몸이 허공에서 휘청했다. 사다
리가 밀쳐내는 것 같은 느낌이 듦과 동시에 그의 몸은 바닥에 내동댕
이쳐졌다. 그러나 M은 다시 몸을 일으키고 허공에서 계속 건들거리
고 있는 사다리를 붙잡았다. 난간 구실을 하는 줄에 몸을 매달고 가볍
게 몸을 들어올려 올라탄 다음 몸에서 힘을 뺐다. 마치 나뭇가지에 거
미줄을 치고 매달려 있는 한마리 거미처럼 이리저리 왔다갔다하다가
팔을 뻗어 바로 위칸을 잡고 가볍게 발을 올려놓았다. 그런 식으로 천
천히 한 계단씩 밟아올라갔다. 수분이 다 빠져나간 것 같은 그의 몸은
너무나 가벼워서 사다리에는 큰 부하가 걸리지 않았다. 신전에 올라
오기 위해 그가 세어야 했던 돌계단의 숫자를 그는 사다리를 오르면
서도 세어야 했다. 999. 하늘은 그 위에 있었다.

 천장에 발을 딛자 머리 위에 굵은 글씨로 씌어진 한 문장이 나타났
다. '땅에 사닥다리가 세워져 있고, 그 꼭대기는 하늘에 닿았는데
(…) 그 사닥다리를 오르내리고 있었다.' 아주 오래전에 씌어진 듯 글
자들이 희미했다. 특히 '그 사닥다리를' 앞부분의 글씨가 지워져서 읽
을 수 없었다. 문장의 흐름으로 보면 주어가 들어갈 자리였다. M은
지워진 단어를 짐작해보았다. 거미가 맨먼저 떠오른 것은 지난밤에
꾸었던 꿈이 그의 무의식 속에 거미줄을 쳤기 때문일 수 있었다. 그는
꽃을 넣어서 문장을 만들어보고, 불을 넣어서도 발음해보았다. 소리
와 사람과 7과 별과 원과 성자와 바람과 모래와 신과 천사와 쥐와 피

리와 악사를 넣어서 발음해보다가 그만두었다. 무엇이나 하늘과 땅을 오르내릴 수 있지만, 동시에 어느 것도 하늘과 땅을 오르내리기에 마땅한 것 같지 않았다.

글자판 오른쪽에 머리를 숙여야 지나갈 수 있는 조그만 문이 보였다. M은 안쪽으로 잡아당기게 되어 있는 문을 잡아당겼다. 문은 잘 열리지 않았다. 그는 다섯 개나 되는 잠금쇠를 하나하나 풀었다. 그러고도 녹이 슬어 뻑뻑해진 문을 열기 위해 힘을 써야 했다. 마침내 문이 열리자 기다렸다는 듯 사막을 배회하던 거센 바람이 신전 안으로 모래를 쏟아부었다. 재빨리 몸을 문밖으로 빼내고 문을 닫았지만 모래는 한동안 신전 안으로 쏟아져내렸다.

지붕에 만들어진 원형의 유리창 위에는 다리가 무릎까지 빠질 정도로 모래가 가득 쌓여 있었고, 지상에 조금 남아 있는 무른 햇빛이 그 모래 위에서 서성이고 있었다. M은 그 위에 쓰러져 눕고 싶은 유혹을 겨우 누르고 모래를 손으로 퍼내기 시작했다. 왜냐하면 그것이 피할 수 없는 그의 잔이라는 걸 알았으니까. 모래는 신전 벽을 타고 물줄기처럼 주르륵 흘러내리다가 공중으로 흩어졌다. 그것들 가운데 일부는 그의 몸에 달라붙었고, 더러는 코와 입 속으로 들어갔다. 그럴 때마다 콜록콜록 기침이 나왔다. 수백년의 시간이 쌓은 모래였다. 그 긴 세월 동안 아주 서서히 신전의 외부를 덮고 지붕 위에 쌓이고 또 쌓여서 마침내 하늘을 가려버린 모랫더미를 치우는 일은 간단하지가 않았다. 그것들이 이미 신전의 일부가 되어 단단하게 붙어 있었기 때문이다. 모래를 퍼내면서 M은 신전의 일부를 헐어내는 것 같은 기분을 느꼈다. 쌓인 지 오래된 모래일수록 집착하는 힘이 강해서 작업은 순조롭지 않았고 시간도 많이 걸렸다. 물론 가오한 바였고, 피할 수 없는 일이라는 걸 알고 있었다. 이 일을 위해 나는 이 사막에 왔다, 라는 의식이 이미 M의 내부에 튼튼하게 자리잡고 있었다.

머지않아 해가 졌고, 바람은 한층 더 거세졌고, 기온은 현저하게 떨어졌고, 두통과 한기는 참기 힘든 수준이 되었다. 참기 힘든 수준의 고통을 참으며 그는 밤에도 모래를 퍼냈다. 모래를 뒤집어쓴 그의 몸은 모래로 만들어진 조각품 같아졌다. 새로운 해가 떠오르기 직전, 그 희미한 박명의 시간에 신전 지붕 위의 모래가 완전히 치워지고 원형의 유리창이 모습을 드러냈다. 그러나 고열과 두통을 참으며 밤새 신전의 일부를 헐어낸 M은 그 유리창 위에 쓰러져서 일어나지 못했다. 바짝 마른 사막의 햇빛은 M의 몸속 깊은 곳으로 스몄다. 그러자 음악 소리가 우주에 울려퍼졌다.

며칠 후 수도사 복장의, 수도사인지 아닌지 알 수 없는, 그러나 수도사가 아니라고 하더라도 신전의 유물임에는 틀림없어 보이는 노인이 신전 한가운데 자리를 잡고서 하늘을 올려다보았다. 마침 해가 하늘 한복판에 떠올라 있었다. 노인은 그가 본 것이 무엇인지에 대해서 말하지 않았다. 아니면 못했다고 해야 맞을까. 그 대신 그는 세상을 떠돌며 피리를 불었다. 그가 입을 대면 피리가 저절로 소리를 냈다.

세계의 불행, 소설가의 운명

이수형

1

이승우의 소설이 그리는 세계, 또 그곳에서 살아가는 주인공의 삶은 대체로 어둡고 불행하다. 예외가 없는 것은 아니지만, 속수무책으로 주인공에게 육박하는 그 불행은 언뜻 운명의 빛을 띠기도 한다. 불행의 연쇄가 주인공의 성격이나 선택에 기인한 것이 아니라 오래된, 가령 주인공의 출생과 관련된 사건에서부터 작동하기 시작한 것이라면 더더욱 그러할 것이다.

「풍장―정남진행2」의 '나'가 철들기도 전에 남의 집을 옮겨다니며 머슴살이로 연명할 수밖에 없었던 이유는 말 그대로 "에미 애비를 잘못 만나서"이다. 그 곡절을 들여다보면 더욱 기막히다. 계집질을 일삼던 아버지가 아예 여자를 집으로 데리고 들어오고, 시앗과 같이 살 것을 거부하던 어머니는 아버지에 의해 무인도 돌섬에 버려진다. 그런 가운데 홀로 남겨진 '나'는 어찌어찌 섬을 나와 먼곳에 정착한 어머니에게 거둬지기는 하지만, '에미 애비를 잘못 만난' 탓에 '나'가 겪어야만 한 것은 한때의 고생 따위의 상투적인 표현으로는 감당할 수 없는 운명적인 무게를 지니고 있다. 그래서 '나'에게 세상은 "생존을 건 싸움터"이며, "언제나 긴장하고 살아야" 하는 곳으로 결정된다.

아버지와 어머니, '나' 사이에 얽힌 불행한 가족관계는 『나는 아주 오래 살 것이다』(2002)의 「검은 나무」와 「부재 증명」에서도, 『심인광고』(2005)의 「오토바이」「터널」에서도 끊임없이 일렁거리며 '나'의 삶에 검은 그림자를 드리운다. 널리 알려진 장편 『생의 이면』에서 소설가 박부길의 삶을 추적하던 '나'가 인터뷰 도중 엿보게 되는 다음과 같은 세계인식은, 주인공에게 드리워진 불행한 운명의 함의를 비교적 명확히 보여준다.

어린 나이였지만, 한번도 어린아이다운 적이 없었던 그는 자신의 지긋지긋한(그는 내게 그 표현을 썼다. 그 나이에 벌써 현실에 대해 엄청나게 비극적인 상상을 하곤 했노라는 것이다) 현실을 자신의 것으로 받아들일 수가 없었고, 그리하여 상처받은 그의 자존심은 현실로부터 자신을 유폐시키기를 꿈꿨다.(『생의 이면』, 문이당 1996, 22면)

집안의 기대를 한몸에 받으며 고시공부에 열중하다 결혼 무렵 정신질환이 발병해 큰집 뒷마당의 헛간에 유폐되었던 아버지가 자살로 생을 마감하고, 어머니마저 아무 말 없이 자신의 곁을 떠난 상황을 어린

박부길이 받아들이기란 물론 쉽지 않았을 것이다. 문제는 그런 상황이 소년에게 불행을 가져왔다는 사실 자체에만 있는 것이 아니다. 더 심각한 문제는 소년을 불행하게 만든 원인을 찾아 상황을 합리적으로 이해하는 것이 불가능하다는 점에 있다. 존재가 비밀에 붙여진 아버지가 자살하고 어머니조차 잃은 소년에게, 자신을 둘러싸고 벌어지는 불행이 그 누구의 죄나 허물 때문도 아니며 따라서 어느 누구에게 책임을 물을 수도 없고, 굳이 말하자면 어쩔 수 없는 운명의 탓일 뿐이라고 설명한들 제대로 이해될 리 만무하다. 그리하여 소년을 위로하려던 누군가는 "세계는 반드시 선한 의지의 작용만을 받고 있는 것은 아니다. 아, 이런 이야긴 부질없다. 종종 어른들의 세계는 터무니없는 법칙에 의해 움직인다는 말을 해도 이해하지 못할 건 마찬가지겠지"라는 말로 요령부득의 상황을 모면하려 들 수밖에 없는 것이다.

그런데 그 '이해하지 못함'은 단지 어린아이에게만 해당하는 속성인가? 어른들은 과연 자신들의 세계를 움직이는 그 터무니없는 법칙을 잘 이해하고 있을까? 아마도 그렇지 못할 것이다. 이해할 수 없어 현실로부터 도망치려 했던 어린 박부길은 청년이 되고 신학생이 되어서도 여전히 문제의 답을 찾지 못한다. 답은커녕 문제는 오히려 악화되어 "사람이야말로 모든 불화의 주체이고 조건이다. 사람에게는 사람만이 천적이다"라는 극단적인 결론에 이르지만, 그것은 또한 "병적인 자의식의 과잉, 세상과의 불화, 그리고 그 결과로서, 또는 원인으로서 자아의 지하굴 속에 칩거하는 행위"일 뿐임을 박부길 자신도 잘 알고 있다. 그래서 어떻게 되었는가? 그는 어느날 갑자기 "폭풍처럼" 글을 쓰기 시작하고 그리하여 소설가가 된다. 그렇게 소설가가 된다는 것은 무슨 뜻일까?

2

「풍장」의 '나'는 어머니 손에 이끌려 고향을 등진 지 40여년 만에 다시 고향을 찾는다. 죽음을 앞둔 어머니가 아버지가 묻힌 자리를 궁금해하기 때문이다. 왜? 그 까닭을 헤아리는 일은 잠시 미루고 '나'가 고향 바닷가(정남진)에서 우연히 만난 한 사내의 사정을 잠시 살펴보자. 「정남진행」의 결말에서 자동차로 서울을 떠난 그 사내('나')는 「풍장」에서 마침내 정남진에 이른 것인데, 그가 정남진에 도착하기까지는 「정남진행」에서 「풍장」까지의 거리 못지않게 긴 시간이 필요했다.

「정남진행」에서 '나'는 3년 전에 헤어진 그녀로부터 정남진행을 제의하는 전화를 받는다. 바로 정남진에 가는 문제가 발단이 되어 3년 전에 관계를 끝낸 마당에 다시 여행 제의라니. 게다가 "그때 우리가 헤어지지 않았으면 정남진에 같이 갔을까"라니. '나'는 그녀의 말을 간단히 무시한다. 얼마 후 그녀는 돌연한 사고로 죽는다. 장례식이 끝난 며칠 뒤, '나'는 그녀의 부음을 알렸던 남자로부터 다시 전화를 받는다.

내가 죽였어요, 내가 죽인 거나 마찬가지예요,를 되풀이하는 남자는 술을 마신 것이 틀림없었다. 이 남자가 그녀의 애인이거나 남편이라면, 그녀가 어떤 식으로 죽었든, 남겨진 자가 느끼는 모종의 자책과 회한으로부터 자유로울 수 없으리라는 건 이해가 갔다. 너무나 뻔한 이야기. 아무리 훌륭한 산 사람도 훌륭하지 않은 죽은 사람에게 떳떳할 수 없다. 그러나 그것은 어쩔 수 없는 것이다. 어쩔 수 없는 것은 어떻게 해도 어쩔 수 없다. 그러니까 그 남자는 그냥 흐느껴야 하고, 나는 그냥 내버려두어야 한다.(203면)

그의 전화를 받는 '나'의 태도는 자못 합리적이다. 그가 느낄 법한 자책과 회한을, "너무나 뻔한" 죄의식을 납득할 수 없는 것은 아니지만, '나'는 그럴 이유가 없다. 그녀의 죽음은 사고일 뿐이며, 설령 3년 만의 전화통화가 우연찮게 개입되었다고 하더라도 그녀의 죽음에 '나'가 어떤 책임을 져야 할 이유는 없다. '나'가 3년 전 혹은 며칠 전에 그녀의 제의를 거절한 것은 단지 자신의 삶의 방식을 지키려는 의도에서였을 뿐, 어떤 악의가 있어서는 아니다. 물론 '나'는 "우정이든 애정이든 사람들과 관계를 맺으면서 자신의 독립성을 잃지 않는" "감정과 책임의 최소화"를 미덕으로 삼고 있으며, 이에 대해 비인간적이거나 이기적이라고 비난받을 수 있다는 것을 잘 알고 있다. 그렇더라도 이런 태도를 고칠 생각은 없다. 그녀를 포함한 타인들 역시 비인간적이고 이기적인 구석이 없지 않을 뿐 아니라, 또 정 견디기 어렵다면 그들이 떠나면 그만 아닌가? 그래서 "어쩔 수 없는 것은 어떻게 해도 어쩔 수 없"으니까 "그냥 내버려두어야 한다". 그러나 "걸려들면 안된다"라는 주문을 되뇌었음에도 불구하고 '나'는 정남진으로, 뒤늦게 향할 수밖에 없다.

'나'의 거절이 그녀를 불행하게 만들고 종국에는 죽음에 이르게 했다고 단정할 수는 없으며, 그것을 증명할 길도 없으리라. 그렇지만 끝내 '나'가 그녀의 유품을 지닌 채 정남진에 갈 수밖에 없었던 이유가 어떤 죄의식 때문이라는 점 또한 부인할 수 없다. 그 때문에 '나'는 정남진에 왔고, 또 그녀가 말했던 ‘가슴앓이’라는 이름의 돌섬에 가려한다. 반면에 「풍장」의 ‘나’는 정남진에 도착해서도 돌섬에 들어가기를 꺼린다. 그 섬은 오래전 아버지가 어머니를 버린 곳이며, 그후에는 아버지가 홀로 숨을 거둔 곳이기 때문이다.

어머니의 청을 따르자면 돌섬에 건너가야 하지만, 그러려면 어머니가 그랬듯이 ‘나’ 역시 아버지를 용서해야 한다. 그러나 “왜 용서하셨어요, 어머니, 어떻게 그렇게 관대해질 수가 있어요, 어머니”라고 항변하는 ‘나’에게 그것은 아득한 일이다. 흔히들 용서를 구하는 것도, 용서하는 것도 마땅히 해야 할 덕목이라고 말한다. 그러나 『오래된일기』에 수록된 「실종 사례」를 포함한 이전의 많은 소설들에서 보듯, 흔히 말해지는 윤리적 덕목이라는 것이 결국은 자신의 불편함을 경감하려는 이기적 목적에서 행해지고 있음을 이승우만큼 끊임없이 또 날카롭게 지적한 경우도 드물다. 아버지이기 때문에 용서해야 할까? 그러나 ‘나’의 삶이 출발점에서부터 불행하도록 강요했다면, 아버지이기 때문에 더더욱 용서할 수 없는 것은 아닌가?

아버지는 어머니에게, 또 아들인 ‘나’에게 씻을 수 없는 죄를 지었다. 그런 점에서 죽기 얼마 전 어머니를 찾아와 “자기가 죄를 지었다고, 용서해달라는 말도 못하겠다고” 말한 아버지는 그 나름대로 정직한 셈이지만, 기가 막히고 분해 단번에 아버지를 쫓아낸 어머니의 행동 역시 정당하다. 어쨌든 이제 어머니는 용서를 말하고 있으며, “어머니가 그것을 내려놓는 순간 그 부담과 적대감이 내 어깨에 고스란히 올려”진다.

「풍장」의 결말에 이르러 ‘나’는 아버지가 돌섬의 바위 위에 누운 채 곡기를 끊고 바닷바람에 수분을 내줘 딱딱하게 굳으면서 죽음을 맞았

음을, 스스로를 풍장 지냈음을 알게 된다. 그곳에는 용서를 구하는 자
도 용서하는 자도 사라진 절대적 장면이 펼쳐져 있다. 그것은 누군가
에게 지은 죄만큼 용서를 구하고 또 그만큼 용서하는 식의 상대적인
세계와는 거리가 멀다. 그런데 상대적인 세계에서라면 맘만 먹으면
누구나 자신의 죄를 합리화할 변명거리를 찾을 수 있지 않은가? 그러
므로 죄를 인정하는 것에는 크든 작든 항상 절대적인 기준이 개입하
지 않을 수 없다. 마치 「정남진행」의 '나'가 능히 회피할 수 있음에도
불구하고 정남진행을 실행에 옮기듯이. 「풍장」의 '나'가 아버지를 용
서할 수 있다면, 그것은 '나' 역시 죄지은 자임을 깨닫기 때문이다. 어
떤 죄인가? 아버지에 대한 용서라는 동일한 주제를 다룬 「터널」의 한
대목을 빌리면, 그것은 "자네는 살아오는 동안 다른 사람 아프게 한
적이 없는가? 그런 일이 왜 없겠는가?"라는 절대적 질문에 대한 대답
으로서의 죄일 것이다.

이것이 이승우의 소설이 그리는 세계이다. "반드시 선한 의지의 작
용만을 받고 있는 것은 아니"므로 누구나 죄를 지을 수밖에 없는 세
계. 이 "터무니없는 법칙에 의해 움직"이는 세계는, 물론 어둡고 불행
하다.

3

「전기수 이야기」에서 회사 구조조정으로 명퇴한 '나'는 '서울, 21세
기 전기수'라는 싸이트를 운영하는 아내의 독촉에 책 읽어주는 일에
나섰다가 도리어 자기 이야기를 하는 데서 보람을 찾는다. '나'는 다

음과 같은 조언을 아끼지 않는다. "누군가에 의해 말해지지 않으면 도무지 알 길이 없는, 길고 어둡고 놀랍고 뜨거운 이야기들이 우리의 삶의 지표면 아래로 흐르고 있다는 사실을 잊으면 안돼." '나'는 그런 이야기를 하기 위해 '이야기꾼-소설가'가 될 것이다. 그런데 어떤 이야기-소설인가?

「방」의 '나'는 얼마 전까지 알량한 소설가이자 평범한 가장이었지만 지금은 원룸을 얻어 혼자 살고 있다. '나'를 친아들처럼 돌봐준, 심신이 병든 채 오갈 데 없는 큰어머니를 집으로 모신 때문에 불화가 생겨 아내가 아들을 데리고 친정으로, 또 미국으로 떠나고, 그 와중에 '나'는 오기로 회사를 그만두고, 아내의 요구에 집을 팔고 하는 일들이 잇따랐기 때문이다. 좋든 싫든 소설을 쓰는 것밖에 할 일이 없는데 소설은 씌어지질 않아 배회하다 옛집 근처로 발걸음을 옮긴 '나'는 여태껏 비어 있던 옛집의 방 한 칸을 빌려 집필실을 마련한다. 그곳에 몸을 의지하던 '나'는, 이승우가 자신의 소설 제목의 하나로 삼았던 '사람들은 자기 집에 무엇이 있는지도 모른다'는 말 그대로, 전에는 몰랐던 어떤 것들이 옛집 여기저기에 숨어 있음을 알게 된다. 그런데 사람들은 자기 집에 뭐가 있는지만 모르겠는가? 사람들은 자기 자신에게 무엇이 있는지도 잘 모른다. 가령 다음과 같은 것들.

나의 내부에 하지 않은 말들, 할 수 없었던 행동들이 아주 많다는 사실을 그것들은 일깨웠다. 가령 나는 상의도 없이 아들을 데리고 외국으로 가 돌아오지 않는 아내와 아내의 그런 처신에 대해 아무런 조치도 없을 뿐 아니라 어떤 해명도 우려도 유감도 표하지 않는 처가 어른들에게 모욕감을 느꼈다. 3층으로 올라가는 계단에 짐짝

처럼 쓰러져 자고 있는 노인을 스쳐지나가던 나의 소리죽인 발걸음
이 쿵쿵 소리를 내며 떠올랐다. 알아들을 수 없는 소리를 지르며 울
부짖는 큰어머니가 밖으로 나오지 못하도록 문을 잠글 때 내 안에
서 발톱을 세우던 악령의 흉측한 모습도 보았다. 내 안에서 그런 것
들이 일깨워졌고, 살아났고, 그런 것들이 글이 되었다.(179면)

'나' 안에 있던 이야기들은 행복하거나 아름다운 추억 따위와는 거
리가 멀다. '나' 안에 있던 "하지 않은 말들, 할 수 없었던 행동들"은
온통 어둡고 불행하며, 더 엄밀히 말하면 타인이 '나'에게 혹은 '나'가
타인에게 저질렀던 허물과 죄의 증거들이다. '나'의 소설쓰기는 이전
에는 인정하고 싶지 않았고 또 잊고 지냈던 혐의들을 하나씩 일깨우
는 과정에 다름아니다. 그런데 왜 그렇게 소설을 쓰는 것일까? 그런
소설쓰기가 '나'를 행복하게라도 하기 때문일까? 어쩌면 '나'는 자신
은 물론 다른 누군가를 불행하게 만들었을 죄를 털어놓음으로써 어떤
긍정적인 효과를 얻을 수 있을지도 모른다. 그러나 그게 전부는 아
니다.

　그런 소설쓰기는 오히려 불행과 함께하기 위한 것이라고 말하는 편
이 더 적절할 것이다. 여기, 아버지의 죽음에 대한 죄의식에서 벗어날
목적으로 소설쓰기를 시작한 사람이 있다. 「오래된 일기」의 '나'는 마
침내 소설을 완성하고 홀가분한 기분을 느낀다. 그 소설로 등단하여
소설가가 되지만 이미 소설쓰기를 통해 이루려던 목적을 얻었으므로,
역설적으로 '나'는 더이상 소설을 쓸 필요가 없다. "그것으로 충분하
다고 생각했다. '이제 됐다.' 그러나 여전히 되지 않았다는 것을 나는
곧 알아차렸다." 뭐가 충분치 않았던 것일까?

아버지를 잃고 큰집에서 살게 된 '나'는 사촌인 규와 함께 자랐다. 성실한 모범생이던 '나'와 달리 규는 교과서 대신 시집을 들고 시인을 꿈꿨으며, '나'가 대학 행정학과를 졸업하고 방위병 복무를 위해 고향에 내려갔을 때, 대학 진학에 실패한 규는 소설 습작에 열중하고 있었다. 하지만 정작 소설가가 된 것은 '나'이다. '나'의 습작원고를 읽고 소설공모에 대신 응모해준 규는 그 이후로 소설쓰기를 포기한다. 그 규가 지금 죽음을 목전에 두고 중환자실에 누워 있다.

"내가 너에게 무슨 짓을 한 거지?" 나는 신음처럼 내뱉었다. 나는 아무 짓도 하지 않았다. 그렇지만 누군가 나로 인해 아파하는 사람이 있다면 내가 아무 짓도 하지 않았다고 말하는 것이 떳떳한 일일까. 그는 또 무슨 말인가를 했다. 이번에도 발음이 정확하지 않았지만, 그러나 나는 그가 무엇을 요구하는지 알아차렸다. 읽으라고? 나는 확인하듯 물었다. 나는 그의 얼굴을 내려다보았다. 그는 재촉이라도 하듯 나를 빤히 쳐다보았다. 생각해보면 그는 늘 나의 유일한 독자였다. 나의 모든 문장들이 그에게 읽히기 위해 씌어졌다는 생각이 들었다. 나는 노트를 펴들고 나의 첫 문장들을 읽기 시작했다.(34면)

'나'는 규에게 무슨 짓을 한 걸까? '나' 때문에 규가 소설가 되기를 포기하고 집을 지어 파는 일을 하게 되고 "자기가 이해할 수 없고, 자기를 이해해주지 않는 세계에서 살"다 마침내 죽음에 이르게 되었다고 할 수 있을까? 이를 반박하기 위한 합리적 근거는 무수히 많겠지만, 게다가 "나는 아무 짓도 하지 않았"지만, 그렇다고 죄의식으로부터 자유로워지는 것은 아니다. '나'의 죄의식은 실은, 습작원고를 읽고 술에 취해 "나에게 안 미안한가?" 하면서 규가 횡설수설하던 수십년 전의 어느날 밤부터 이미 자라고 있었을 것이다. 이 죄의식이, "이제 됐다"고 믿었지만 아직 해결되지 않은 것이고, 그래서 '나'로 하여금 계속해서 소설을 쓰게 만든 것이다. 그 죄의식으로부터 벗어나려는 노력은 실패했고, 그리하여 "내 문장은 자주 그가 원하는 대로 씌어졌"으며 "나의 모든 문장들이 그에게 읽히기 위해 씌어"진다. 무슨 뜻인가? '나'의 소설이 규가 살고 있는 불행한 세계에 대해, 또 규를 불행하게 만들었을 '나'를 비롯한 누군가의 죄에 대해 이야기하고 있다는 뜻이다.

어쩌면, '나'가 소설을 쓴다는 것 자체가 규에게 일종의 죄를 짓는 것이리라. 그렇다고 소설쓰기를 그만둔다고 해서 이미 상처받고 불행해진 규를 원상태로 되돌릴 수 있는 것도 아니다. 그렇다면 '나'가 할 수 있는 일은 자신의 죄에 대해 계속해서 이야기하는 것뿐이다. 그리고 아무 짓도 하지 않았지만 누군가를 불행하게 만들었을 '나'의 죄에 대해 이야기한다는 것은, "반드시 선한 의지의 작용만을 받고 있는 것은 아니"므로 누구나 죄를 지을 수밖에 없는 세계, 그런 "터무니없는 법칙에 의해 움직"이는 어둡고 불행한 세계에 대해 이야기하는 것이기도 하다.

병상에 누운 규는 '나'가 최근에 발표한 "사람들이 믿지 않는 불길한 예언만 하도록 예언된 불운한 예언자 이야기"에 대해 언급한다. 그 이야기는 이승우의 첫 소설집에 수록된 「예언자론」에서 이미 씌어진 바 있다. 거기서 소설가 김석은 자신이 "불행을 몰고 다니는 사람"일지도 모른다는 고뇌에 시달리고 있었다. 누구나 꿈꿀 행복한 세계에 대해 이야기하는 것이 낫지 않을까? 그러나 불행한 세계에 눈감는다면, 그때 남는 것은 행복한 세계가 아니라 "무슨 일이든 일어났지만 그러나 아무 일도 일어나지 않"는, 곧 불행마저도 의식하지 못하는 그런 세계일 것이다.(「무슨 일이든, 아무 일도」) 그래서 '나'는, 김석은, 또 이승우는 행복한 세계에 대해 이야기할 수 없다. 그것이 이승우라는 소설가의 운명이다.

李守炯 | 문학평론가

밖으로 뻗어보려고 하면 안에서 끌어당기는 힘이 느껴진다. 안으로 들어가려고 하면 밖에서 당기는 힘 때문에 움찔한다. 그 때문에 긴장이 생긴다는 건 순전한 빈말은 아니겠지만, 그 긴장이 어느 쪽의 지지도 온전하게 이끌어내지 못한다는 생각 역시 순전한 엄살만은 아니겠다. 나는 내 마음의 깊이가 얕고 팔의 길이가 짧은 게 불만이다. 팔의 길이에 대한 염두 때문에 마음이 깊어지지 못하고, 마음의 깊이에 대한 우려 때문에 팔을 늘이지 못하는 것은 아닌가 하는 반성을 하기도 하는데, 한편으로는 마음의 얕음과 팔의 짧음을 팔의 길이와 마음의 깊이에 대한 신중한 고려 때문인 것처럼 위장하여 스스로를 달래고 있다는 의심도 든다. 그런데도 갈등이 여전한 걸 보면 그 위장 또한 그다지 성공적이지 못한 것 같다. 여태 이렇다. 빈말해주고 엄살 들어주고 내 서툰 위장에 넘어가는 척해주는(때로 속은 척하기로 독하게 마음먹은 것처럼 보이기도 하는) 나의 훌륭한, 이타적인 독자들에게 인사한다. 또 넘어가주고, 넘어간 척해주고, 또 빈말해달라. 그러면 나는 또 엄살 부리고 스스로를 달랠 힘을 얻겠다.

2008년 11월

이승우

| 수록작품 발표지면 |

오래된 일기 …『창작과비평』2008년 여름호

무슨 일이든, 아무 일도 …『문학수첩』2005년 여름호

타인의 집 …『실천문학』2008년 봄호

전기수(傳奇叟) 이야기 …『문학사상』2006년 10월호

실종 사례 …『세계의문학』2007년 가을호

방 …『문학수첩』2007년 겨울호

정남진행(行) …『한국문학』2007년 봄호

풍장—정남진행 2 …『현대문학』2007년 5월호

999 … 웹진『문장』2007년 6월호